쉿, 꿈꾸는 중입니다

일러두기

아이들의 글을 교정볼 때가 제일 힘들고 고민스럽습니다. 문맥이나 문법적으로 틀렸다고 생각해서 아이들에게 물어보면 대부분 제가 생각하지 못한 다른 의미가 들어있기 때문입니다. 이 글을 읽으시는 독자 여러분께 정중히 부탁드립니다.
오타나 문맥의 호응이 매끄럽지 못한 곳이 있더라도 틀림을 다름으로 생각해주시는 생각의 유연성으로 10대 작가들의 꿈에 동행해주세요.

쉿, 꿈꾸는 중입니다

모두 함께 꿈을 심었지만, 모두의 꿈이 똑같이 자라지는 않았습니다.
어떤 꿈은 싹을 틔우고 한참을 머뭇거리기도 했고, 어떤 꿈은 하루가 다르게
부쩍 자랐으며 또 어떤 꿈은 한눈을 팔다가 넘어지기도 했습니다.
하지만 아이들은 꿈을 버리지 않았습니다.

공글 × 방과후이곳

CA공글을 소개합니다.

CA 공글은 CREATIVE AUTHOR 공간을 만드는 글쓰기의 약자입니다.

CA 공글은 소설 『에이스와 새우깡』을 쓴 성승제 작가와 Albert Chang 선생님이 내 자리를 만드는 것만큼 네 자리를 지켜 주는 것에도 관심이 많은 아이들과 함께 책을 읽고 한글과 영어로 소설을 쓰며 십 대 작가를 발굴, 육성하고 있는 곳입니다.

CA 공글은 대한민국 단 한 곳에서만 수업이 이루어지고 있으며 『후엠아이』 『포화 속 사람들』을 출간했고, 2024년 봄, 『쉿, 꿈꾸는 중입니다』 『꿈쓰는 아이들』을 출간합니다.

아이들이 소설 쓰기를 통해 세상과 타인을 알고 그 속에서 자신과 다른 사람의 자리를 만들고 지켜가길 바랍니다.

이 책을 읽는 모든 독자 여러분의 자리를 응원합니다.

2024. 4월

젤루다(jelluda) 성승제

책을 펴내며

일 년 동안 스물 한 명 아이들의 꿈을 지켜보며 아이들의 꿈이 자라는 모습을 보았습니다.

모두 함께 꿈을 심었지만 모두의 꿈이 똑같이 자라지는 않았습니다.

어떤 꿈은 싹을 틔우고 한참을 머뭇거리기도 했고 어떤 꿈은 하루가 다르게 부쩍부쩍 자랐으며 또 어떤 꿈은 한눈을 팔다가 넘어지기도 했습니다. 하지만 모든 아이들이 꿈을 버리지 않았습니다. 고등학교 때부터 버리지 않고 가지고만 있었던 작가의 꿈을 소설 '에이스와 새우깡'을 통해 수 십 년이 지난 후 이루는 모습을 공글 친구들은 옆에서 보았기 때문입니다. 아이들에게 보여주고 싶었습니다. 꿈은 버리지만 않으면 스스로 자라기도 한다는 것을.

글을 통해 아이들이 자라는 모습은 신비롭기까지 합니다.
천사가 되고 싶은 아이들이 모여 천사같은 마음으로 자라는 모습을 지켜볼 수 있는 제 직업을 사랑합니다.

세상 모든 일에는 처음이 있습니다. 바로 그 처음이 윤동주를 만들고 세익스피어를 만듭니다.

독자 여러분, 아이들의 처음을 응원해 주셔서 감사합니다.

2024. 4월

젤루다(jelluda) 성승제

My name is Albert Chang, the director of APPLE English, and I had the privilege of being the guiding teacher for these budding authors in the creation of this book. Each day was filled with enthusiastic writing, continuous refinement, and the infusion of new ideas into their books. I want to express that each student has done a magnificent job in crafting their stories. I hope this book becomes a stepping stone for them to showcase their own unique tales, fostering the growth of brilliant writers in the future. To everyone who reads our book, I hope you enjoy the creativity and effort poured into each page. Great work to all, and I extend my heartfelt appreciation to each one of you.

Albert Chang

네이버카페 cafe.naver.com/gonggeul
인스타그램 www.instagram.com/gong.geul
메 일 sungseungje03@gmail.com
전화번호 031.510.7007
010.7773.9383
주 소 경기도 남양주시 순화궁로 343 한민프라자 6층

차례

이하민

나는 5학년 작가다. 어린 나이에 작가가 되어 이상할 수는 있지만, 어린 나이라고 작가라는 직업을 가지면 안 되는 것은 아니다. 나는 어렸을 때부터 국어를 좋아했다. 수학과 같이 답이 정해져 있는 과목과 달리 사람마다 다른 답을 낼 수 있어, 누가 맞고 틀린 것이 아닌, 모두가 정답인 국어를. 글을 본격적으로 쓰게 된 것은 4학년쯤이었다. 나는 전학을 와서 아는 아이가 없었고, 쉬는 시간에도 놀지 않고 내 목소리를 잘 들려주지 않아 친구를 사귀기 어려웠다. 나는 문득 책을 읽다 생각했다. '나도 나만의 글을 쓰면 어떨까?' 나는 그때부터 꿈을 작가로 정했다. 그때부터 글을 쓰기 시작했고, 5학년 때는 정말 작가같이 글을 썼다. 그러다 공글을 알게 되었다. 토요일마다 3시간씩 가는 수업인 만큼 가치가 있었다. 시간이 전혀 아깝지 않았다. 나는 작가가 되기 위해 많은 노력을 했다. 그 시간이 전혀 아깝지 않다. 나는 꼭 좋은 작가가 되고 싶다. 곧 단독으로 책을 내려고 준비하고 있다. 그때 내 실력이 어떨지 모르겠지만 내가 열심히 쓴 만큼 재밌게 읽어줬으면 좋겠다. 내 소설은 인간이 아닌 존재와 인간의 이야기이다. 나는 내 소설에서 마녀와 같이 인간이 아닌 존재라고 모두 나쁘지는 않다는 것과, 생명은 소중하다는 것을 독자에게 말하고 싶었다. 이 책의 주인공 안토니오는 인간이고, 그런 안토니오와 달리 티나는 마녀이다. 내가 이 책을 쓴 이유는 사람들에게 많은 교훈을 주고 싶었기 때문이다. 나는 이 책을 마녀와 같이 인간이 아닌 존재에 대하여 의문을 품는 사람들이 읽었으면 좋겠다는 생각을 했다. 하지만 적은 사람들이라도 내 글을 알고 읽고 좋아하는 이들이 있다는 것에 감사해야 한다고 생각한다. 우리는 보통 마녀에 대해 나쁘게 생각한다. 하지만 어느 존재라도, 심지어 자기 자신도 자신을 판단할 수는 없다. 나는 사람들이 가지고 있는 고정관념을 없애고자 이 글을 썼다. 내가 오랜 시간 쓴 글인 만큼 사람들이 재밌게 읽었으면 좋겠다는 바람이다. 혹 재밌지 않다고 느낀 사람이 있다 해도 고맙다. 내 글을 읽은 것만으로도 감사하다.

1. 보석 나무

티나는 길을 걷고 있었다. 그런데 저 멀리, 나무 밑에서 무엇인가가 반짝거렸다. 티나는 호기심에 '그 물체' 가까이 다가갔다. 그건 보석이었다. 적어도 티나의 생각은 그랬다.

'보석 아닐까? 경찰서에 가져다주어야 해.'

티나는 그 보석을 경찰서에 가져다주었다.

"진짜 보석이네요. 저희가 주인을 찾아 줄게요."

티나는 보석을 경찰서에 넘겨주고 다시 가던 길을 걸었다.

다음 날, 티나는 신문에서 놀라운 내용을 보았다. 그 신문에는 티나가 보석을 발견한 나무와 '보석 나무'라는 글귀가 적혀 있었다. 티나는 그 신문 기사를 읽기 시작했다.

'이 나무는 보석이 자라는 나무이다. 2016년 5월 19일, 한 행인이 길을 걷다 나무에 보석이 달려 있는 것을 보았다….'

놀란 티나는 밖으로 나갔다. 이미 여러 사람이 있었다.

티나는 많은 사람의 틈을 비집고 '보석 나무'를 보려 했다. 여러 사람이 나무를 관찰하였다. 티나도 그중 하나가 되었다.

또 몇몇 사람들은 보석을 따 가기도 하였다. 그러나 티나는 보석을 따 가지 않았다. 그녀는는 '보석을 따 가도 된다'는 왕의 명령이 떨어질 때까지는 '보석 나무'에서 보석을 따 가지 않기로 하였다.

다음 날, '보석 나무'에서 보석을 따도 된다는 왕의 명령이 떨어지자, 길거리에는 그전날 있었던 사람들 수의 2배쯤 되는 사람들이 있었다. 그들은 기쁜 마음을 숨기지 못하고 '보석 나무'에 가까이 다가갔다. 티나 역시 기쁜 마음을 숨기지 못하였다.

"티나야, 무엇인가 이상하지 않아?"

누군가가 티나에게 물었다. 그 목소리가 들리자 티나는 뒤를 돌아보았다. 그는 안토니오 헤르난데즈였다. 그는 참 예쁜 아이였다. 그는 말 수가 굉장히 적었고, 또한 소심하기도 하였기에 친구가 많이 없었다. 하지만 그는 보기보다 똑똑하였다.

"무엇이? 너는 무엇이 이상하다고 생각하니?"

티나가 안토니오에게 물었다.

"나는 이 보석이 자라는 나무, 그러니까 보석 나무가 어떻게 존재할 수 있는지에 대해서 의문이야. 또 보석 나무가 어떻게 하룻밤 사이에 자라날 수 있었는지도 의문이야. 솔직히 우리는 이 나무를 오늘 처음 보는 것이잖아. 우리는 아직 이 나무에 대해 잘 모르잖아."

"그럼, 넌 보석을 따지 말던가."

티나가 차갑게 대꾸하자 놀란 안토니오는 서둘러 말을 이었다.

"그 뜻이 아니라, 이 보석이 누군가에 의해 만들어진 가짜일 수도 있고, 보석 나무에 달려 있는 보석이 가짜일 수도 있는 것이잖아…."

"미래의 일은 그때 처리할 것이니까 넌 내 일에 참견 말고 네가 갈 길이나 가." 티나가 코웃음을 치며 말하였다.

"그래, 나는 네가 미래에 어떤 '무시무시한 일'을 당하더라도 절대로 도와주지 않을 것이니까, 그렇게 알고 있어. 네가 울며 애원해도 절대로 도와주지 않을 것이야."

안토니오는 티나를 불쌍하게 생각하였다. 티나는 지금 눈앞에 있는 이익만 생각하느라 미래에 벌어질 일을 생각하지 못했다. 안토니오는 그 사실을 알려 주고 싶었지만 지금 그 사실을 티나에게 말해봤자 자신의 입만 아플 것이라는 생각이 들었다. 안토니오는 티나 스스로 그 사실을 깨우칠 수 있도록 그 자리를 떠났다.

안토니오는 밤이 깊어가는데도 잠을 이룰 수 없었다. 그는 아직도 '보석 나무'에 의문을 가지고 있었다.

'과학적으로 보석 나무는 말이 안 돼.' 그는 생각하였다. 그는 창문 밖을 응시하였다. 새벽 3시였음에도 불구하고 아직도 '보석 나무'에서 보석을 따 가려는 사람들이 보였다.

'아직도 '보석 나무'에서 보석을 따 가려는 사람들이 있구나.' 안토니오가 생각했다. 안토니오는 그로부터 1시간이나 지나서야 잠에 들 수 있었다.

다음 날, 안토니오는 잠에서 깨어났다. 방 밖으로 나가자 안토니오의 누이동생 안젤라가 거울을 바라보고 있었다.

"나는 너무 못 생겼어!"

안젤라 헤르난데즈는 거울을 바라보며 자기 자신을 낮추는 말을 했다. 그 말을 듣자 안토니오는 미간을 살짝 찌푸렸다.

“아니야, 너는 충분히 예뻐.”

안토니오가 안젤라의 말을 부정했다.

“아니야, 그렇지 않아.”

“사람은 외모가 아니라 성격으로 판단하는 거야. 넌 착하고 친절하잖아.”

“착하고 친절해도, 세상은 예쁜 사람만 기억해.”

“아니, 그렇지 않아. 성격이 왜 중요한지 알아?”

“왜?”

“외모는 수술로 한 순간에 바꿀 수 있지만, 성격은 고치기 어렵거든.”

“그래도 세상은 예쁜 사람을 더 좋아해.”

“외모는 태어날 때 선택할 수 없지만, 성격은 자신이 어떤 행동을 하냐에 따라 결정돼.”

안젤라는 그렇게 말하는 안토니오가 고마웠다. 안토니오 덕에 사람은 외모도 옷차림도 아닌, 성격이 중요하다는 것을 깨달았다.

“고마워. 오빠 덕에 사람에게 무엇이 가장 중요한지 알게 되었어.” 안젤라가 미소를 지으며 안토니오에게 말했다.

“오빠는 세상에서 제일 멋져!”

그 말은 안젤라가 안토니오에게 할 수 있는 말 중 가장 멋진 말이었다.

안토니오가 책을 읽고 있을 때였다.

-어제 일은 미안해.

그때, 티나에게서 문자가 왔다. 문자를 본 안토니오는 어제 하지 못했던 말을 쓰기 시작했다.

'어제 내가 얼마나 서운했는데, 이제 와서 사과해도 받지 않을 거야, 너 때문에 내가 얼마나 속이 상했는지 알아…?'

하지만 안토니오의 손은 전송 버튼에서 멈추었다. 이 문자를 티나에게 보낸다면 화해는커녕 더 싸우게 될 것이다. 티나가 먼저 사과했는데, 안토니오는 도리어 화를 낸다면 티나에게 좋지 않은 인상이 남겨질 것이 분명했다.

안토니오는 문자를 지우고 새로운 내용을 썼다.

-괜찮아. 하지만 다음부터는 조심해 주었으면 해.

안토니오가 문자를 보내기 무섭게 티나가 또 다른 문자를 보냈다.

-알겠어, 주의할게. 좋은 하루 보내.

안토니오는 집을 떠났다. 산책을 하기 위해서였다. 안토니오의 몸에서 꽃향기가 날 정도로 향기로운 꽃이 핀 봄이었다. 그때, 안토니오는 티나와 마주쳤다.

"티나?"

"안토니오?"

"그래, 나야."

안토니오와 티나가 수줍게 인사를 나누고 있을 때였다. 어디선가 비명소리가 들렸다. 화들짝 놀란 티나와 안토니오가 소리가 나는 방향으로 뛰어갔다.

인적이 드문 길이었다. 그래서인지 티나와 안토니오밖에 없었다. 자세히 말하자면, 검은 복면을 쓴 남자 한 명과 피를 흘리며 쓰러져있는 여인도 있었다.

티나가 놀라 비명을 지르자, 검은 복면을 쓴 남자가 티나와 안토니오를 바라보았다.

"오랜만이군요."

검은 복면을 쓴 남자가 소름 끼치는 미소를 지어 보이더니 말했다.

"티나 로드리게즈."

남자의 목소리를 들은 티나는 그제야 그가 누구인지 깨달았다.

2. 밝혀진 비밀

안토니오는 놀랐다. 그는 티나에게 물었다.

"아는 사이야?"

그러나 티나는 들은 척도 하지 않았다.

"데이비드 오브라이언…" 티나는 그 남자에게 말하는 것 같았다.

"티나 로드리게즈, 그간 어떠셨는지요?"

남자는 티나에게 말했다.

"내가 지금 괜찮아 보여?" 티나가 남자에게 차갑게 대꾸했다.

"여전하시군요. 그 기분 나쁜 말투는."

안토니오는 상황이 전혀 이해되지 않았다. 안토니오는 이 상황에서 빠지고 싶었지만, 그러지 못했다.

"내가 더 이상 내 눈에 띄지 말라고 경고했을 터인데?"

"제가 눈에 띈 것이 아니죠." 남자가 말했다.

"공주님이 제 눈에 띈 것이니까요."

"공… 공주?" 안토니오가 두 사람의 말을 끊고 물었다.

그는 너무 놀란 탓에 말까지 더듬었다.

"그래, 공주."

데이비드라고 불린 남자는 대화를 끊은 안토니오가 못마땅한지 그를 쏘아보며 말했다. 티나에게 말하는 것과 다르게 반말을 썼다.

"실례지만 왜 저에게는 티나와 다르게 반말을 쓰시는지 여쭈어도 될까요?"

"실례인 것을 알면 묻지 않는 게 기본 상식 아닌가? 도대체 배운 게 뭐야?"

데이비드가 자신의 머리를 살짝 두드렸다.

안토니오는 혼란스러웠다. 차라리 이 상황이 꿈이었으면 했다.

'살인 사건을 저지른 걸로 추측되는 남자가 티나에게 '공주'라고 부른다, 두 사람은 사이가 좋지 않아 보인다, 남자가 티나에게 높임말을 쓴다, 티나는 기분이 좋지 않아 보인다, 티나는 남자를 데이비드라 부른다. 이 얼마나 혼란스러운가!' 안토니오가 생각했다. 하지만 여전히 혼란스러운 것은 사실이었다.

안토니오는 어지러웠다. 이 상황을 이해하려고 머리를 열심히 굴린 탓에 머리가 복잡했다.

"티나, 이게 무슨 상황이야?" 티나는 그제야 남자, 즉 데이비드와 말싸움을 멈추고 안토니오를 바라보았다.

"이제 말할 때가 된 것 같아, 데이비드."

티나와 데이비드, 그리고 안토니오는 근처 카페에 들어갔다. 편하게 이야기하자는 의미였다.

"도대체 무슨 일이에요?" 안토니오가 음료수를 마시며 데이비드에게 물었다. 데이비드는 티나에게 물어보라는 눈빛을 보내었다. 안토니오는 그 눈빛의 의미를 알아채고 티나에게 다시 물었다.

"티나, 도대체 무슨 일이 일어난 것이…."

안토니오는 말을 멈추고 데이비드를 바라보았다. 데이비드는 티나에게 존대 표현을 쓰라는 눈빛을 보냈다.

"… 에요?" 안토니오가 말을 이었다.

"사실, 나는…" 티나가 말했다.

"인간이 아니야."

"뭐라고?" 안토니오는 아직 티나에게 존대 표현을 쓰는 것이 익숙지 않은지 반말을 썼지만, 금세 고쳐 말했다.

"아니, 뭐라고요?"

"말 그대로야. 나는 인간이 아니야." 티나가 말했다.

"마녀지."

"마… 마녀요?" 안토니오는 너무 놀랐는지 말을 더듬었다.

"조용히 해. 여기는 사람이 별로 없어서 조금만 크게 말해도 인간들에게 들킨단 말이야."

"제가 그 생각을 못 했네요. 죄송합니다."

"죄송할 것은 없어. 다음번에는 주의하는 것이 좋을 거야."

"그런데요, 아까 공주라고 불리셨는데, 무슨 일이에요?"

"나는 왕궁에서 태어났어. 그러니까, 공주가 맞긴 해. 지금은 인간을 시험하고, 평가하는 작업을 위해 잠시 인간의 세계에 내려와 살고 있어."

"평가요?"

"그래, 평가. 솔직히 말하자면, 나는 너를 평가할 때도 있었어."

"네?"

"네가 '보석 나무'가 의심스럽다고 한 날, 내가 너에게 한 말들은 너를 시험하기 위해서 한 말이었어. 사과한 일도 그래, 인간들은 먼저 사과한 사람들에게 어떤 반응을 보이는지 시험한 것이고 말이야."

안토니오는 놀랐다. 자신이 모르는 사이에 티나가 자신을 평가했을 줄은 몰랐다. 안토니오는 다시 물었다.

"두 사람은 무슨 관계인가요?"

“공주와 신하라고 할 수 있지.”

데이비드가 티나 대신 대답했다. 그러자 티나가 말을 고쳤다.

“말은 똑바로 해야지, 데이비드 오브라이언. 공주와 배신자니까.”

“배신자요?” 안토니오가 되물었다.

“말이 심하시네요, 제가 언제 배신을 했다고 그러십니까?

“너는 배신자다, 돈 때문에 나라를 배신한!”

“들켰네요? 뭐 저야 별 상관은 없지만….” 데이비드는 의자에서 일어나 티나와 안토니오의 시야에서 사라졌다.

안토니오는 티나에게 물었다.

“어쩌면 좋죠?”

“괜찮아. 데이비드가 착해지면 우리 사회에 이득이지만, 데이비드는 착해질 기미가 보이질 않아. 그러니까 데이비드가 스스로 사라진다면, 더 좋은 것이야.”

데이비드는 티나의 말이 이해되지 않았다. 티나는 정말로 데이비드가 떠나길 원할까?

“하지만…”

“데이비드가 돌아오면 넌 그를 믿을 것이니?”

안토니오는 그 말에 대답할 수 없었다. 데이비드가 돌아와서는 반란을 일으킬지는 아무도 모르는 일이었다.

“너도 모르는 상황을 일부러 만들어 내려고 하지 마.”

티나는 약간 화가 난 것 같았다.

"상대에게 그걸 권하는 행동은 더더욱." 그녀가 덧붙였다.

"네." 안토니오는 아직 하고 싶은 말이 많았지만, 일을 키우고 싶지는 않아 작게 대답했다.

"내가 진짜로 걱정하는 것은 따로 있어." 티나가 말했다.

"무엇이 걱정되는데요?"

"데이비드가 더 나빠질 수도 있어. 데이비드가 반란을 일으킬 수도 있고 말이야."

"맞아요. 하지만 데이비드가 다시 착해질 수도 있…"

안토니오가 말을 마치기 전에 티나가 끼어들었다.

"'다시?' 넌 데이비드와 나를 잘 몰라! '다시'란 말은 데이비드가 착했던 때가 있었다는 뜻이야. 그는 처음부터 '화남'과 '배신'이라는 얼굴에 '순수함'이라는 가면을 쓴 거야! 너는 데이비드를 오늘 처음 만났어. 넌 데이비드에 대해서 아무것도 몰라! 아무것도 모른다면 그 건방진 입 좀 다물어!"

티나의 목소리에는 '화남'이 조금, 아니 많이 섞여 있었다. 어쩌면 그 목소리에는 '화남'이란 감정밖에 없었을 수도 있다.

티나의 목소리가 카페 안을 메우고 난 뒤에, 무서운 침묵이 이어졌다. 무서운 침묵이 이어진 뒤 5분도 채 되지 않았지만, 안토니오에게는 그 '5분'이 5시간처럼 느껴졌다.

침묵을 깬 건 안토니오였다. 안토니오는 대화의 화제를 바꾸어 말했다. 최대한 티나의 기분을 고려하면서. 안토니오는 조심스럽게 입을 떼었다.

아까와 같은 상황이 일어나지 않게 해달라고 기도하면서.

"왕궁에서는… 어땠어요?"

"왕궁?"

"공주시…잖아요."

"나는 매일 '슬픔'이라는 얼굴에 '웃음'이라는 가면을 쓰고 왕궁에 있는 모든 사람에게 좋은 모습을 보이려 노력했지. 혹시라도 그들에게 내 약한 모습을 보이면, 스스로를 용서할 수 없었지…."

"…" 안토니오는 그 질문을 한 것을 뼈저리게 후회했다. 왕궁에서 있었던 일은 티나에게 좋지 않은 추억인 것 같았다.

"하지만 지금은 아니야. 너도 알다시피 내가 '학교'라는 곳에 거의 매일 가잖니? 다들 내가 나이를 속이고, 신분을 속이고, 또 내가 정체를 속였다는 것을 몰라. 너를 제외하면 말이지."

티나가 말했다.

"'학교'는 재미있어. 어린아이들에게 다양한 과목을 가르치고, 아이들은 수업에 열심히 임하지. '쉬는 시간'이라는 시간에 아이들은 서로 화목하게 지내고."

예전에 안토니오는 학교가 재미있다는 티나의 말을 이해하지 못했다. 그 당시 안토니오는 학교는 매번 같은 것만 가르쳐주면서 꿈을 찾아준다는 거짓된 존재라고 생각했다.

하지만 지금은 말이 다르다. 안토니오는 티나의 사연을 듣게 되니 티나가 '학교는 재미있는 곳이다.'라고 한 것이 이해되었다. 티나가 어찌나 설명을 잘했는지, 안토니오는 지금 당장 학교에 가고 싶어졌다.

"하지만, 지금은 말이 달라. 난 정말 행복해." 티나가 말했다.

안토니오는 어지러웠다. 티나는 정말로 행복한 걸까? 티나는 왕궁에서 약한 모습을 보이지 않기 위해 아무리 슬퍼도 웃음을 띠고, 행복한 척했다.

그럼, 지금도 같은 상황인 걸까? 티나가 또 '웃음'이라는 가면을 쓴 것은 아닐까?

안토니오는 티나가 정말로 행복한 것이라고 믿고 싶었다.

하지만 지금 티나는, 거짓 웃음을 짓고 있다.

3. 어느 소년의 죽음

마을은 시끌벅적했다. 어느 소년의 죽음 때문이었다. 사람들은 소년이 자살을 한 것이라고 생각했다. 마을 사람들은 눈앞에 놓여 있는 소년의 시체를 믿을 수가 없었다.

소년은 토요일 오후 3시에 죽었다. 사람들은 소년이 죽은 집에서 유서를 발견했다. 유서에는 다음과 같이 적혀 있었다.

'홀수가 행복하면, 한 명이 참고 있는 것이라고 했다. 하지만 '우리'는 홀수지만 서로를 존중하고 이해하며, 행복하다고 나는 생각했다. 나는 소외되는 아이가 없다고 생각했다.

그런데 내가 소외당하고 있었다. 아이들이 집중력이 좋아서 나에게 대꾸조차 하지 않는 것이라고 생각했다. 아니, 그렇게 생각하고 싶었다.

내가 소외되는 것을 알게 되었을 때는 내가 중학교 2학년이 되었을 때였다. 나는 나의 친구들을 위해 음료를 사 왔다. 그러다가 문득 이런 말을 듣게 되었다.

"…정말 싫지 않아?" 그 앞 이야기는 듣지 못했다.

"응, 정말 싫어. 그 애가 우리와 어울리는 것이 싫어."

나는 그 아이들이 말하는 아이가 나라고 생각하지 않았다. 아니, 생각하기 싫었다. 나는 아이들을 말리려고 한 발짝 더 앞으로 다가갔다.

"저스틴 발렌시아 말이야, 정말 싫어. 이 세상에서 사라져 버렸으면 좋겠어."

"그 애를 보면 강에 밀어버리고 싶어."

저스틴. 내 이름이다. 나는 온몸에 소름이 돋아났다. 어떻게 사람의 생명이 하나 없어졌으면 좋겠다는 이야기를 저렇게 쉽게 할 수 있을까?

내가 죽으니까, 어때? 좋아? 너희들이 원한 것은 이것 아니야?

장난으로 해본 말이었다고, 다시 살아나라고 애원해도, 죽은 사람은 다시 살 수 없지. 장난이었다고? 그렇게 심한 말을 어떻게 그렇게 태연하게 할 수 있었는데? 내가 죽으니까, 너희는 참 기쁘겠네.'

소년이 쓴 유서는 유서가 아니라 소설에 가까웠다. 소년의 유서를 본 사람들의 대부분이 눈물을 흘렸다. 너무나도 슬펐다. 한 생명의 죽음, 슬픈 사연까지….

티나 로드리게즈는 인간들이 이기적이라고 생각했다. 동물들을 죽여 가방과 같은 여러 물품을 만들고, 동물을 '매우 끔찍한 방법'으로 죽여 섭취하고, 심지어 재미를 위해 힘들어하는 동물들을 우리에 가두어 낄낄거리며 구경을 할 때는 이런 모습을 보이지 않았다. 하지만 인간이라는 동물이 죽자 눈물을 흘리고, 슬퍼한다.

인간들은 정말 이기적이다.

'인간들은 너무 잔인해. 같은 동물인 인간이 죽었을 때만 슬퍼하다니. 동물들은 더 잔인하게 죽는다, 그것도 인간의 욕심 때문에.'

티나는 이 어린 소년의 죽음에 전혀 반응하지 않았다. 인간은 언젠가는 죽을 수밖에 없다. 스스로 목숨을 끊은 것이라면, 이 소년은 죽고 싶었을 것이 분명하다. 그렇다면, 사람들은 왜 슬퍼하고 있는 것일까? 소년이 소원을 이룬 것에 기뻐해야 해야 하지 않을까?

티나는 울고 있는 사람들이 이해되지 않았다. 분명히 저 눈물은 '기쁨'이 아니라 '슬픔'을 의미했다. 소년은 과연 사람들이 슬프기를 바랐을까?

“여러분, 저 소년의 죽음은 소년이 선택한 것입니다. 소년은 소원을 이룬 것입니다. ‘슬픔’을 상징하는 눈물이 아닌 ‘기쁨’을 상징하는 눈물을 흘리시는 것은….”(티나는 남들과는 다른 생각을 가지고 있었고 상상력이 풍부했다. 또한 생각이 깊었다. 선생들은 그런 그녀에게 ‘작가’라는 직업을 권했다.)

티나는 그 이야기를 꺼냈다가 오히려 ‘잔인한 놈’, ‘감정’이란 단어 자체를 모르는 놈’, ‘남의 죽음을 을 보고 기뻐하는 나쁜 놈’이란 이야기만 듣고 말았다.

티나는 사람들에게 ‘기쁨’이란 선물을 주려다가 오히려 나쁜 이야기만 들었다. ‘기쁨’이란 선물을 주려고 한 것이 그리 잘못된 일일까?

티나는 자신의 집에 돌아와서 사람들이 왜 자신의 말에 나쁜 반응을 보였는지 생각해 보았다.

‘그 소년은 사람들이 자신이 죽은 것을 알고 너무 슬퍼하지 않으면 좋겠다고 생각했을 것이다. 하지만…’ 티나가 생각했다

‘소년이 죽은 뒤 사람들이 기뻐하면, 소년은 슬프지 않을까? 괴롭힘을 당한 것으로 모자라, 사람들이 그의 죽음을 기뻐한다면, 자신은 존재감이 없고 쓸모없는, 그런 모자란 존재로 여기지 않을까?’

그렇게 생각하자 티나는 자신의 행동이 부끄러워졌다.

‘내 생각이 짧았어.’

티나는 잠자리에 들었지만, 죄책감에 잠을 이루지 못하였다.

티나는 잠자리에서 일어났다. 소년의 죽음에 대해 더 알아봐야만 했다.

티나는 소년이 죽은 집으로 들어갔다. 소년은 부모가 없어 고아원에 가게 되었지만, 고아원의 선생은 너무나도 무섭고 불친절했다. 소년은 매일 자신에게 몹쓸 짓을 하던 선생들을 견딜 수 없어 고아원에서 몰래 빠져나왔다.

소년은 16살이었고, 아르바이트로 돈을 모아 아주 싼 집을 샀다. 학교는 고아원 선생들의 눈을 피해 다니던 곳을 계속해서 다녔다.

부모가 없고, 고아원에서 몰래 빠져나왔다는 것은 소년이 혼자 살았다는 것을 알게 해 주었다.

티나는 집 안이 열려있다는 사실을 알았다. 경찰들이 소년의 죽음에 대해 조사하기 위해서 집의 문을 열어 놓았기 때문이다.

티나는 문을 열고 들어갔다. 남의 집을 허락도 없이 들어가는 것은 범죄다. 하지만 그것은 인간의 법이다. 인간의 법은 인간들에게만 적용된다.

집 안은 아주 깔끔했다. 티나는 놀랐다. 집 안이 더러울 것으로 생각했기 때문이었다. 티나는 자신이 무엇을 하러 왔는지도 까먹고 집 안을 구경하기 시작했다.

집 안에는 여러 가지의 물건들이 있었다. 티나는 열두 번째 물건을 구경하다 정신을 차렸다.

'나는 여기 놀러 온 것이 아니야. 나는 소년의 죽음에 대해 더 알

아보기 위하여 이 집을 찾아온 것이니까, 소년의 죽음에 대해서만 알아봐야 해.'

티나가 생각했다.

이 공포영화에 등장하는 여주인공 같다는 착각을 했다. 이 순간이 공포영화의 한 장면 같았다.

소년의 방은 어두웠다. 게다가 음침했다. 방 안은 무서운 분위기가 흐르고 있었다. 티나는 갑자기 무서워졌다. 괜히 봉변을 당할 것 같아 두려웠다. 소년의 방은 그만큼 무서웠다.

소년의 방에는 아무 소리도 나지 않았지만 티나는 무서운 소리가 들리는 듯했다. 누군가가 기분 나쁘게 웃는 소리도 티나의 귀에 맴돌았다.

티나는 처음 느껴보는 이상한 기분이 싫었다. 왠지 티나가 아닌 다른 사람이(티나는 사람이 아니지만) 있는 것 같았다.

티나는 소름 끼치는 목소리들을 견딜 수 없었다. 하지만 그렇다고 포기할 수도 없었다.

'평소에는 무섭지 않은 것들이 왜 무서울까?'

그 답은 하나였다.

지금 티나는 범죄를 저지르고 있다. 인간의 법은 인간에게만 적용되지만, 티나는 지금 인간처럼 생활하고 있다. 티나가 인간처럼 생활하고 인간의 세계로 내려온 이상, 인간의 법에 따라야 한다. 아니, 따라야만 한다.(그리고 법정이나 경찰서에서 '나는 인간이 아니라 마녀 이므로 이 법이 적용되지 않습니다.'라고 말할 수도 없는 노릇이었다.)

티나는 범죄자들의 마음을 알게 되었다. 경찰에게 들키면 안 된다는 마음 때문에 평소 잘하던 일도 잘하지 못하게 되었다. 평소 두렵지 않던 것들이 두려웠다.

'범죄자들은 이런 기분일까? 맞다면 범죄를 왜 꾸미는 걸까? 정말 두려운데' 티나가 생각했다.

티나는 그런 생각을 머릿속에서 지워 버리려고 했다. 난 나쁜 이유로 여기 온 것이 아니야, 나쁜 뜻이 아니었다고.

하지만 어느 이유든지 범죄를 저질렀으면 안 됐다. 악한 마음이었든, 선한 마음이었든 중요하지 않다. 범죄는 저지르면 안 됐다.

선한 마음이었든 악한 마음이었든 결과물은 똑같다. 선한 마음이었다고 법정에서, 경찰서에서 울면서 호소해도 소용없다. 선한 마음이었지만 사람들에게 해를 끼친 것은 사실이니까. 법을 어긴 것은 사실이니까.

'내가 어쩌다 이렇게 되었을까?' 티나가 생각했다.

'내가 그때 그런 말만 지껄이지 않았어도, 소년의 죽음에 대해 조금만 더 이해해 주었더라도…. 이런 일 일어나지 않았을 터인데….'

하지만 티나는 고개를 저었다.

'아니야. 내가 그 말을 했건, 하지 않았던, 소년은 결국 죽었을 것

이야.'

티나는 그런 생각으로 위안을 삼았다. 하지만 오히려 역효과가 났다.

티나는 소년의 방을 더 살펴보았다. 소년의 방에서는 여러 원고지가 나왔다. 소년은 한 때 작가를 꿈꾼 것 같았다.

티나는 원고지에 쓰여 있는 까만 글자들을 읽어 보았다. 원고지에는 다음과 같이 쓰여 있었다.

한 공주가 있었다. 공주는 정말 착한 마음씨를 가졌다. 사람들은 공주가 아름다운 외모를 가져야 한다는 편견을 가지고 있다. 그 편견을 깬 것이 바로 이 공주이다. 공주는 아주 착했지만, 못생긴 외모를 가지고 있었다. 사람들은 공주를 보며 수군댔다. "저 공주 좀 봐, 정말 못생겼어." 공주는 사람들이 자신에 대해 수군대고 있다는 것을 알았다. 하지만 공주는 넓은 마음으로 그들을 용서하고 이해했다. 사람들은 공주가 무섭지 않다는 것을 깨달았다. 그들은 공주에게 손가락질 하며 '정말 못생긴 공주'라는 별명을 지었다. 공주는 되도록 사람들을 용서하고 이해하려고 했다. '아니야. 그렇지 않아. 사람은 내면이 중요한 것이니까.' 공주는 매일 그렇게 생각하며 위안을 삼았다. 하지만 공주는 힘들었다. 사람들은 공주가 힘든 것도 모르고 계속해서 공주를 놀려 댔다. 날이 갈수록 더욱 심해졌다. 아무리 공주가 못생겼다 하더라도 백성들은 그녀를 놀리면 안 됐다. 공주가 어떻게 변할지는 아무도 모른다. 공주가 아니더라도 다른 사람을 놀리는 것은 비겁하고 부끄러운 일이었다. 여럿이 한 사람을 괴롭히면 그건 더 비겁한 짓이다.

공주는 화가 머리끝까지 났다. 하지만 참았다. 그녀가 화를 내며 백성들에게 벌을 내린다면 공주도 똑같이 비겁한 사람이 되는 것이었다. 공주는 비겁한 사람이 되지 않으려고 했다. 아니, 되기 싫었다. 공주는 매일 생각했다. '아니야, 저 백성들은 나를 그렇게 생각하지 않아. 나를 존경하는 것이야.' 하지만 그렇게 생각한다고 없는 일이 되는 것은 아니었다. 공주는 계속되는 백성들의 손가락질을 참을 수가 없었다. 그녀는 왕궁을 떠났다. 자신의 신분을 속이고 살기로 했다. 공주가 왕궁을 떠나고, 마을은 시끌벅적했다. 공주가 못생겼다며 놀린 백성들이지만, 공주가 돌아오면 좋겠다고 생각했다. 공주는 가는 길에 어떤 여자아이를 만났다. 여자아이는 버릇이 없었다. 그녀는 물건을 파는 상인에게 자신의 한쪽 눈이 잘 보이지 않는다는 것을 강조해 말했다.

"모르겠고요, 저는 반밖에 안 보이니까 반값!"

"그럼 두 눈이 다 보이지 않는 이에게는 공짜로 줘야 하는 것이냐?"

상인이 어이없어하며 말했다. 하지만 여자아이는 그 논리를 단숨에 짓눌렀다.

"그러니까 저한테 고마워하라고요. 그 싸구려 물건을 '반값이나'

주고 사잖아요."

두 사람의 실랑이가 커졌고, 공주는 어찌할 바를 몰라 참견 말고 그냥 지나치기로 했다.

공주가 왕궁을 떠난 지 열흘이 지났다. 공주는 길을 걷다 피부색이 갈색인 남자아이를 만났다.

"아름다우신 공주님이 계시는 성은 어디에 있나요?"

공주는 자신이라고 생각하지 않았다. 그녀는 되물었다.

"무슨 성을 말하는 것이니?"

"아름다우신 딜라일라 공주님이 계시는 성 말이에요."

공주는 놀랐다. 자신의 이름이었다. 공주는 자신의 이름이 나올 줄은 꿈에도 몰랐다.

"딜라일라 공주님은 전혀 아름다우시지 않아."

공주는 답했다. 자신이 소녀가 말하는 '딜라일라 공주'인 것을 티 내지 않으면서. '맞아. 공주님은 아름다우셔.'라 답하기에는 자신이 너무 볼품없었다. 공주 스스로도 자신이 못생겼다는 것을 인정하고 있었다.

"아니에요! 공주님은 아주 아름다우세요!"

"네가 이 말을 부정한다고 해서 진실이 거짓이 될 수는 없지." 공주는 그렇게 말은 했지만, 기분이 좋았다. 인정받는 기분이었다.

"아니에요!" 아이는 금방이라도 울 것 같은 표정을 지었다. 하지만 공주는 그런 아이를 내버려두고 갈 길을 걸었다.

티나는 시간 가는 줄도 모르고 글을 읽었다. 읽다 보니 '피식', 웃음이 나오기도 했다(티나가 진심으로 웃는다는 것은 극히 드물었다. 진심으로 웃었다는 것은 소년의 글이 그만큼 재미있다는 것이다).

날은 금방 저물었다. 공주는 잠을 청할 곳을 찾으려고 주위를 둘러보다가 어떤 동굴을 발견하게 되었다. 공주는 그 동굴에서 밤을 보내기 위해 동굴 안으로 들어갔다. 그러고는 잠을 청했다.

다음 날, 눈을 뜬 딜라일라 공주는 깜짝 놀랐다. 딜라일라의 눈앞에 검은 옷을 입고 있는 남자가 있었다.

"일어나셨군요."

남자가 태연하게 말했다. 어찌나 태연하게 말했던지 다른 사람이 들으면 원래 같이 살았던 것으로 착각할 법했다.

"너는… 누구냐?"

딜라일라 클레이튼은 그에게 조심스럽게 말을 걸었다.

"제가 누구인지가 중요합니까?"

남자는 딜라일라가 반말을 쓴 것이 못마땅하지 않은 듯했다.

"그럼… 무엇이 중요하냐?"

"제가 왜 여기 있는지가 중요하죠."

"그럼, 왜 여기 있느냐?"

"그건 제가 묻고 싶은 질문인걸요?"

"뭐라고?"

"저는 이곳에서 살고 있는 마법사입니다. 당신이 허락도 없이 제

집에 들어온 것이 못마땅했지만 당신이 너무 곤히 자고 있어 깨우지 않았던 것입니다."

"마… 마법사?"

"그렇습니다."

"그랬어, 그래서 당신에게 이상한 기운이 느껴졌던 거야."

"놀랍지 않으신가요?"

"놀라워. 하지만 그 감정을 꼭 겉으로 표현해야 한다는 법은 없잖아?"

마법사는 놀랐다. 왠지 딜라일라에게서는 남들과는 다른 기운이 느껴졌다.

"당신은 정말 아름답군요."

"아니야, 나는 아름답지 않아. 나의 기분을 고려해 준 것은 고맙지만 진실도 필요해."

"…" 마법사는 침묵을 지켰다. 보통 사람들이라면 기뻐할 것이다. 정말? 내가 예뻐? 사실 나도 그렇게 생각해.

"혹시, 플로리다 클레이튼라는 사람을 아시나요?"

마법사가 화제를 바꿔 말했다.

딜라일라는 놀랐다. 플로리다는 딜라일라의 어머니, 즉 왕비였다.

"우리 어머니신데(그 나라에서는 공주들도 자신의 어머니를 '어머니'라 칭했다)?"

"네? 혹시 당신은 '딜라일라 공주'이신가요?"

"맞다."

"플로리다 여왕님은 마법사이십니다."

"뭐?"

"당신은 마법사의 아이입니다."

이야기는 그렇게 끝이 났다. 티나는 다음 이야기가 궁금했지만, 자신이 무엇을 하러 온 것인지를 깨닫고 소년의 방을 살펴보았다.

티나는 소년의 방을 둘러보던 중 유서를 한 번 더 읽어보아야겠다고 생각했다. 티나는 유서를 집어 들었다. 그녀는 유서를 다시 한번 읽어보았다.

그런데 이상한 것이 있었다. 소설에 쓰인 글씨체와 유서에 쓰인 글씨체가 완전히 달랐다. 티나는 유서를 몇 번이고 읽어 보았다. 글씨체가 미세하게 달랐다면 별 의심 없이 그냥 넘겼을 터지만 글씨체는 완전히 달랐다. 같은 사람이 썼다고는 볼 수 없었다. 티나는 유서와 소설에 쓰인 글씨체를 번갈아 보았다. 완전히 달랐다. 티나는 유서의 쓰인 글씨체의 주인을 단번에 알아보았다.

데이비드였다.

4. 다음 희생자

안토니오는 잠에서 깨어났다. 시계를 보니 6시가 조금 안 되었다. 안토니오는 졸린 눈을 비비고 침대에서 일어났다. 왠지 모르게 꺼림칙했고, 몸도 무거웠다. 티나에게 무슨 일이 생긴 것만 같았다.

'설마 그러겠어? 티나는 마법을 쓸 수 있으니까 안전할 거야.' 안토니오가 생각했다.

하지만 시간이 갈수록 걱정은 늘어났다. '티나가 부상을 입으면 어쩌지?' 란 걱정으로 시작해 이제는 '티나가 세상을 뜨면 어쩌지?' 라는 걱정까지 생기게 되었다.

안토니오는 그렇지 않다고 속으로 되뇌었다.

'티나가 안전한지, 그렇지 않은지 네가 어떻게 확신해?' 머릿속의 한 목소리가 물었다. 어딘가 기분 나쁜 말투였다.

'아니야. 티나는 괜찮을 거야. 만약 다쳤다면 티나는 마법으로 치료할 것이야. 상처를 입었다 하더라도 작은 상처일 거야.'

'그걸 네가 어떻게 확신해? 티나는 그렇게 대단하지 않아. 그 마녀는 마법 없으면 살지 못해. 마법의 힘으로 살아간다는 것은 부끄러운 거야. 혼자 힘으로 살아가지 못한다는 것이잖아.' 목소리가 말했다. 티나를 무시하는 말이었다. 안토니오는 참을 수 없었다. 그런 생각을 떨쳐내고 싶었다. 머릿속의 목소리를 쫓아버리고 싶었다.

안토니오는 겁이 많은 아이였다. 이야기 속 마녀를 두려워했다. 마녀는 정말 못생기고 사람들에게 저주를 내리는, 그런 무시무시한 존재라 여겼다. 하지만 실제 마녀를 만나보니 그런 생각들이 달

아났다.

마녀인 티나는 아름다운 외모를 가지고 있었다. 저주를 내린 적도 없었다.

안토니오는 티나에게서 자신이 가지고 있는 마법에 대해 들은 적이 있었다. 티나는 인간을 시험하는 이유로 이곳에 내려왔지만, 불쌍한 인간들을 도우려고 내려온 이유도 맞았다. 티나는 치유의 마법으로 불치병이나 병을 앓고 있는 사람을 치료해 주었다. 알레르기를 가지고 있는 사람들을 도와주었다. 학교 폭력이나 괴롭힘을 당하는 사람을 도와주었다.

'왜 우리 인간들은 인간이 아닌 존재면 나쁘다고 생각하는 걸까? 그들이 마녀를 만나본 것도 아닌데 말이야…. 마법을 쓴다고 나쁜 것일까? 왜 마녀가 나쁘다고 생각하는 걸까? 왜 동화 속 마녀들은 항상 나쁘게 묘사되지?' 안토니오는 생각했다. 동화나 소설 속 마녀는 항상 인간들을 못살게 굴고 괴롭히는 그런 나쁜 존재로 묘사되었다.

안토니오는 생각에 빠졌다.

'동화 속 마녀는 항상 나쁜 존재로만 표현된단 말이야. 왜 항상 선이 악을 이겨야 하지? 왜 항상 마녀들은 못된 존재가 될 수밖에 없지?' 안토니오는 사람들의 마음을 이해할 수 없었다.

'이런 생각하기에는 부끄럽지만,' 안토니오가 생각했다.

'인간이 이 세상에서 제일 잔인해. 인간들은 동물들을 매우 끔찍하고 상상하지 못할 방법으로 죽이고, 동물이 물건이라는 듯이 사고팔지. 생명은 돈으로 매길 수 없는 소중한 존재인데, 사람들은 왜 하나의 생명을 물건처럼 사고, 마음대로 길거리에 버리지? 그리고 왜 소중한 생명이 있는 존재들을 '동물원'에 가두어 구경하지? 동물들도 생명이 있는 소중한 존재인데…' 안토니오는 죄책감에 고개를 푹 숙였다. 안토니오도 웃으며 갇혀있는 동물들을 구경한 적이 있었다.

안토니오는 온몸에 소름이 돋았다. 자신이 가장 잔인하다고 생각한 존재는 바로 '마녀'였다. 하지만 그렇지 않았다. 여태껏 당연하다고 생각한 것들이 사실은 당연하지 않은 것들이었다.

'그래, 영양분을 얻기 위해 동물을 죽이는 것은 좋아. 아니, 좋지 않지만…. 죽이는 것으로 모자라 우리에 가두고 구경하는 것은 너무 끔찍해. 동물원에서 동물들은 무슨 생각을 할까? 내가 동물들이었다면 어땠을까?'

안토니오는 생각하고 생각했다.

'너무 끔찍해.' 안토니오는 그런 생각들을 하지 않으려고 일부러 큰 소리로 말했다.

"아니야, 내가 동물들을 가둔 것은 아니잖아. 그리고 그것이 잘못된 행동인지 몰랐잖아."

하지만 몰랐다고 해서 없었던 일이 되는 것은 아니다. 산불이 난 것을 몰랐다고 해서 다치지 않는 것은 아니다. 괴한이 있는지 몰랐다고 해서 죽지 않는 것은 아니다.

안토니오는 생각할수록 고통스러웠다. 동물들의 입장에서 생각해 주지 못한 자신이 야속했다.

"오빠"

안젤라 헤르난데즈가 노크도 없이 안토니오의 방을 열더니 말했다. 그녀는 평소보다 지쳐 보였다.

"왜 그래?" 안토니오가 물었다.

"오빠는 만약 내가 이 세상에서 사라진다면 어떻게 할 거야?"

안젤라가 물었다.

안토니오는 그 질문에 답하고 싶지 않았다. 안젤라가 사라질 일은 없었다.

안토니오는 말도 안 되는 질문에 답하고 싶지 않았다.

"네가 이 세상에서 사라질 일이 있기나 해?"

안토니오는 시큰둥하게 대답했다.

"아니… 그… 그럴 일은 없지만 그래도…."

예상 밖의 질문이었는지 안젤라는 말까지 더듬었다.

"나는 지금 바빠. 나가줄래?"

안젤라는 문을 닫았다. 평소보다 거칠게 닫은 듯했다.

안토니오는 자기 누이동생이 하는 행동을 전혀 신경 쓰지 않았다. 안토니오는 생각할 시간이 조금, 아니 많이 필요했다. 방해받고 싶지 않았다.

'하지만, 만일 '만약'이 진짜가 된다면? 난 어찌 행동해야 할까?'

안토니오는 기도했다. 만약이 현실이 되지 않게 해달라고.

티나의 몸에 소름이 돋았다. 데이비드가 사람을 죽였다.

티나는 데이비드가 소년을 죽이는 상황을 상상해 보며 몸을 떨었다. 생각만 해도 끔찍했다. 한시라도 빨리 안토니오에게 이 사실을 알려야 했다.

자세히 보니 유서에는 피가 조금 묻어 있었다. 피 냄새가 조금 배어 나왔다.

데이비드는 소년을 죽인 뒤 소년이 스스로 생을 마감한 것처럼 꾸몄다. 유서를 썼다. 데이비드는 티나가 얼마나 눈치가 빠른지에 대해서는 생각하지 못했다.

티나는 유서에 쓰인 글씨체와 원고지에 쓰인 글씨체를 번갈아 보았다. 티나는 자신이 잘못 봤으리라고 머릿속으로 되뇌었다.

하지만, 아무리 봐도 같은 사람이 쓴 것이라고는 볼 수 없었다.

티나는 두려워졌다. 데이비드가 살인을 저질렀다. 데이비드는 인간이다. 하지만 데이비드는 같은 인간을 죽였다.

다음 희생자는 누굴까? 자신은 아니라고 확신할 수 없어, 티나의 몸에 소름이 돋았다.

다음 희생자는 누구일까? 이런 식으로 데이비드의 살인이 반복된다면 티나 자신도 언젠가는 죽게 되는 걸까? 사람들의 공포를 유발하기 위해 한 명은 희생자가 될 수밖에 없는 걸까?

티나는 공포에 질렸다. 움직일 수 없었다. 몸이 굳었다. 무슨 말을 하려 해도 입이 붙어 떨어지지 않았다. 안토니오가 이 사실을 알면 어떻게 반응할까?

'내가 이 사실을 안토니오에게 말할 수 있을까?'

티나는 울고 싶어졌다.

안토니오는 어렸을 적부터 차분하고 말을 잘하기 때문에 어른들에게 '어른답다.'라는 말을 많이 들었다. 그 말을 들을 때마다 안토니오는 "감사합니다."라고 답했지만 기분은 영 좋지 않았다. 아이다운 건 무엇이고 어른다운 것은 무엇일까? 왜 성인과 성인이 아닌 사람을 나눌까? 왜 어른이면 말을 잘하고 울면 안 된다고 생각하는 걸까? 왜 아이이면 책보다 노는 것을 더 좋아한다고 생각하는 걸까?

티나는 어른들이 생각하는 '어른다운' 어른이었다. 티나는 스물여섯 살이었다. 안토니오는 검은 복면을 쓴 남자, 즉 데이비드를 만나기 전까지는 티나의 정체를 알지 못하였다.

'데이비드가 없었다면, 지금 나는 무엇을 하고 있었을까? 어떤 생각을 하고 있었을까?' 안토니오는 생각했다.

하지만 그 답은 누구도 알 수 없었다.

'데이비드가 없었다면, 나는 티나의 정체를 알 수 있었을까?' 티나는 자신의 정체를 끝까지 숨길 마음이었을까?' 솔직히 말하자면, 데이비드는 안토니오가 티나의 정체를 알게 하는 데 큰 도움이 되었다. 데이비드가 없었다면 티나는 평생 괴로웠을 것이다. 정체를 들키기는 했지만 속이 후련했을 것이다. 어쩌면 티나는 자신의 비밀을 마음 놓고 얘기할 수 있는 이가 필요했을지도 모른다.

그때, 안토니오에게 하나의 메시지가 왔다. 티나였다.

-잠깐 나와. 할 말이 있어.

안토니오는 꽤 바빴지만 마녀인 티나는 정말 중요한 일이 아닌 이상 먼저 연락하지 않았기에 안토니오는 서둘러 나왔다.

"무슨 일이에요?" 안토니오가 물었다.

"안토니오, 내가 이걸 너에게 어떻게 말해야 할까."

티나는 쓴 미소를 지으며 말했다.

"무슨 일인데요?"

안토니오가 궁금한 듯 고개를 앞으로 내밀었다.

"소년은… 스스로 생을 마감한 것이 아니었어."

"뭐라고요?"

상상하지 못한 이야기였는지 안토니오는 크게 소리쳤다.

"나도 놀랐어. 네가 얼마나 놀랐을지 짐작이 가. 하지만 놀라운 사실이 하나 더 있단다."

"소년이 스스로 생을 마감한 것이 아니면, 누가 소년을 죽였다는 것이에요?"

"데이비드 오브라이언." 티나가 말했다.

"오브라이언이 그를 죽였어."

"데이비드가요?"

"그래, 데이비드. 내 기억으로는, 데이비드의… 첫 살인이었던 것 같은데."

"두 번째 아닌가요?" 안토니오가 물었다.

"저는 두 번째라고 기억하는데요."

"아, 맞아. 너는 기억력이 꽤 좋구나."

"정말 끔찍해요!" 안토니오가 몸을 떨며 말했다. 목소리가 많이 떨리는 것으로 봐서는 두려운 것 같았다.

"그래, 맞아. 정말 끔찍해."

"데이비드는 무슨 생각으로 그를 죽인 걸까요?"

티나는 데이비드가 이해되지 않았다. 왜 생명을, 돈으로는 절대 값을 매길 수 없는 생명을 빼앗은 것일까?

"놀라지 마." 티나가 말했다.

"'보석 나무'는 가짜야."

"네?" 안토니오가 물었다. 너무 놀란 바람에 목소리가 조금 더 높아졌다.

"'보석 나무'에 달려있는 보석은 전부 가짜야. 인간들은 절대 눈치 못 챌 만큼 완벽하게 만들었어. 보석들은 전부 플라스틱이고."

"그렇다면… 누가 이런 짓을 벌인 것이죠?"

"확실하지는 않지만…." 티나가 말했다.

"아이다야. 아이다 오르테가. 그녀는 데이비드의 아내이지."

"아이다라고요? 그게 누구죠?"

안토니오는 처음 듣는 이름에 눈살을 살짝 찌푸렸다.

"앞서 말했듯이 아이다는 데이비드의 아내야."

"어떻게 그런 짓을 벌일 수 있는 것이죠?"

"나도 모르겠어, 둘이 어떻게 그렇게 끔찍한 일을 아무렇지도 않게 하는지 말이야. 티나는 이야기를 하며 몸을 떨었다.

"로드리게즈, 이해가 안 가요. 어쩜 그럴 수가 있죠?

"헤르난데즈, 진정해. 그 두 인간을 생각하는 시간이 아까워."

로드리게즈가 헤르난데즈를 바라보며 말했다.

안토니오가 티나와 이야기를 하던 사이 시간은 흘러가 결국 학교에 갈 시간이 되었다.

"그만 가봐야겠어요."

"그래, 나도 가봐야겠어."

티나와 안토니오는 이 말만 남기고 묵묵히 걸어갔다.

5. 보석 나무에서

아무도 없는 밤, 한 여자가 걸어왔다. 그녀는 보석 나무로 발걸음을 옮기고 있었다.

여자가 점점 형체를 드러냈다. 여자는 혼자 있는 것이 아니라 어느 남자와도 같이 있었다.

"멍청한 녀석들, 보석 나무가 가짜라는 것을 모르고 있잖아."

여자가 기분 나쁜 말투로 말했다.

"…정말 아무도 모를까?" 남자가 걱정되는 말투로 물었다.

"응, 멍청한 녀석들이 어떻게 알겠어?"

"평생 이 비밀을 지킬 수 있을까?"

"응, 그럴 수 있다니까. 왜 자꾸 그런 말만 해."

"걱정돼서."

"걱정하지 마. 만약 보석 나무의 비밀을 알게 되더라도, 내가 이 나무를 만들었다는 것은 모를 거야."

"아니, 알 수 있어." 뒤에서 한 목소리가 들렸다.

여자와 남자는 뒤를 돌아보았다. 어떤 흐릿한 형체가 자신들을 향해 다가오고 있었다.

"아이다 오르테가, 데이비드 오브라이언, 역시 너희였구나."

목소리가 말했다. 목소리는 조금씩 걸어와 드디어 형체를 드러냈다.

"티나?" 데이비드와 아이다가 동시에 말했다. 그들은 상상조차 하지 못한 인물에 크게 놀랐다.

"나는 너희가 생각하는 만큼 멍청하지 않아. 들키고 싶지 않았다면 유서에 쓰인 글씨체와 원고지에 쓰인 글씨체를 같게 했어야지."

"하지만 어떻게 저희를 막으시게요? 저스틴 발렌시아(데이비드가 죽인 소년의 이름이다.)는 다시 되살아날 수 없어요. 당신의 마법으로도요!" 아이다가 소리쳤다.

"그래, 되살릴 수 없어. 인간인 너희는 인간의 법을 지켜야 해. 마녀인 나도 지켜야 하고. 그 법을 따르지 못했으니 그에 마땅한 대가를 치러야지."

티나의 목소리는 섬뜩하다 못해 소름 끼치기까지 했다.

"하… 하지만 당신은 아무것도 못 해요."

데이비드가 떨리는 목소리로 말했다.

"아무것도 못 한다고? 아니, 난 할 수 있어."

티나가 미소를 지으며 말했다. 그 미소에는 데이비드와 아이다가 해석할 수 없는(아마도 소름 돋는) 의미가 담겨 있었다.

'도망쳐야 한다. 도망치는 것은 부끄러운 일이지만 도망치지 않으면 안 된다.' 데이비드의 머릿속에는 이런 생각만 떠올랐다. 데이비드의 머릿속이 하얘졌다. 하지만 도망치려고 해도 발이 붙어 떨어지지 않았다. 티나의 마법에 걸린 것도 아닌데 발이 떨어지지 않았고, 입이 붙어 아무 말도 할 수 없었다.

'아니야, 난 겁먹은 것이 아니야. 그냥 저 마녀의 마법에 걸린 것이야.' 하지만 데이비드가 이렇게 생각한다고 해서 티나의 마법에 걸린 것이 될 수는 없었다. 아이다도 마찬가지였다. 데이비드와 똑같은 신세가 되었다.

"난 알아, 너희가 어둠의 마법을 빌렸다는 것을. 또 아이다, 너의 펜던트를 깨부수면 보석 나무는 사라지고, 다른 사람들은 보석 나무와 그전에 있었던 일에 대한 기억이 사라지지."

"그… 그걸 어떻게…." 아이다가 당황한 듯 되물었다.

"나는 모든 것을 알 수 있어." 마녀 공주가 말했다.

"하… 하지만… 어떻게?"

"나는 적들에게 정보를 줄 생각 없어."

티나가 말했다. 그녀는 한순간에 아이다의 펜던트를 빼앗았다. 아이다는 어떠한 저항도 하지 못하고 펜던트를 뺏겼다.

"보석 나무를 없애겠어." 티나는 그 말과 동시에 아이다의 펜던트를 바닥에 던졌다. 펜던트는 바닥에 닿음과 동시에 깨졌다.

"안 돼…."

아이다는 작게 속삭였다. 그녀는 큰 목소리로 외치기에는 힘이 턱없이 부족했다.

보석 나무에 빛이 났다. 그 빛은 너무 밝아서 인간들이 쳐다볼 엄두도 나지 않았다.

"봐, 나는 할 수 있어. 마음만 먹으면 나는 무엇이든지 할 수 있어. 너희와 달리 나는 어둠의 마법사가 아니야. 너희처럼 다른 이의 마법을 빌리는 '가짜'가 아니라고." 티나의 목소리는 자신만만했다.

아이다는 천천히 티나를 천천히 노려보았다. 스스로 분노를 곱씹는 모양이었다.

아이다는 천천히 뒷걸음질 쳤다. 데이비드도 다를 바 없었다.

"나는 당신이 무서워서 도망치는 것이 아니야! 알아들었어? 못된 마녀야!" 아이다는 뒤를 돌아 뛰며 소리쳤다. 하지만 티나는 그 말을 귀담아듣지 않았다. 아무리 남들이 자신에 대해 뭐라고 지껄여봤자 자신이 아니라고 생각하면 아닌 것이다. 남들이 자신에 대해 뭐라고 생각하는지는 중요하지 않다. 자신이 자기 자신을 어떻게 생각하는지가 중요하다. 티나는 그들을 쫓아가지도, 정당한 대가를 치르게 하지도 않았다.

모든 것이 원점으로 돌아왔다. 지금 상황에서 아이다와 데이비드에게 정당한 대가를 치르게 하면, 좋을 것은 없었다.

지금 티나가 데이비드와 아이다에게 정당한 대가를 치르게 한다면 같은 상황만 계속될 것이다. 티나는 모든 것이 돌아왔으므로, 불쌍한 두 인간들에게 대가를 치르게 할 필요가 없다는 것을 느꼈다. 고요했다. 아무 소리도 들리지 않았다. 모두가 약속이라도 잠을 청하고 있는 터라 그럴 만도 했다. 티나는 자신과 데이비드, 그리고 아이다 때문에 혹여 누군가가 달콤한 잠에서 깨어나지는 않을까 걱정을 했지만 그런 일은 일어나지 않았다. 모두가 잠을 청하고 있는 것 같았다. 이제는 모두가 보석 나무에 관련된 기억은 잊을 것이다. 안토니오도 기억을 잃고 자신의 정체를 몰라볼 생각을 하니 살짝 서운했다.

'이제는, 정말 끝이네….' 티나가 생각했다. '이대로 평화가 있었으면….'

다음 날, 티나는 이른 아침 자신의 집을 떠났다. 학교에 가기 위해서였다. 티나는 더 철저히 정체를 숨겼다.

“안녕.” 티나가 안토니오에게 힘없이 말했다.

“안녕하세요.” 안토니오가 밝은 목소리로 말했다.

“응.” 티나는 그대로 자리에 앉으려다 이상함을 느꼈다.

‘안토니오가 나에 대한 기억을 잊었다면 나를 친구라고 생각해 ‘안녕’이라고 반말을 썼을 터인데, 왜 안토니오는 나에게 존대 표현을 쓰지?’

“안… 안토니오?” 티나가 말을 더듬으며 물었다.

“왜요?” 안토니오가 미소를 띠며 되물었다.

“아… 아니야.”

‘이건 아니야. 안토니오는 나에 대한 기억을 잊어버렸어. 안토니오는 지금….’

수업 종이 울리고 선생이 수업을 했지만 티나는 그의 말이 하나도 귀에 들어오지 않았다. 안토니오에 대한 생각뿐이었다.

다시 종이 울렸다. 아이들은 어느새 자신과 친한 친구들과 도란도란 이야기꽃을 피우고 있었다. 티나는 안토니오에게 다가갔다.

“안토니오…”

“네? 왜요?”

“아니야….”

“이야기하셔도 돼요.”

"괜찮아, 하고 싶지 않아."

티나는 안토니오를 살펴보았다. 몸에 이상이 없는지 살펴보았다. 그러던 도중 안토니오의 눈에 있는 흉터가 눈에 띄었다.

안토니오는 선택받은 자였다.

6. 잔인한 살인사건의 희생양

티나는 안토니오를 인적이 드문 골목으로 데려갔다.

"안토니오, 놀라지 말고 잘 들어."

티나가 숨을 고르더니 말했다.

"넌, '선택받은 자'야."

이 말을 듣는다면 누구든지 놀랄 것이다. 하지만 안토니오의 얼굴에는 놀란 기색이 전혀 없어 보였다.

"알고 있었는데요?" 안토니오가 거만하게 말했다.

"뭐?" 티나의 얼굴은 어느새 '당황함'과 '두려움'으로 물들었다.

"다시 말해 줄까? 알고 있었다고."

안토니오가 비웃음을 머금고 말했다. 어느새 안토니오의 말투는 높임말에서 반말로 바뀌었지만, 티나는 그걸 알아차리도 못했다. 하지만 지금 그게 문제가 아니다. 티나의 머릿속이 새하얘졌다.

"안토니오, 자… 장난하는 거지? 그렇지?"

티나는 안토니오가 장난을 하는 것이라고 굳게 믿었다. 아니, 믿고 싶었다.

"장난? 이제는 내가 당신을 죽여도 장난이라고 하겠네?"

"안토니오, 정신 차려…."

"살인이라는 건, 참 재밌는 게임이야." 안토니오가 말했다.

"이제 당신이 내 모든 진실을 알게 되었네?"

"무슨 짓을… 하려는 거야?"

"걱정은 마~. 난 그 게임을 다시 시작하려는 것뿐이야. 그리고…."

안토니오 헤르난데즈는 아주 소름 돋는 미소를 지어 보였다.

"나와 그 게임을 할 희생자는, 당신이야."

티나의 몸에 소름이 돋기도 전에 안토니오가 티나를 향해 총을 쏘았다. 티나는 아무 저항도 하지 못하고 총을 맞을 수밖에 없었다. 티나는 바로 그 자리에 쓰러졌다.

의식이 흐릿했다. 티나는 앞을 바라보았다. 안토니오가 총에 입김을 부는 모습이 아주 흐릿하게 보였다.

그 짧은 시간에 티나는 생각했다.

'그다음 희생자가 나였구나. 책 속 희극이라는 것은 없었구나….'

마침내 티나는 자신의 삶의 비극을 서서히 받아들였다.

티나의 눈이 점점 감겼다. 티나는 점점 그렇게 죽어갔다.

Chapter 1: A Terrible Dream

A long time ago in the kingdom of Sulhawgong, there lived a princess named Sulhaw.

She had great wisdom and a deep love for books. However, her parents were opposed to her reading and prevented her from doing so. One day, as Sulhaw sat absorbed and buried herself in a book, her parents caught sight of her.

"I have told you not to read books." her father, the King, scolded. His voice was strict. He was really angry. His voice was heavy.

"I'm sorry, but I want to explore the vast knowledge within these books. May I please continue reading?" Sulhaw pleaded. Her voice was desperate.

The king initially refused, but after numerous pleas from Sulhaw, he finally was generous and allowed her to read. Little did they know that this seemingly innocent act of reading would set off a chain of events that would change Sulhaw's life forever.

One fateful day, as Sulhaw was immersed in a captivating story, a goosebump scream echoed through the palace. Startled,

Sulhaw rushed to the source of the commotion, only to find her father lying lifeless on the ground.

"What has happened?" Sulhaw asked, her voice filled with grief. She was worried that something big had happened.

"One of the maids has killed him." the queen replied, her voice choking with sorrow. Sulhaw was in sorrow.

Destroyed by the loss of her father, Sulhaw was consumed by sadness. She found consolation in the country Time, a realm where she felt a connection due to the simultaneous birth of a baby and her own arrival into the world. It was a place of comfort for her, knowing she shared a bond with another soul.

On a seemingly ordinary morning, Sulhaw was suddenly awakened by a maid's urgent voice.

"Princess! Wake up! Hurry up! There's a fire!"

"What? Is this real?" Sulhaw questioned, her heart racing with fear. “Are you serious?”

"Yes, it's true! I’m serious!" the maid replied, panic clear in her voice.

Sulhaw quickly rushed out of the Sulhawgong, her anxiety mounting She noticed the queen standing nearby, equally terrified.

"I am so scared." the queen murmured, her voice trembling. Her body trembled.

Without hesitation the queen bravely rushed into the flames, sacrificing her own life in the process. Sulhaw was left shattered by yet another tragedy.

However, despite the hardships, the experts in the kingdom worked tirelessly to rebuild the Sulhawgong. Sulhaw, consumed by sorrow, withdrew herself from the world and locked herself in her room.

"Princess, please come out. You are our last hope." a voice pleaded outside her door. Her voice felt sincere. But Sulhaw doesn't want to go out.

Sulhaw resisted, burying herself in newspapers instead. The headlines showcased images of the burnt palace and the deceased queen. But there was something amazing. about the photographs—a person laughing amidst the devastation. There is a goosebump on her body. To Sulhaw's surprise, the figure is in perfect likeness to her maid.

"You are a traitor! You're laughing in this photo! I believe you killed the king!" Sulhaw accused, her voice filled with anger and grief.

"Yes, and when I kill you, I will finally find happiness." the maid countered coldly.

"No! You will not defeat me," Sulhaw declared.

In a swift motion, the maid hairless a sharp knife, and Sulhaw felt herself falling to the ground. The maid's knife goes up, ready to strike a fatal blow.

"Stop!" a voice cried out. The maid halted her attack.

"Do not harm the princess," the voice commanded.

"Who are you?" the maid asked, her voice trembling with uncertainty.

"I am the patron saint of the country." the patron saint declared firmly.

"I know you are not a patron saint." the maid retorted. skeptically.

"Please, save me." Sulhaw pleaded desperately, her voice vibrating. "Why do you want to kill the princess? What do you hope to gain from her?" the patron saint questioned, his tone probing.

"Because... she is a princess... and she is royalty," the maid confessed. Her voice was shaking.

"Simply because she is wealthy? Is that your motive?" the patron saint inquired, his voice tinged with disbelief.

Sulhaw's fear was reinforced as she listened to the conversation. She had begun to suspect the true nature of the maid's intentions.

"Stop... you are wicked beyond measure." Sulhaw courageously addressed the maid.

"I want to survive... Please, save me." the maid pleaded with her to give herself up. Now clear-cut.

"What is your name, princess?" the patron saint turned his attention towards Sulhaw.

"I am Sulhaw," she responded, her voice carrying a mixture of in a moment of astonishment and decision. "Sulhaw Valenzuela."

"Very well, Sulhaw princess." the patron saint acknowledged her.

Sulhaw's mind raced, questioning the patron saint's interest in her name. "Why does the patron saint want to know my name?"

The maid, her eyes darting between Sulhaw and the patron saint speak ill of."You have frustrated my plans. But mark my words, I will return."

"I refrain from pursuing such a path, wicked maid." the patron saint warned.

"Stop!" a new voice intervened. "It is the king!"

"The king? But the king was claimed by death. How is he still alive?" the maid exclaimed, her look.

"I did not die. In the hospital, the efforts of the nurses and doctors granted me a second chance at life," the king explained, his voice steady and resolute.

Sulhaw and the patron saint exchanged bewildered glances, their world now filled with unexpected twists and revelations.

With a determined expression, the king swiftly took action, locking the betrayed maid within a sturdy cage.

"Now you are a prisoner. Your wicked deeds have caught up with you." the king stated sternly.

The maid remained silent, her face a mask of resentment and defeat.

"You miss the queen, don't you?" the patron saint emotionally inquired, addressing both Sulhaw and her father.

Tears welled up in their eyes. "Yes, we miss her dearly," they responded.

"I am the patron saint, and I shall aid you. I will work to bring her back." the patron saint vowed.

"How?" the king asked, curiosity and hope filling his voice.

"Close your eyes, please," the patron saint requested.

Sulhaw and the king compile, shutting their eyes tightly. As they did so, it was amazing, the sense enveloped them. as though they were being transported to another realm.

"Princess, please wake up," a voice called out. It was Liege.

Sulhaw stirred, her being conscious of returning. "Um... perhaps that was just a dream," she mumbled, still feeling the remnants of the surreal experience.

"What do you mean?" the queen inquired, puzzled.

"Never mind." Sulhaw dismissed the thought.

"Sulhaw, where are you?" the queen's voice echoed.

"Mother? Are you truly alive?" Sulhaw questioned, a mixture of disbelief and relief washing over her.

"Why would you think otherwise, my dear? I never left you." the queen reassured Sulhaw.

Sulhaw hesitated before responding, "I had a dream where you passed away, but now... now it seems like nothing more than a dream."

"Oh, my sweet Sulhaw, dreams can be strange and misleading. Do not let them trouble you." The queen comforted me.

"Sulhaw, where are you?" the king's voice reached her ears.

"I am here," Sulhaw answered, her heart filled with thankful heart and wonder.

"Sulhaw, I had a dream too. A dream where the queen had departed from us. But now, she stands before us, alive and well." the king shared.

"Me too," Sulhaw added, a three-dimensional effect between them.

As Sulhaw pondered whether he shared dreams, she couldn't help but wonder, "Why did we both have the same dream? What does it mean?"

A year passed, and significant changes occurred. Sulhaw, empowered by her experiences and the guidance of the patron saint, developed into a very smart person and capable princess.

Chapter 2: The Patron Saint's Secret

"Very well. I'll give you some money." the patron saint said to the maid.

"Thank you. Please, set me free." the maid eagerly responded.

"Alright." the patron saint agreed.

With a wave of his hand, the patron saint released the maid from her cage.

"Thank you for helping me." The patron saint expressed his gratitude. and he showed a smile for the maid.

The maid, now free but still eager for more, hesitated before asking. "Could you also give me some money?"

"I have no intention of giving you money." the patron saint replied firmly.

"But you promised to give me money!" the maid makes a protest.

"Please, quiet down. It's getting very noisy." the patron saint argues.

To smooth her, the patron saint handed her a glass of juice. Unknown to the maid, it was laced with a sleeping agent.

"Why are you giving me juice?" the maid questioned.

"Please, drink it," the patron saint urged once more.

The maid, feeling thirsty, drank the juice, and before she could understand what was happening, she fell into a deep sleep.

"Now she is asleep." the patron saint murmured.

With an eerie revelation, he whispered, "I am not a patron saint. I am the devil."

The patron saint, who was, in fact, the devil in disguise, hastily left the scene, happy ambition to become the ruler with a person's misfortune smile playing on his lips. His eyes fixated on the maid as he made his exit.

"Now, it will be easy to seize control of the Time World," he muttered to himself.

His laughter echoed in the empty room as he departed, heading back to his evil den.

Sulhaw's previous dream was not a mere illusion. The queen had indeed passed away. However, the patron saint, in his devilish cunning, had created a lifelike robot that impersonated the queen, fooling all who grieved her loss. The true extent of the devil's ominous plans was that the world was in for a time of great pushing up and danger.

Sulhaw's mind was consumed by questions as she pondered the tight spot of a dream. "Why did I experience such a strange dream? And why did my father share the same dream?" The mysterious connection between their dreams troubled her deeply.

"I'm anxious for answers, but no one seems to have them," she whispered to herself, her voice smeared with frustration.

Sulhaw's thoughts churned as she contemplated the enigmatic dream. She longed for someone, anyone, to provide some clarity. Yet, despite her yearning, no answers were forthcoming.

The desire to unravel the mystery gnawed at her. She yearned to find the truth, but the answers remained undetected. "This can't be just an ordinary dream," Sulhaw muttered, her suspicion growing.

As she delved deeper into her thoughts, a notion began to take shape. "I believe that dream was a prescient dream," she concluded, her intuition guiding her.

Sulhaw's curiosity intensified as she focused on the faces of the maid and the so-called patron saint. She felt an urgency to uncover the truth about them, sensing that their roles in her dream held vital clues to the unfolding events.

"Princess, what's on your mind?" one of the maids inquired, noticing Sulhaw's contemplating expression.

"Nothing," Sulhaw replied curtly, preferring to keep her thoughts and her strange dream to herself. She had see-through in only two people about it—her father, the king, and her mother, the queen.

Sulhaw couldn't shake the nagging feeling that her dream held a deeper significance. The fact that both she and the king had shared the same dream weighed heavily on her thoughts.

"What if it's not just a dream? What if it's a glimpse of something real?" she wondered, her mind racing with possibilities.

In her reluctance, Sulhaw couldn't stop herself from pondering the enigma of her dream. "What if this strange dream has a purpose?" she dreary, determined to uncover the truth.

She continued to dwell on the matter, searching for answers that remained frustratingly out of reach. The mystery of the dream had taken hold of her thoughts, and she couldn't escape its grasp.

The queen, who was, in reality, a robot created by the patron saint, approached Sulhaw and gently inquired, "I would like to hear about your dream."

Sulhaw hesitated, her heart heavy with conflicting emotions. "Mother..." she began.

The queen, programmed to replicate the real queen's concern, responded, "Why, Sulhaw?"

Sulhaw struggled to find the right words. She didn't want to pack up the artificial queen with the strange and unsettling details of her dream. "It's nothing," she finally replied.

Boundless, the queen persistent, her artificial eyes filled with a motherly concern. "Please, my dear daughter Sulhaw, share your dream with me."

Sulhaw's internal life goes on a rampage. was evident in her silence, but she ultimately decided to protect the queen from the cheeky truth. "I don't want to tell you about my dream," she said softly.

The queen, unable to comprehend the complexity of emotions that drove her human

A copy of, simply responded with a gentle, "Alright."

"Sulhaw refuses to tell me about her dream, Patron Saint," the robot, posing as the queen, informed the patron saint.

The patron saint, who had already gained knowledge of Sulhaw's dream, nodded knowingly. "I understand. But I am aware of the contents of her dream, as it is not just a dream, but a real personality," he explained.

The robot silently acknowledged that it, too, knew of Sulhaw's dream. The patron saint's interest in Sulhaw's feelings remained a mystery.

"What is it that you desire from Sulhaw, Patron Saint?" the robot inquired, although it

restrained from pressing the question further.

"Why do you ask?" the patron saint responded, shied any specifics regarding his intentions toward the princess, Sulhaw.

"Very well, I won't press further." the robot conceded to the patron saint's reluctance to share his motives.

The patron saint changed the subject, asking, "What possessions do you have?"

"I have a cell phone and a notebook." the robot replied.

"Could you please hand them to me?" the patron saint requested.

"Of course, here they are," the robot complied.

As the patron saint examined the cell phone, he inquired, "What is this object?"

"That is known as a 'cell phone,' Patron Saint." the robot answered.

The patron saint marvels at the device. "This is quite innovative and convenient!" he exclaimed.

"Yes, Patron Saint," the robot agreed, its hidden artificial attitude and any curiosity it might have had about the patron saint's interest in such modern skill.

"Princess, wake up," one of the henchmen urged, rousing Sulhaw from her sleep.

"Alright," Sulhaw replied sleepily and made her way downstairs. There, she was greeted by a sight that both puzzled and concerned her—a robot and her father.

"Sulhaw, I would like to hear about your dream." the robot, impersonating her mother, requested.

Sulhaw hesitated, her reluctance apparent. "I don't wish to share my dream with you," she replied quietly.

The robot persisted, its artificial eyes fixed on Sulhaw. "But why?" it pressed.

Sulhaw's frustration grew, and she responded mutedly, "I have no reason to share it."

The robot, unrelenting, continued to push for answers. "Then tell me about your dream."

Sulhaw remained silent, her emotions welling up.

"Why won't you share your dream?" the robot demanded, growing increasingly forceful.

"I told you, I don't have a reason!" Sulhaw replied, her voice filled with frustration and unease.

The robot's tone became more offensive. "Then why won't you answer me?"

Sulhaw's resolve remained firm. "I said, I don't want to tell you my dream!"

The robot persisted, raising its voice and demanding, "Why won't you tell me your dream and the reason?"

Sulhaw, taken aback by the sudden change in the robot's demand, fumbled, "I told you, I don't have a reason!"

The robot's voice grew louder, and Sulhaw was shocked by its intensity. "Tell me your dream right now!"

Sulhaw, now alarmed, replied, "No, mother."

But the robot wasn't satisfied. It shouted, "Tell me immediately!"

Tears welled up in Sulhaw's eyes as she refused once more, "No, mother, no." She couldn't bear to see the queen, even if it was just a robot, yelling at her like this.

"I yelled and demanded that she tell me her dream, but Sulhaw still refuses," the robot, pretending to be the queen, reported to the patron saint.

The patron saint, intrigued by Sulhaw's silence, asked, "But why won't she share her dream with you?"

"I don't know. She won't tell me the reason for keeping it hidden," the robot replied with a hint of confusion.

The patron saint's curiosity deepened. "She won't reveal the reason? What are your thoughts on this matter?"

"I have no idea." the robot admitted.

"I want to know her dream, her feelings, and the reason." the patron saint expressed his decision. "Right now! I know that right now!"

The robot couldn't help but think, 'I believe Sulhaw will never share her dream, her feelings, or the reason with anyone.'

"Patron saint, I think Sulhaw will never reveal her dream, her feelings, or the reason to anyone." the robot reluctantly informed the patron saint, whose intentions remained shrouded in mystery.

"Don't say that!" the patron saint snapped at the robot.

"Alright..." the robot does silently, bowing to the patron saint's wishes. However, it couldn't help but ponder Sulhaw's secrets.

Sulhaw awoke early one morning and descended the stairs.

"Sulhaw, I don't want to repeat myself, but I am eager to

know," the robot implored. "Tell me about your dream, your feelings, and the reason for keeping it hidden."

Sulhaw's frustration flared. "No, I don't want to share my dream, my feelings, or the reason with you, Mother."

"Why? Please, tell me why! Share your dream and your feelings, Sulhaw," the robot pleaded.

Sulhaw's patience wore thin. "Why do you keep asking? I've already said I don't want to tell you! Please stop pressing me."

Then, in a moment of revelation, Sulhaw uncovered the queen's secret. "You're not the queen..."

The robot, unable to reverse the flow of time as it desired, could only respond, "You're right. I am a robot."

Chapter 3: A Caught Identity

Sulhaw found herself in a state of confusion. She gives up. wanted to believe that all of this was just a dream.

"But why..." she mumbled, her voice trailing off.

"You've got me," the robot responded with an eerie laughter.

"Who are you?" Sulhaw asked, trying to make sense of the situation.

"I'm a robot." the imposter queen answered, her laughter growing more chilling.

"Where is the real queen?" Sulhaw inquired, her heart heavy with anxiety.

"The queen is dead." the robot replied coldly, her laughter hard-minded.

Sulhaw was overcome with grief. "No! I can't believe it!" she exclaimed, tears welling up in her eyes.

"But that is the truth." the robot declared, the unsettling laughter never ceasing.

Sulhaw couldn't understand the motive behind impersonating her mother. "Why would you pretend to be the queen?"

"I cannot tell you the reason." the robot replied in secret, stepping away from its previous position.

Sulhaw's need to see her real mother overcame her, and she spoke urgently, "Wait! I want to see my mother just one more time."

"I told you, the queen is dead." the robot repeated.

"Where is the queen's body?" Sulhaw asked, desperate for answers.

The robot gave a sly smile. "Follow me, Sulhaw, princess."

Sulhaw's heart filled with hope, and she smiled through her tears. It was a brief moment of happiness in the middle of a chaos.

"I believe the body is here," Sulhaw suggested when they reached a certain spot.

"No, the queen's body is..." the robot began.

"Here?" Sulhaw inquired.

"No." the robot responded.

"Then where is it?" Sulhaw pressed.

"I don't know where the queen's body is." the robot confessed.

Sulhaw was in a tight spot. "You don't know? But you're a robot! Aren't robots supposed to be highly intelligent?"

The robot sighed. "I am a robot, but there are limits to what I can know."

"Then who buried the queen's body?" Sulhaw questioned.

"I buried the queen's body." a man's voice chimed in, surprising both Sulhaw and the robot.

"Who are you?" Sulhaw asked.

"Take a guess." the man replied with a mischievous tone.

"You are the...!" Sulhaw began a rising crack at her. "You are the patron saint…"

"Yes, I am the patron saint," he said.

"But this can't be real. Why are you here?" Sulhaw asked in disbelief.

"It's not a dream. it's real. And I am not a patron saint. I am the devil." he confessed, a twisted laughter escaping his lips.

Sulhaw was in denial. "No...no…"

She desperately wished that this was all a terrible dream, but the look in the devil's eyes told her otherwise. The truth was more creepy than any nightmare she could imagine.

Sulhaw fixed her gaze on the devil, her eyes filled with a mix of fear and anger.

"You are truly wicked," she told him.

"Of course," the devil responded with a madman's laughter. "If I weren't, I wouldn't be the devil."

Sulhaw bit back her words, realizing that engaging with him further might not be wise. She thought to herself, 'I was a fool to trust him. I should have seen through his nonsense. What a foolish princess I am to have trusted him!'

The silence hung in the air until the devil finally broke it.

"I despise kind-hearted people like you the most," he stated.

Sulhaw couldn't contain her anger any longer. "I hate you," she said, her voice with genuine hatred.

The devil seemed unfazed by her words. "I don't like your smile. I want to see your true smile without you."

Sulhaw was baffled by his words. "What are you talking

about?"

"Smile all you want. I'll turn that smile into a scream," the devil declared with a bad-person grin.

"You can't..." Sulhaw began, but her voice trailed off.

"I can." the devil responded with another chilling laugh.

The robot, after witnessing this confrontation, wanted to go through it, but it realized that

there was no good way to do so at this moment. It tacked its artificial brain for a solution.

"The devil is weak against water. If I spray him with water... Yes, that's it! Why didn't I think of this sooner?" the robot thought.

In a sudden, decisive move, the robot sprayed the devil with water. His form began to dissipate.

"No!" the devil cried out. He is very surprised.

"We did it!" the robot shouted in triumph.

Sulhaw, her trust in the robot reaffirmed, made her way out of the underground prison. It was a moment of relief, a rare happy ending in this dark and twisted tale.

She was very excited by the sense that she could now feel peace.

The robot is happy too(The robot can feel. The patron saint makes the robot feel).

Sulhaw and the robot live a happy life!

'I'm really happy. It can't be a lie!' Every day, Sulhaw thinks like that. That can't be a lie.

Sulhaw and the robot live a happy life even on that day.

-The End-

정하윤

안녕하세요? 공글 2기 5학년 정하윤입니다. 어릴 때부터 사진을 오려 붙이고 글을 써서 책을 만드는 것을 좋아했는데, 정말로 책을 출간하게 되어 굉장히 설렙니다. 어느덧 공글을 시작한 지 1년이 넘어가는데요. 지금은 적은 분량으로 책을 출간하지만, 더 크면 더 많은 분량의 책을 내고 싶습니다.

또한 공글을 다니면서 여러 가지 경제용어나 다른 새로운 것들을 접하게 되어 제가 한 층 더 성장한 것 같다는 기분도 들었습니다. 제가 쓴 책은 작지만 호기심이 강한 고양이가 모험을 하게 되어 잃어버린 주인을 찾는 이야기입니다. 이 책을 구매해 주신 독자분들, 아직 완벽하지는 않지만 제 글을 읽어주심에 감사드립니다.

작은 고양이

1. 고양이 미니

나는 고양이 미니이다. 나는 작고 힘이 약하다. 그래서 내 이름도 '미니'인 것 같다. 나는 주인과 함께 산다. 사람이란 신기한 존재인 것 같다. 특이한 말을 쓰고 신기한 도구를 이용한다. 그리고 나보다 훨씬 더 크다. 나는 작고 어린 고양이지만 호기심이 많다. 그리고 나는 모험심이 강하다. 어느 날, 나는 주인과 산책을 나섰다. 우리는 잠깐 벤치에 앉아 쉬었다. 그런데 갑자기 주인이 벌떡 일어서서 친구에게 손을 흔들었다. 내가 사람들을 봤는데 사람들은 벌써 함께 이야기를 나누고 있었다. 주인의 친구 뒤에도 나처럼 작은 고양이가 있었다. 나는 사람들이 이야기하고 있는 쪽으로 갔다. 나는 고양이에게 다가가볼까 하다가 그만두었다. 자세히 보니 나보다 조금 더 큰 수컷 고양이 같았다. 우리는 서로를 계속 보고 있었다. 그러다가 수컷 고양이가 나에게 조금씩 다가오기 시작했다. 조금씩, 조금씩. 이젠 바로 내 앞에 있었다. 나는 수줍게 인사했다. 그 고양이도 씩 웃더니 나에게 인사를 해주었다. 우리는 금세 친구가 되었다. 함께 풀밭에서 뛰어놀기도 하고, 잡기 놀이도 하며 놀았다. 계속 재미있게 놀다 보니 벌써 집에 갈 시간이 되었다. 우리는 꼬리의 끝을 살짝 구부렸다. 그건 고양이들에게 친애의 마음이 깔린 인사의 의미이다. 사람들도 서로 손을 흔들었다. 그것이 사람들의 인사법인 것 같았다. 나는 주인에게 갔다. 우리는 함께 집에 갔다. 나는 배고픈 나의 배를 채운 뒤 새근새근 잠이 들었다. 나는 오늘 만난 고양이에 대한 꿈을 꾸었다. 오늘은 정말 재미있고 행복한 하루였다. 항상 이런 날들만 있었으면 좋겠다. 원래 나는 그냥 길가에서 사는 외로운 길고양이였다. 매일 길에 있는 쓰레기나 주워 먹는 그런 삶은 지겨웠다. 어느 날 밤, 어떤 사람이 나를 잽싸게 잡아서 데려갔다. 다음 날 눈을 떠보니 나는 포근한 곳에 들어가 있었다. 그곳에는 나 같은 고양이와 강아지들이 있었다. 사람들이 말하는 걸 들으니 이곳은 고양이나 강아지를 분양하는 곳이었다. 이곳에서 지내는 건 정말 좋다. 하루하루가 꿈만 같았다. 그런데 나는 어느 날 다른 곳에 가 있었다. 그곳이 바로 지금 내가 살고 있는 이 집이다. 나는 여기서 내 주인과 사는 것이 정말 좋다. 주인도 나를 좋아하는 것 같다. 내일도 오늘처럼 재미있는 날이었으면 좋겠다.

2. 집 탐색

코올 코올, 꿀잠을 자다 보니 어느새 아침이 되었다. 창문 밖에서는 새들이 짹짹 아침을 알리고 있었다. 나는 거실에 나갔다. 주인은 벌써 일어나 아침밥을 먹고 있었다. 내 밥통에도 밥이 벌써 한가득 담아져 있었다. 나는 얼른 뛰어가 밥을 다 먹었다. 잠시 뒤 주인은 혼자 나갔다. 나는 이 집에 온 지 얼마 되지 않아 아직 적응이 안 되었다. 나는 집을 탐색했다. 집에 있는 물건을 만지고 눌러 보았다. 그러다가 갑자기 띠가 소리가 나더니 거실에 있는 커다랗고 검은 물체에서 빛이 났다. 그리고 그 안에서 어떤 사람들이 이야기를 했다. 나는 깜짝 놀라 뒤로 넘어졌다. 그리고 나는 다른 물건들도 탐색해 보았다. 어떤 물건에서는 위 잉~ 소리가 나고, 어떤 물건에서는 바람이 나오고, 어떤 물건에서는 물이 나왔다. 나는 너무 놀라 어쩔 줄 몰랐다. 하지만 다행히도 바로 나의 주인이 왔다. 주인은 이 난장판을 모두 치워 주었다. 너무나도 고마웠다. 그런데 다른 사람이 우리 집에 와 있었다. 주인은 그 사람에게 말을 많이 한 뒤 또다시 나갔다. 아마 그 사람은 주인의 친구인 것 같았다. 나와 주인의 친구, 둘만 남게 되었다. 우린 처음에 어색했다. 하지만 이번엔 내가 먼저 다가갔다. 그 주인의 친구는 미소를 짓더니 나에게 예쁜 옷을 입혀 주었다. 그리고 우리도 나갔다. 10분쯤 걸으니 어느 곳에 도착했다. 그곳에는 다른 강아지와 고양이들이 많았다. 안에는 재미있어 보이는 것들이 많았다. 나는 빨리 들어가고 싶어 발을 동동 굴렀다. 드디어 우리가 들어갔다. 나는 너무 신이 나서 폴짝폴짝 뛰었다. 다른 친구들과 차례차례 놀이 기구도 타고 의자에 앉아 쉬기도 했다. 재미있게 놀다 보니 해는 점점 내려가고 있었다. 갈 시간이 되었다는 뜻이다. 다른 친구들은 자기 주인과 함께 모두 갔다. 오직 나의 주인만 없었다. 조금 전까지 있었던 주인의 친구도 없어졌다. 나는 두려웠다. 그런데 어딘가에서 "미니야!"라고 하는 목소리가 들려왔다. 나의 주인이다! 내가 애타게 기다리던 나의 주인이 왔다. 나는 너무 좋았다. 사실 나는 아까 전부터 내 주인을 기다리고 있었다. 언제 오나 기다리며 시간을 보냈다. 우리는 함께 기쁜 마음으로 집에 갔다. 이제 집에 왔으니 편히 쉬었다. 나는 포근한 나의 잠자리에서 잠이 들었다. 오늘도 재미있는 하루였다. 앞으로 행복한 일들만 생겨났으면 좋겠다.

3. 유치원 생활

벌써 쨍쨍한 아침이 되었다. 따스한 햇살이 나를 비추었다. 또 다른 하루가 시작됐다. 아침밥을 먹고 주인과 산책하러 나갔다. 우리는 주인의 친구와 수컷 고양이를 만났다. 우리는 같이 놀았다. 그 수컷 고양이의 이름은 쿠키라고 했다. 우린 같이 재미있게 놀다가 함께 집에 갔다. 우리는 집에서 뒹굴기도 하고 같이 간식을 먹기도 했다. 정말 재미있었다. 그렇게 쿠키와 놀고 있는데, 초인종이 울렸다. 주인은 문을 열어 주었다. 또 다른 주인의 친구와 고양이가 들어왔다. 나와 크기가 비슷한 암컷 고양이였다. 이름은 메리라고 했다. 우리는 함께 놀았다. 우리는 주인들과 함께 놀이터에 갔다. 잡기 놀이도 하고 같이 재미있게 뛰어놀기도 했다. 그러다가 쿠키는 주인과 집에 갔다. 나와 메리, 그리고 주인들은 함께 어딘가에 도착했다. 그곳은 유치원이었다. 나는 조금 무서웠다. 하지만 조금 있으니 괜찮았다. 다른 사람도 있었는데, 선생님이라고 했다. 주인들이 선생님과 이야기하는 동안, 나는 메리와 유치원에서 놀고 있었다. 그곳에는 다른 친구들이 정말 많이 있었다. 개도 있었고, 고양이도 있었다. 메리는 그 친구들과 어울려 함께 놀았다. 서로 아는 사이 같았다. 하지만 나는 아니었다. 나는 낯설어서 주인에게 갔다. 주인은 나를 안아 주었다. 조금 있다가 우리는 집에 갔다. 메리와도 헤어져야 했다. 집에 가서 나는 밥을 먹고 잠에 빠져들었다. 재미있고 또 힘든 하루였다.

4. 없어진 주인

새로운 하루가 시작됐다. 눈부신 햇살이 창문을 비추었다. 오늘 나는 일찍 일어났다. 옷을 입고 주인과 아침 산책하러 나갔다. 다른 고양이도 있었다. 조깅하거나 운동하는 사람들도 있었다. 산책하고 들어와서 밥을 조금 먹었다. 밥을 먹고 나서는 유치원에 갔다. 메리가 있었다. 나는 메리와 놀았다. 조금 있으니 쿠키와 다른 친구들이 많이 왔다. 우리는 모두 함께 놀았다. 얼마나 시간이 지났을까? 주인들이 오기 시작했다. 먼저 쿠키의 주인이 오고, 그다음 메리, 그다음은 다른 친구의 주인이 왔다. 그런데 이상하게도 나의 주인은 오지 않았다.' 늦은 적이 별로 없었는데… 오늘은 왜 이렇게 늦지?'라고 나는 생각했다. 밤이 늦도록 나의 주인은 오지 않았다. 선생님은 누군가에게 전화를 걸었다. 하지만 안 받았는지 몇 번 더 전화를 걸다가 걱정하는 표정으로 나를 바라보았다. 선생님은 나와 함께 기다리다가 잠이 들었다. 나는 선생님 옆에서 기다리고 있었다. 몇 분 뒤 선생님은 일어났다. 선생님은 아직 졸린 것 같았다. 선생님은 나를 데리고 밖으로 나가 나를 건물 앞에 있는 가로등에 묶어 놓았다. 나는 무서웠다. 선생님은 내 앞에 글을 써 놓았다. '이 고양이의 주인은 고양이를 데려가 주세요.'라고. 어느새 아주 검은 밤이 되었다. 하늘에 있는 동그란 달만 보일 뿐 아무것도 보이지 않았다. 나도 눈이 스르르 감겨 왔다. 나는 그대로 잠이 들었다. 아침이 되자 나는 기다렸다는 듯이 줄을 물어뜯었다. 계속 물어뜯다 보니 줄이 어느새 뚝 하고 끊겼다. 이빨이 아프긴 했지만 참을만했다. 그렇게 나의 긴 여정이 시작되었다.

5. 시작된 모험

처음에 모든 게 두려웠다. 사람들은 걸어가는 나를 쳐다볼 뿐 아무도 데려가지 않았다. 나는 사람들이 걸어가는 길을 계속 쭉 걸어갔다. 걸어가는 동안 '혹시 주인이 죽은 건 아니겠지?' 아주 많은 생각이 내 마음속에 맴돌았다. 나는 거리를 돌아다니다가 어느 한 건물에 들어갔다. 그 건물은 아주 작아 보였다. 온통 검은 색인 건물이었다. 문은 열려 있었다. 나는 검은색 문으로 들어갔다. 그러자 갑자기 '펑' 하고 이상한 일이 일어났다. 갑자기 나는 색색의 문이 있는 곳에 있었다. 그리고 이상한 아저씨가 나타났다. 아저씨는 검정 모자와 검정 옷을 입고 있었고, 콧수염이 길었다. "안녕하세요! 이곳에 오신 것을 환영합니다! 이곳은 새로운 경험을 할 수 있는 트립 파크입니다! 저희 트립 파크에서는 아주 많은 색깔의 문이 있습니다. 들어가시는 건 마음대로 들어가실 수 있습니다. 하지만! 그 방 안에 있는 문제를 풀어야만 다음 방으로 넘어갈 수 있습니다. 그리고 한 번 들어가면 마지막 하얀색 문까지 통과하셔야만 나오실 수 있습니다. 그리고 하얀색 문을 통과하시면 소원을 들어줍니다!" 아저씨가 말했다. 나는 어차피 갈 곳도 없으니 도전을 해봐도 괜찮을 것 같았다. 그리고 성공하면 소원도 들어준다 하니 더 좋았다. 나는 "할게요, 야옹!"하고 말했다. "네, 알겠습니다. 하지만 각오도 하셔야만 합니다. 그럼, 이 안경을 써 주세요." 아저씨가 말했다. 나는 이상하게 생긴 안경을 썼다. 그리고 아저씨는 호루라기도 주었다. "여행하시는 동안은 이 안경을 벗으시면 안 됩니다. 위험한 일이 있을 땐 이 호루라기를 불어 주세요. 하지만 이 호루라기는 단 한 번만 사용할 수 있습니다. 두 번 이상 사용한다면 당신은 그 방 안에 갇히고 영영 못 나오게 될 것입니다! 그럼 즐거운 여행 되시길." 아저씨는 지지직 소리를 내며 사라졌다. 내가 서 있었던 바닥이 갑자기 뚫리면서 나는 아래로 떨어졌다. 나는 얼마나 무서웠던지 기절했다.

6. 첫 번째 방

눈을 떴을 때, 모든 것은 빨간색이었다. 나는 작은 방에 들어가 있었다. 그런데 어디선가 소리가 들렸다. "식탁. 위. 종이."

그 종이에 문제가 있다는 것 같았다. 나는 식탁 위로 갔다. 정말로 종이가 있었다. 나는 그 종이를 펼쳐 보았다. 그 종이에는 '열쇠를 찾으세요'라고 적혀 있었다. 나는 방 안을 뒤졌다. 처음에는 쉬울 줄 알았지만 생각처럼 쉽지 않았다. 하지만 나는 포기하지 않았다. 계속 뒤지고 뒤졌다. 그러다가 나는 책꽂이를 발견했다. 나는 책을 하나씩 꺼내서 열쇠를 찾아보았다. 하지만 거기에도 열쇠는 없었다. 나는 힘들어서 책꽂이에 기대어 앉아 쉬었다. 그러자 갑자기 책꽂이가 움직였다. 나는 휘어진 책꽂이 아래로 기어갔다. 거기에는 서랍이 있었다. 하지만 자물쇠가 걸려 있었다. 그런데 서랍 위에 종이가 있었다. 종이에는' 123의 반대'라고 쓰여 있었다. 나는 곰곰이 생각해 보았다. '123의 반대? 231? 312? 213? 모르겠다.' 나는 수학을 잘못했다. 숫자만 보면 머릿속이 빙빙 돌았다. '에라 모르겠다.'하고 나는 321을 눌렀다. 그런데 서랍이 열렸다! '운인가?' 그런데 거기에는 열쇠 말고 또 다른 종이가 있었다. '하아, 힘들다…' 나는 종이를 봤다. '바닥'이라고 쓰여 있었다. '바닥? 무슨 말이지?' 나는 유심히 바닥을 살펴보았다. 초록색과 하얀색 타일이 있었다. 규칙이 있는 것 같지는 않았다. 나는 계속 방을 지나다니며 타일을 봤다. 그런데 그때, 나는 무언가를 찾았다.

하얀색 타일이 '다' 모양으로 되어 있었다. '다? 뭐지?' 하며 나는 다시 하얀색 타일을 보는데, '다' 모양의 왼쪽에 '니' 모양이 있었다.'아! 문장이 있는 거였어!'하고 나는 계속 하얀색 글자를 따라갔다. 그 문장은 '축하합니다'였다. 그런데 나는 아직 열쇠를 찾지 못했다. '그런데 무엇을 축하한다는 거지?' 그때, 무언가가 내 발을 찔렀다. 열쇠였다! 나는 '축하합니다.'라는 글씨만 봤는데 느낌표를 나타내는 타일에 열쇠가 있었다. 나는 열쇠를 가지고 방문을 찾았다. 그런데 방에 문이 없었다. 나는 모든 벽을 보고 또 봤다. 그런데 문 같이 생긴 건 있었다. 아주 작았다. 내 눈만 볼 수 있을 정도였다. 나는 열쇠로 그 방문을 열었다. 열렸다! 그런데 나는 들어갈 수 없었다. 그 방문 옆에 병이 있었다. 나는 그 물체를 조금 맛을 보았다. 그랬더니 내가 점점 작아지더니 그 문보다 더 작아졌다. 내가 이상한 나라의 앨리스가 된 기분이었다. 그 문은 여러 색깔로 가득 찼다. 나는 마음을 가다듬고 문 안에 들어섰다.

7. 롤러스케이트 방

그 방 안에는 아무것도 보이지 않았다. 모든 것이 흑색이었다. '분명히 여러 색깔로 가득 차 있었는데….' 그런데 어딘가에서 철커덩 철컥 소리가 났다. 나에게서 아주 가까이인 것 같았다. 그때, 소리가 멈추고 방이 환해졌다. 그곳은 정말 알록달록한 땅과 알록달록한 천장, 알록달록한 벽으로 이루어져 있었다. 이번 방은 아주 커 보였다. 그리고 땅은 기울어져 있었다. 나는 앞으로 조금씩 나아가며 살펴보았는데, 내 발에 롤러스케이트가 신겨져 있었다. 그때, 나는 놀라서 발을 헛디뎠는데, 엄청 많이 기울어진 땅으로 내려갔다. "아악!!" 나는 처음에 소리를 질렀지만, 계속 내려가다 보니 무섭지 않고 조금 재미있기도 했다. 그러다가 너무 오랫동안 내려가서 졸리기까지 했다. 나는 잤다. 얼마나 잤을까? 눈을 떠보니 아직도 나는 계속 내려가고 있었다. 끝없이. 나는 안간힘을 써서 멈추려고 했지만, 멈춰지지 않았다. 나는 계속 기다렸다. 멈출 때까지. 그러다가 갑자기 탁! 멈췄다. '뭐지?' 롤러스케이트가 빙글빙글 돌았다. 끝없이. 갑자기 스케이트가 방방 뛰었다. 나는 너무 웃기고 어지러웠다. 그런데 저기에 무슨 문이 하나 보였다. 스케이트는 문 앞에 멈춰 섰다. '드디어 살았다!' 그런데 나는 롤러스케이트를 벗을 수 없었다. '이제 어떡하지?' 나는 발을 흔들고 또 흔들었다. 몇 시간을 흔들었는지 모르겠지만, 스케이트가 철커덩! 하고 벗겨졌다. 이제 문을 열고 나가야 하는데, 열쇠를 찾아야 문을 열 수 있다. '그런데 땅이 오르막길이라서 올라가기는 너무 힘든데… 어쩌지?' 나는 고개를 푹 숙이고 앉아 있었다. 그런데 소리가 들렸다. "열쇠는 가까이에 있다." '어? 무슨 소리지? 내 가까이에 열쇠가 있다고? 설마, 롤러스케이트?' 그러고 보니 아까 스케이트가 벗겨졌을 때 무언가 이상하긴 했다. 나는 스케이트 아래를 봤다. 스케이트에 열쇠가 있었다. 나는 문을 열었다. 문을 열자 내 몸의 크기가 정상으로 되돌아왔다.

8. 미로 방

그런데! 내 앞에 거대한 미로가 있었다. 입구도 4개나 있었다. 저 옆에 무언가로 꽉 차 있는 거대한 자루와 어떤 종이가 있었다. 하지만 나는 저런 물건 따위에 신경 쓰지 않았다. 미로를 빠져나가는 게 나에겐 더 중요했다. 나는 우선 첫 번째부터 도전해 보자는 생각으로 첫 번째 입구에 들어갔다. 그런데 출구가 보이지 않았다. 진짜 모든 길을 다 돌아갔는데, 출구가 없었다. 그래서 두 번째 입구에도 들어갔는데, 또 없었다. 세 번째도, 네 번째도 마찬가지였다. 그래서 나는 다시 입구로 돌아와서 주저앉아 있었다. 그런데 그때 내 눈에 들어온 물건이 있었다. 무언가로 꽉 차 있는 자루와 종이였다. 나는 그쪽으로 가서 종이를 보았다. 종이에는 '높은 미로를 찾아라.'라고 적혀 있었고, 그 아래에는 작은 글씨로 '자루를 열어보시오.'라고 쓰여 있었다. 나는 우선 자루를 먼저 열어보기로 했다. 자루의 크기가 커서 무언가가 많이 들어있는 느낌이었다. 열어보니 아주 큰 사다리가 들어 있었다. '사다리네? 우선 높은 걸 찾아봐야겠다.' 나는 이 방에서 높은 것을 찾아보았다. 그런데 높은 것은 미로밖에 없었다. '아! 미로! 미로를 탈출하는 게 아니라 미로의 기둥이 미로였어!' 그래서 나는 사다리를 타고 미로의 기둥인 미로를 탈출했다. '와! 하얀색 문이다! 이제 마지막이야!' 나는 기쁘고 설렌 마음으로 문을 열었다. 방에 들어가기 전에 잠깐 눈을 감고 생각했다.

9. 호루라기

'지금까지 호루라기는 필요하지 않았는데… 내가 너무 똑똑해서 그런가? 하얀색 방에도 이 호루라기는 필요가 없을 것 같은데… 한 번 불어볼까?' 나는 호루라기를 불려고 내 입을 가까이했다. 그때 나는 처음 아저씨가 말했던 말이 떠올랐다. "여행하시는 동안은 이 안경을 벗으시면 안 됩니다. 위험한 일이 있을 땐 이 호루라기를 불어주세요. 하지만 이 호루라기는 단 한 번만 사용할 수 있습니다. 두 번 이상 사용한다면 당신은 그 방 안에 갇히고 영영 못 나오게 될 것입니다! 그럼 즐거운 여행 되시길." '하얀색 방에서 무슨 일이 일어나면 어떡하지? 위험한 일이 있으면 호루라기가 필요한데… 아니야, 괜찮아. 지금까지도 문제들을 잘 해결했잖아… 그리고 궁금하기도 하고… 또 아저씨가 한 말이 진짜가 아닐 수도 있잖아.' 그러면서 나는 호루라기를 불까 말까 움직였다. 내 마음속에서는 두 생각이 서로 다투고 있었다. 나는 호루라기를 불지 않으려고 했지만, 나의 호기심을 참지 못하고 그만 불어버렸다. "삑!" 그런데 저쪽에서 박쥐 날개를 단 원숭이들이 날아왔다. 그중 대장같이 보이는 가장 큰 원숭이가 나에게 물었다. "무엇을 도와드릴까요?" 나는 어쩔 줄 몰라 아무렇게나 대답했다. "너무 배고파. 음식을 갖다줘." 그런데 사실 나는 정말로 허기가 졌다. 모험을 하는 동안 밥을 한 번도 먹지 못했기 때문이다. 나는 문 앞에서 원숭이들이 갖다준 진수성찬을 깨끗하게 먹어 치우고 문 안으로 들어갔다.

10. 마 지 막

이번 방 안은 아주 넓었는데 드래곤이 있었다. 드래곤은 불을 마구 뿜었다. 내가 들어오자마자 문이 닫혀서 나는 깨끗한 공기도 마실 수 없었다. 방 안은 점점 뜨거워지고 좀 있으니 숨도 쉴 수 없었다. 나는 이 방에서 죽는 것보다 호루라기를 부는 게 날 것 같아서 힘껏 호루라기를 불고 쓰러졌다. "삐이익!" 정신을 차려보니 똑같은 방에 있었다. 하지만 드래곤은 쇠사슬에 묶여 있어서 불을 뿜지 않았다. 내 앞으로 한 사람이 다가왔다. 어디서 많이 본 얼굴이었다. 아! 바로 그 아저씨였다. 아저씨는 조금 화가 난 듯했지만 무섭게 째려보며 미소를 짓고 있었다. 아저씨가 말했다. "제 말을 듣지 않으셨으니 약속을 지키셔야죠. 당신은 이 방에 영원히 갇히게 되어야 합니다! 하지만 이 방에 갇힌 사람들이 너무 많기 때문에 제가 당신을 위해 기회를 한 번 더 드리겠습니다. 우선 다른 사람들이 있는 곳으로 가시죠." 아저씨는 가지고 있는 검은 지팡이로 바닥을 탁! 하고 한 번 내리쳤다. 그리고 갑자기 바닥에서 펑! 하고 연기가 솟아오르더니 연기가 없어지니 다른 곳에 와 있었다.

11. 마 지 막 2

이곳은 커다란 공장 같았다. "이곳은 저희 트립파크의 공장입니다. 당신은 우선 이곳에서 일을 해야 합니다. 1년에 한 번씩 이곳에 있는 사람들 중 일을 가장 열심히 하는 사람과 일을 가장 안 하는 사람을 한 명씩 뽑습니다. 그리고 가장 잘하는 사람은 소원을 들어줍니다. 반대로 가장 안 하는 사람은 영영 이 공장을 빠져나가지 못합니다. 또 안 하는 사람이 두 번 이상 잘하는 사람으로 선정된다면 그 사람도 이곳을 나갈 수는 있습니다. 알겠죠? 아참! 그리고 당신은 사람이 아니기 때문에 제가 사람으로 바꿔드리겠습니다. 이곳을 나갈 때는 원래대로 돌아올 것입니다. 다른 자세한 것들은 이 사람에게 물어보세요. 그럼 전 이만!" 아저씨가 가자마자 어떤 사람이 내 앞에 서 있었고 나도 머리카락이 긴 사람이 되어 있었다. 내 앞에 서 있던 사람은 나를 보고 놀란 것 같았다. "어! 너는!" 그런데 나도 그 사람을 봤을 때 떠올랐다. 내 주인이었다! "너 내 고양이 미니지?" 나는 말없이 고개를 끄덕였다. "너도 이제 인간 말을 할 수 있어. 한 번 따라 해 봐." 나는 아~ 하고 소리를 내 보았다. 소리가 나왔다. "그럼, 저…는… 무…무엇…을 하…면 되… 될까…요?" 나는 아직 말이 잘 안 나와서 서툰 발음으로 물어보았다. "너는 저쪽에 가서 사람들이 만드는 것을 함께 만들어. 나와 함께 가자." 주인은 웃으며 나에게 어깨에 팔을 걸쳤는데 내가 주인과 비슷한 크기가 됐다는 게 믿기지 않았다. 우리는 사람들이 있는 곳으로 갔다. "이제는 저쪽에 있는 사람들에게 물어봐." "네… 아… 알겠어… 요." 나는 그쪽으로 걸어가서 머리가 긴 한 사람의 등을 쳤다. 그 사람이 나를 뒤돌아보았다. 어디서 많이 본 얼굴이었다. 그 사람도 고개를 갸우뚱거렸다. "너… 느… 는… 미… 니?" "그… 럼 너… 는 메… 메리?" 나는 그곳에서 메리를 만나고 그 공장에서 나가기 위해 일 년 동안 열심히 일했다. 그리고 일을 가장 열심히 하는 사람과 일을 가장 안 하는 사람을 뽑는 날, 나는 내가 아주 열심히 일했기 때문에 당연히 내가 뽑힐 거라고 생각했다. 하지만, 내가 아닌 나의 주인이 뽑혔다. 내 주인의 소원은 나와 메리를 데리고 함께 나가는 것이었다. 그래서 우린 함께 나가게 되었다. 그리고 나와 메리는 다시 고양이로 돌아오게 되었고, 나와 주인은 메리를 메리의 주인에게 데려다 주고 집으로 돌아왔다. 우린 집에 돌아와서 이틀 동안 거의 계속 집에서 잠만 잤다. 나는 이런 생각을 했다. 다시는 절대로 그 트립파크라는 곳에 가고 싶지 않다고, 그리고 주인이랑 절대로 떨어지고 싶지 않다고. 마지막으로 이런 생각을 하고 다시 잠이 들었다. '내일은 또 어떤 일이 펼쳐질까?'

제 이름은 김민준입니다. 저는 태강삼육초등학교 5학년 평화반입니다. 이 책은 대홍단 등 다양한 캐릭터가 등장합니다. 이 이야기를 초등학교 2, 3학년 친구들이 읽어주면 좋겠습니다. 왜냐하면 이 이야기는 2, 3학년들이 좋아할 만한 이름들과 흥미로운 내용이 담겨 있어서입니다. 히어로와 악당의 같은 역할들도 등장하고 재미있는 장면과 싸움 장면들이 있는 것이 이 책의 재미 요소입니다.

8시간의 꿈

저는 아파트에 살고 있습니다. 어느 날, 엄마와 함께 산에 등산하러 올라갔어요. 우리는 산의 절반 정도까지 올라갔는데, 목이 말랐어요. 그래서 산에 있는 약수터에서 물을 마셨어요. 엄마가 먼저 물을 마셨는데, 엄마는 그 물을 마시고 갑자기 엄청난 파워가 생겼어요. 엄마는 저에게 마시지 말라고 했지만, 저는 목이 너무 말라서 그냥 마셔버렸어요. 걷다 보니 우리는 어느새 산 정상까지 올라와 있었어요. 엄마와 저는 깃발을 꽂았어요. 저는 다시 내려가야 한다는 생각이 들어서 귀찮았어요. '내가 날아서 내려가면 얼마나 좋을까?' 나는 갑자기 이런 생각이 들었어요.

그런데 엄마가 제 생각을 들었대요. 엄마도 왜 들렸는지 신기해 하셨어요. 엄마가 손을 한 번 움직였는데 갑자기 엄마의 손에서 파란 불빛이 나왔어요. 그리고 제 등 뒤에는 날개가 생겼어요. 우리는 엄청나게 당황했죠. 그래서 저는 모든 힘을 다해 산에서 뛰어내렸어요. 그런데 날갯짓하며 날고 있었어요. 엄마와 저는 너무 놀랐어요. 엄마도 날개를 갖고 싶어서 팔을 들어 날갯짓을 해보셨어요. 그래서 저희는 날개를 퍼덕이며 산에서 내려갔어요. 주변 사람들은 저희를 보고 신기해하셨어요. 우리는 집으로 돌아왔어요. 밥을 먹으며 저는 엄마에게 물었어요.

"엄마, 산꼭대기에서 날개를 어떻게 소환했어요?"

"나도 모르겠는데, 손을 움직였더니 손에서 파란색 불빛이 나왔고, 갖고 싶었던 것이 나와버렸어." 엄마가 대답하셨어요.

나는 갑자기 산 절반까지 올라왔던 것이 기억이 났어요. 그 물이 수상한 것 같다고 생각해서 엄마에게 물었어요.

"그 물이 수상한 것 같아요." 엄마도 그렇게 생각하는 것 같았어요. 나는 궁금해서 더 물어보았어요.

"엄마, 혹시 다른 것도 소환이 가능할까요?" 엄마가 손을 한 번 움직이자 파란 불빛이 또 나왔어요. 우리는 돈을 갖고 싶었어요.

엄마가 손을 움직이자 돈 1억이 나왔어요. 엄마는 쇼핑을 하려고 했지만, 갑자기 손을 움직이자 엄마가 원한 물건이 나왔어요. 그래서 엄마는 이제 쇼핑을 할 필요가 없어졌어요. 나는 엄마에게 물었어요.

"엄마, 우리 이왕 이렇게 된 김에 기네스에 가장 돈 많은 사람으로 등재될까요?"

엄마가 대답했어요. "좋은 생각이네^^."

그래서 엄마는 다시 손을 움직여 돈 999조를 소환시켰어요. 엄마는 그래서 기네스에 등재되었고, 그 기록은 아직까지도 깨지지 않았어요. 엄마는 동상도 만들어졌어요. 그런데, 이후 수상한 사람이 나타나 엄마의 돈을 가져가 버렸어요.

그 수상한 사람의 이름은 이놈 머스크였어요. 경찰은 본격적으로 수사를 시작했고, 누가 도둑인지 단번에 알아차렸어요. 왜냐하면, 기네스 기록에 이놈 머스크가 가장 돈이 많은 사람으로 등재되었기 때문이었어요. 경찰은 이놈 머스크를 해킹하려고 했지만, 그때 또 다른 한 사람이 이놈 머스크를 해킹해서 돈을 가져갔어요.

그래서 이놈 머스크는 곧바로 빈털터리가 되었어요. 그 돈을 가져간 사람의 이름은 빌 개똥이였어요. 경찰은 빌 개똥이네 집으로 가서 문을 두드렸지만, 빌 개똥이가 나와서 기관총 111발을 쏘았어요. 경찰은 죽었고, 다른 경찰들이 특전사 예수님, UDT, 부대찌개, 감자, 해병대 수색대 취두부, SDT 김꿀꿀, SSU 멧돼지, 707 김돼지가 빌 개똥이네 집으로 향했어요. 그런데 이번에는 빌 개똥이가 러시아로 들어가 차르봄바(핵)를 가져와 UDT, 707, SSU, SDT와 함께 폭발시켰어요.

하지만 놀랍게도 빌 개똥이는 살아 있었어요! 그래서 빌 개똥이는 제트팩을 달고 달로 가서 집을 만들었어요. 빌 개똥이는 우주에서도 숨을 쉴 수 있는 능력이 있기 때문에 살아남을 수 있었어요. 바로 빌 개똥이는 SSCP 999였던 것이었어요. SSCP는 위험한 사람, 물건 등을 보호하는 재단이었어요. 그래서 SSCP 재단은 로켓을 타고 달로 가서 빌 개똥이를 찾았어요. 빌 개똥이는 집에 숨어 있었죠. 그러자 SSCP 재단은 집을 폭파시켜 빌 개똥이를 찾았어요.

"왜 달로 갔어?" SSCP 재단이 물었어요.

"너희 SSCP 재단에 갇혀 있기 싫고, 죽기 싫어서 너희를 피해 먼 달로 온 거야."

빌 개똥이가 대답했어요. SSCP 재단은 빌 개똥이를 어떻게 처리해야 할지 생각했어요. SSCP 재단은 빌 개똥이가 기관총을 들고 있는 모습을 보았어요. 빌 개똥이는 기관총을 쏘려고 했지만 SSCP 재단이 먼저 저격총을 쏴서 그를 죽였어요. 그리고 SSCP 재단은 SSCP 999에 빌 개똥이의 시체를 가져가서 연구소에서 실험을 진행했어요. SSCP 연구소에서 빌 개똥이 죽음 이후를 추적하기 위해 추적 장치를 달았고 빌 개똥이는 죽어서 지옥으로 갔기 때문에 지옥에서의 삶을 지켜볼 수 있었어요.

지옥에서 빌 개똥이는 아침 식사를 하고 있었어요. 그때, SSCP는 빌 개똥에게 칼을 겨누었어요. 그 순간, 사탄이 나타나서 SSCP들을 죽였어요. 그리고 SSCP 재단은 사탄을 물리치기 위해 총 10발을 쐈어요.

사탄은 "간지럽군~"하며 웃었어요. 그리고 사탄은 다시 SSCP 재단을 물리치고, 빌 개똥의 추적 장치를 떼어냈어요.

사탄과 빌 개똥이는 바다로 가서 허리케인을 만들었고, 그 후 우주로 가서 화성의 궤도를 지구로 바꾸었어요. 그러나 SSCP 재단은 이 사건들을 모르고 있었고, 허리케인이 점점 커지고 있다는 사실을 알지 못했어요. 결국, 허리케인은 SSCP 재단 쪽으로 점점 다가오며 SSCP들이 뚫리고 겨우 살아남은 SSCP들이 탈출했어요. 이 사건은 정말 큰 사건이었어요. SSCP들은 사람들을 공격하며 사람이 있는 곳으로 퍼져 나갔어요.

SSCP 재단은 신속하게 대응하여 탈출한 일부 SSCP들을 가져왔지만, 케테르만 남아 있었고, 케테르를 잡는 것은 정말 어려웠어요. 사람들은 이미 다 죽어가고, SSCP는 결국 지구를 떠나야만 했어요. 사람들은 로켓을 타고 화성에 도착해서 건물을 짓고, SSCP가 다시 나타날까 봐 대비하고 있었어요. 게다가, 목성에서도 SSCP 재단을 설치했는데, 거기에 케테르 SSCP가 나타났어요. SSCP재단은 1,000발의 총을 쏴서 케테르 SSCP를 기절시키고 격

리했어요.

SSCP 재단은 SSCP를 태양으로 보내면 평화가 찾아올 수 있을 거라 생각했어요. SSCP 재단의 일원 한 명이 지구로 돌아갔어요. SSCP 재단은 지구에 도착했지만, 정말 무서웠어요. 세상이 피로 온통 붉어져 있었어요. SSCP재단은 화성에 위치한 기관으로부터 사진을 받아왔고, 무서움에 떨며 SSCP 재단은 마트에 가서 식량을 구매하려고 했는데, 거기에는 SSCP-096이 앉아 있었어요. SSCP 재단은 SSCP-096을 목격했고 화성에 위치한 기관이 로켓을 타고 지구로 돌아와 SSCP 재단을 데리고 화성으로 다시 돌아가서 식량을 화성에 두고 SSCP 재단을 태양으로 보내려고 했어요. 하지만 SSCP-096이 그들을 계속해서 쫓아 왔어요. 태양은 먼 곳에서 빛나고 있었어요. SSCP-096이 로켓 바로 뒤에 탑승했어요. SSCP 재단은 급히 부스터를 가동하고 태양에 부딪혀 SSCP 재단과 SSCP-096과 함께 사라졌어요. 화성에 위치한 기관은 100명의 생존자를 데리고 지구로 돌아왔어요. 그들은 건물과 자재 등을 구매하고 돌아오려고 했지만 로켓은 사라져 있었어요. 그 로켓은 하수구에 있는 생존자들이 타고 떠나버렸던 것이었어요. 그러나 옆에는 또 다른 로켓이 있었고 그 로켓은 SSCP 재단의 로켓으로, SSCP-096을 처치한 사람의 것이었어요. 다행히도 화성에 도착하여 그들은 도시를 건설했어요. 화성에는 다른 생존자들이 없었어요. 화성에서 조사를 진행하던 도중에 SSCP 재단은 생존자들의 시체를 발견했어요. 불길한 예감이 들어 뒤를 돌아보니 SSCP가 있었어요.

“너도 생존자들과 같이 지옥으로 가렴.” SSCP가 말했어요.

“응, 너나 가~(탕탕탕 탕탕탕탕)” SSCP 재단이 대답했어요.

“잘 가라 이히히히” SSCP 재단이 소리쳤어요.

“지옥에서 보자.” SSCP가 말했어요.

SSCP 재단은 다행히 목숨을 건졌고 이제 카타르 SSCP가 41개만 남았어요. 그런데 SSCP 대원이 중요한 제안을 했어요.

“그냥 지구로 운석을 다 떨어뜨리면 되지 않아? 왜냐하면 지구가 산산조각 나도 다시 생기잖아! 그래서 카타르 SSCP들을 없애면 그게 우리의 평화야!!”

SSCP 재단이 응답했어요.

“그럼 지구에 있는 생존자들은 어떻게 해? 생존자들이 불쌍하잖아!”

둘은 이야기 끝에 결정했어요. SSCP 재단은 지구로 가서 생존자들을 찾기로….

그들은 다시 한번 하수구를 탐색해 보기로 하였고, 그곳에는 엄마 한 명, 아이 두 명이 있었어요.

SSCP 재단이 아이들에게 아빠는 어디 있냐고 묻자, 괴물이 와서 아빠를 잡아갔다고 대답했어요. SSCP 재단은 고개를 끄덕이며 로켓 세 대를 준비했어요. 그 로켓들은 1인승 로켓인데, 그중 하나는 SSCP 재단이 타고 가야 해서 아이 한 명만 데리고 갈 수 있었어요. 결국 엄마와 아이 한 명은 남아야만 했어요. SSCP 재단이 그들에게 "다시 돌아오겠다."라고 약속하고 아이를 화성으로 보냈고 이후 SSCP 재단이 다시 지구로 돌아왔지만 이미 늦었다는 사실을 깨달았어요. 엄마와 아이를 살리려고 노력했지만 재단은 불쌍하게 죽은 두 사람을 살릴 수 없었고, 이후 SSCP 재단은 화성으로 돌아와 지구에 운석 10개를 보냈어요.

1년 뒤, 운석들은 지구에 충돌했고 그때 SSCP는 우주에 떠 있었어요. 갑자기 682가 나타났고 먼 곳에서 SSCP 재단에 말했어요.

"나는 안 죽어."

SSCP 재단은 682를 피해 초 강철 쉼터를 만들고 공격 준비에 들어갔고, 682는 화성으로 오고 있었어요. SSCP 재단은 682를 블랙홀 총으로 가둬 버렸어요.

SSCP 재단은 화성에 여러 건물을 세우고 지구와 똑같이 만들려고 노력했어요. 그러고 1년 뒤, 지구는 다시 되살아 나기 시작했어요. SSCP 재단은 지구로 들어가 도시를 다시 복구하고, 환경을 깨끗하게 만들었어요. 그들이 갖고 있는 신의 능력으로 사람들도 만들었어요. 그들은 지구 살리는 것에 성공했고, 더 이상 신의 능력을 사용하지 않기로 했어요. 그렇게 지구에는 SSCP 재단의 능력이 사라지고 평화가 찾아왔어요.

A Hero Chicken

Chapter 1:
Hero Chicken's GFRIEND Rescue Operation

Two years ago, In Chicken City, Hero Chicken's girlfriend decided to visit Chicken Village. While at the popcorn store, an unfortunate incident occurred. The popcorn she was eating flew out of her hands and accidentally hit another chicken, causing it to fall onto a nearby roller coaster. Suddenly, Satan appeared and attacked the fallen chicken. In a fit of anger, I killed the chickens involved, fueled by my emotions.

Shocked by the events, Hero Chicken's girlfriend exclaimed, "Oh, that was strange! The chicken died!" However, Satan, driven by its intention to do badly, approaches Hero Chicken's girlfriend. Filled with fear, she pleaded, "Please don't kill me, please!" said Girl Chicken. “No Bye!” said Satan.

Despite her pleas, Satan had no intention of sparing anyone. It reached Hero Chicken's girlfriend, who desperately cried out for help. Meanwhile, Hero Chicken overheard someone calling for aid and immediately rushed to Chicken Village.

Chapter 2:
A Fight Between Hero Chicken and Satan

Tragically, Satan succeeds in killing Hero Chicken's girlfriend. This heartbreaking loss furious Hero Chicken, but it also filled him with deep sadness and fear. The presence of Satan only there's a scary atmosphere.

The villains of Chicken Village, exhausted from hunger, set out to find the bridge. It's sad because it's a surprising development, and I have no choice but to save the people here! "I don't want to give it to Satan who killed my girlfriend, but I have no choice but to save people..." said the Hero Chicken. The Hero Chicken held out his leg to Satan. "Mmm! Now that's a really good leg," Satan said.

While Hero Chicken was thinking about this situation, the thought occurred to him, 'Hmm... I guess Satan likes legs.' To everyone's surprise, the vicious chickens suddenly took to the sky.

But Hero Chicken was in trouble because he had no legs. Determined to find a solution, Hero Chicken thought, 'Maybe I can pray to Jesus and ask him to give me new legs.' The hero chicken got down on his knees and prayed to Jesus with a wish in his heart. How does Jesus become a hero chicken now? And he has a desire to get revenge on Satan.

Chapter 3: Hero Chicken Gets God's Armor

In answer to his prayers, Jesus appeared before the hero chicken and gave him the gift of God. He was given the Sword of God, the Gun of God, the Armor of God, the Strength of God, and new legs. When Hero Chicken asked what their powers were, God answered, "Their powers are to protect you, and I gave them this power to protect everything. If you betray me, you can get rid of me, but I trusted you and gave you this power. I gave you this power." “Seek.” Excited by his recently recognized abilities, Hero Chicken decides to seek guidance from his Master to learn how to use this frightened weapon.

Upon approaching the Master, Hero Chicken realized that the Master was already in possession of the weapon. Unfortunately, Hero Chicken lost his divine weapon during his travels. While he was feeling discouraged, a bird named Bird came up to him and said, “Tell me where the Master is and I will guide you.”

Eager to continue his quest, Hero Chicken followed Breed,

hoping to find the Master and collect the lost God's Weapon.

Hero Chicken continued to follow Birrd, saying, “I will show you where the Master is.” While traveling together, Birrd playfully exclaimed, “It’s not fair!” He then giggled before pooping on Hero Chicken's head. Hero Chicken, enraged by the bird's comical, attacked by pooping on the bird, which resulted in the Birrd’s death.

Bud elevated to heaven and I found it to ally with Satan, asking, “Hello Satan, will you join me in destroying Hero Chicken?” Satan agreed and they set off together.

Chapter 4: Hero Chicken Finds a New Friend

Meanwhile, Hero Chicken EncounterHero Pig, and together they allied. As Birrd and Satan approached, Birrd Launched the first attack by targeting Hero Pig. In response, Hero Pig defended himself by kicking Birrd. Sensing danger, Satan decided to retreat, saying, "Oh, this is too scary. I'll go back to heaven." However, Hero Chicken and Hero Pig didn't back down and fought back, delivering powerful punches to Satan, causing him to flee.

Ten minutes later, Hero Chicken finally found the Master. Excitedly, Hero Chicken asked Hero Pig, "Hey Pig, can you help me capture the Master?"

Hero Pig agreed and used a special tactic by releasing a strong fart toward the Master, causing him to struggle for breath. In this moment of weakness, Hero Chicken used the chance and got a special weapon.

Chapter 5: Satan Pickpockets a Hero Chicken.

However, as the story continues, the villain manages to pickpocket Hero Chicken. To make everything worse, Satan Chicken turns up and attracts Hero Chicken. Satan goes to Chicken City and shoots a gun at Hero Chicken. Despite the attack, Hero Chicken displays great strength and bounce. Satan gains energy and cuts off one of Hero Chicken's legs, but Hero Chicken comes back with a powerful punch, causing Satan to fly away. Satan wants revenge on Hero Chicken, getting louder and approaching once again. However, Jesus and an angel are in, killing Satan and getting victory for the Hero Chicken. The story takes a turn in turn as Hero Chicken goes to his girlfriend's funeral to say goodbye to her.

Seeing Jesus' sadness, Hero Chicken said, "Thank you very much," and accepted him as an understanding God. Two years later, Satan launches an attack on Chicken Village. However, Hero Chicken and Hero Pig are in space, enjoying their time together. Satan goes to kill chickens, but Birrd goes to Hero Pig and asks for help. Responding to the call, Hero Chicken and Hero Pig return to Earth to attack Satan.

A turn of events unfolds as Bridget throws a bomb at Hero Pig, making him fall and fall. Angry, Hero Chicken swings god's sword and strikes at Satan, making him flee.

Suddenly, Birrd fires a gun at Hero Chicken, but Hero Chicken catches the bullet and attacks it back by throwing it back at Birrd. Unfortunately, Birrd manages to dodge the bullet.

Hero Chicken kicks Brrid, causing Birrd to fly away. Brrid, in fear, gets in the sky. Hero Chicken bids farewell to Hero Pig before continuing his journey.

Chapter 6: Hero Chicken Relaxes

Hero Chicken was feeling hungry, so he decided to have

a delicious meal. Instead of eating his friend, Hero Chicken cooked a tasty meal with some vegetables and grains. Feeling energized, Hero Chicken got the idea to build a rocket and explore space. However, Hero Chicken's aim was wrong, and the rocket went off course. He went off course in search of a mysterious phenomenon called a black hole.

Inside the Black Hole, Hero Chicken encountered an astronaut who had also been pulled into the pull of gravity.

Chicken decided to visit the hotel's restaurant, where they served a variety of delicious meals.

While at the restaurant, Hero the astronaut greeted Hero Chicken warmly and invited him to a nearby space station called the Stellar Hotel. The hotel was clean, giving shelter for those traveling through space. Hero Chicken noticed that there was a bird named Birrd who was causing a bit of a mess. The bird had a habit of pooping in strange places, including the hotel. Hero Chicken decided to go to Brrrrid and kindly asked the bird to stop creating a mess. Surprisingly, Birrd understood and agreed to behave better.

As time passed, Hero Chicken and Brrrrid developed a friendship. They enjoyed spending time together, sharing stories, and even sharing meals. Hero Chicken realized that it was much more enjoyable to have a friend like Birrd rather than eating alone.

One day, while Hero Chicken and Birrd were at the space station, they ran into an astronaut who was not behaving kindly.

The astronaut was causing trouble and being rude to others. Hero Chicken, being brave and understanding, stood up to the astronauts and asked them to stop their bad behavior. Unfortunately, the astronaut did not listen and became angrier.

In a surprising twist, Birrd, who had seen the astronaut's behavior, found a creative way to stop the astronaut from causing more trouble. Birrd used a water balloon instead of something like poop and soaked the astronaut. The astronaut realized their mistake and apologized for their actions.

With the situation resolved, Hero Chicken and Birrd continued their adventures in space, exploring new planets and encountering fascinating creatures. They learned the value of friendship, kindness, and understanding throughout their journey.

And the innocent character's name was Naughty Poopy. Hero

Chicken said, "Hey, would you like to join me on an adventure to Mars?" Birrd replied, "Hmm... okay!"

So, Hero Chicken and Birrd went on a journey to Mars. As they arrived, they noticed a huge crater on the planet's surface. They were curious, so they decided to explore it. However, they encountered a surprise when they discovered Satan in the crater, doing random activities.

Satan confronted Hero Chicken and Brrid, questioning their actions. Hero Chicken and Birrd replied, "We acted against you because of your mischievous act!" Satan, feeling angry, tried to attack. However, realizing they were in space, Satan flew away.

Hero Chicken and Birrd said bye to Satan and continued their mission on Mars.

They wanted to be heroes on the planet. Together, they started building the Hero Building, a place where many heroes could come together.

As more heroes arrived on Mars, Hero Chicken and Birrd took on leadership roles. Some heroes showed that they wanted to become leaders, to which Hero Birrd responded, "Wait a moment... no! I started the construction of the Hero Building, so

I will be the leader. Do you understand?"

With their leadership roles established, Hero Chicken and Hero Birrd worked together to create a happy and growing community on Mars. They accepted their responsibilities and made sure that heroes from the universe had a place to call home.

Chapter 7: Heroes Annoying

The other heroes shouted, "No! I am more powerful than you! Do you dare challenge me?" The heroes and Hero Birrd engaged in a fierce battle. However, Hero Birrd soon realized that there was not enough power compared to the other heroes.

The heroes attacked Hero Birrd, causing them to be injured and defeated.

Feeling defeated and hurt, Hero Birrd brought up my words, "I am lost..." and found comfort with Hero Chicken. Meanwhile, the victorious heroes boasted, "We have won and got the title of the King!" Hero Chicken, suddenly, responded, "What? I am the king!" The heroes, not willing to back down, challenged Hero Chicken to another fight. Hero Chicken, accepting the challenge, said, "Okay!"

Hero Chicken put up a great fight, but the heroes eventually fled the scene. Tired from the battle, Hero Chicken decided to build a house and rest. Meanwhile, Birrd prepared lunch for Hero Chicken and brought it to the house. Hero Chicken showed thanks.

Hero Chicken enjoyed lunch and then played a game of soccer with Brrid. However, Hero Chicken always wins. This frustrated Birrd, who said, "I don't want to play with you anymore!" Confused, Hero Chicken asked, "Why?" Birrd responded, "Because you always win at games!"

Hero Chicken, feeling misunderstood, answered, "It's not my fault! Why do you think I am wrong?" Birrd realized their mistake and apologized, saying, "I'm sorry, Hero Chicken." Hero Chicken forgave Birrd, saying, "Okay."

Curious, Hero Chicken asked Brrid, "Do you have any special powers?" Birrd replied with disappointment, "I don't have any power; I am weak."

Hero Chicken excitedly said, "Okay! I will teach you! Don't

give up, and you can get the power, I believe in you!" Hero Birrd said, "Thank you!"

Hero Chicken then shared the three steps to obtain power. "First, always wake up at 1 a.m. Second, have a routine. Third, get a sword for training and let it sit in the sunlight. These practices will help you get the power. I believe you will achieve the Sun Breath."

Hero Birrd, curious, asked, "Thank you! But what is the Sun Breath?" Hero Chicken explained, "Hmm, Sun Breath is the strongest breath. It has a lot of power from the sun. It's truly amazing."

Hero Birrd exclaimed, "Wow! Seriously, you should teach me how to breathe the Aegean Sea!" Hero Chicken chuckled and replied, "For now, you can call me Master, and I will do my best to teach you. Hahaha!"

Hero Birrd said, "Thank you, Hero Chicken." Five years ago, Hero Birrd exclaimed, "Wow, I can use sun breath!"

Hero Chicken asked, "Okay, are you ready to catch the Villain? We gained power, and now we can catch the Villain."

Hero Birrd eagerly replied, "Okay!"

Hero Chicken then gave an idea, "I believe the Villain is in Uranus! Let's go there!" Hero Birrd, being quick in building rockets, said, "Okay, I'll make the rockets fast!"

Excitedly, Hero Chicken confirmed, "Okay!" He continued, "We need to hurry because the Villain has got a strong sword!" Hero Birrd called out, "Hey, Hero Chicken, I've finished making the rocket. Come!"

Chapter 8: The Birrd Caught Satan

Together, Hero Chicken and Hero Birrd are on board on their journey to Uranus. Hero Chicken gave them the information, "I know the location of the Villain's house." As they approached, the Villains saw Hero Birrd's movement and got their super swords ready.

The Villain advanced towards Birrd, but Hero Birrd swiftly unleashed their sun breath, capturing the Villain. Excitedly, Birrd called out, "Hey, Hero Chicken, I caught the Villain!"

However, the situation puzzled Hero Chicken as they had witnessed Birrd being caught by the Villain. Unknown to Hero Chicken, the Villain had a partner hiding in the house. Birrd managed to catch the clownish Villain instead.

Hero Chicken realized that the Villain was much smarter than expected. Hero Birrd felt sad, as catching the Villain seemed easier at first. Hero Chicken told Birrd, saying, "Don't worry, Hero Birrd. We will catch the Villain together."

Suddenly, Birrd cried out for help, exclaiming, "Hero Chicken, help me!" Hero Chicken pondered the situation, but before they could react, the Villain seized Hero Birrd.

Hero Chicken was careful as they searched for Hero Brrid. However, Hero Chicken couldn't find Hero Birrd anywhere. They decided to check where the Villain was, but to their surprise, neither the Villain nor Hero Birrd was present.

After an hour, Hero Chicken discovered a feather belonging to Hero Brrid. Following the direction in which the feather had flown, Hero Chicken eventually found Hero Brrid. Sadly, Hero Birrd was being tortured by the Villain.

Realizing that Hero Birrd had psychic powers, Hero Chicken felt foolish for not using those powers earlier. However, through telepathic communication, Hero Birrd managed to show the Sun Breath technique to escape. Hero Chicken exclaimed, "We did it!"

Together, Hero Chicken and Hero Birrd were victorious over the Villain. They returned to their house, where Hero Chicken showed joy for Hero Birrd's accomplishment in capturing the Strongest Villain. In celebration, Hero Birrd prepared a large cake to show what a great accomplishment it was.

Chapter 9: Hero Chicken Goes to the Moon

Later, Hero Chicken and Hero Birrd ventured to the Moon, where they created a waterpark. They enjoyed sliding down water slides, playing in the park, and sipping refreshing lemonade. Relaxing in the waterpark, Hero Birrd shouted how wonderful the experience was, and Hero Chicken felt proud. They both agreed that space was truly amazing.

However, their quiet was short-lived, as Satan had survived. Satan thought of a plan to free a new wave of villains in the world, taking advantage of the gap left by the defeated Villain. Also, Satan wanted to uncover the sealed powers that lay hidden.

Hero Chicken and Hero Birrd made a treaty to remove all the villains and hope for a peaceful existence without relying on supernatural powers. They aimed to create a pleasant world where conflicts could be resolved without violence. Hero Chicken emphasizes that their powers would only be used in self-defense if someone showed a threat.

Meanwhile, Hero Birrd decided to go on a journey to explore new lands and introduce themselves to different communities. They believed that by connecting with others and sharing their experiences, they could promote understanding and unity among different cultures.

Together, Hero Chicken and Hero Birrd set out on their own paths, with Hero Chicken committed to keeping the peace and justice while Hero Birrd wanted to encourage goodness and build bridges between communities. They both had a clear goal and were determined to face any challenges as they stepped into the world.

Chapter 10: Hero Chicken Takes a Test

So, Hero Chicken and Hero Birrd traveled into Skypeland. As they go on their search to find God, they are suddenly faced with a series of tests. For the first test, they arrived in Chicken Village, where a large log came towards them. Hero Chicken's quick reflexes allowed them to swiftly dodge the log. However, Hero Birrd, lacking the same level of agility, was unable to avoid the log. With that, the first test ended.

As soon as the first test ended, Before the second exam started, Hero Chicken postponed the exam and was eating chicken at Chicken Village, but suddenly bang! There was a sound and asteroids were falling from the sky. Hero Chicken knew how to stop it because Jesus was there, so he went into the bunker and ate it. When I came out after eating chicken, the earth was destroyed. When I opened my eyes, luckily, it was a dream. And the second test began.

The second challenge—flight. Hero Birrd, being a bird with wings, with ease soared through the sky, accomplishing the task easily. However, Hero Chicken, despite having wings, had a hard time flying because chickens can't fly. Hero Chicken resolved to finish the test and find God's guidance to make a training ground.

Chapter 11: The Demon's Challenge

During their hard training, an unexpected incident surprised Hero Chicken and Birrd's world. The evil, Satan, and his troops of demons go to their training ground, making everything into chaos. The angels' safety was in danger. Hero Chicken and Birrd, driven by their commitment to justice and heroism, challenge these criminals.

One demon, with overconfidence, challenges Hero Chicken. However, what happened next surprised everyone. Hero Chicken used the divine power of the Sun Breath, overpowering and defeating the demon. Seeing this amazing win, Hero Birrd also showed their unused Sun Breath, completely defeating the last of the demons.

Word of their remarkable triumph spread, even reaching God Himself. God's visit to the training ground was an inspiration to all. There, they found the demons defeated and the angels honoring Hero Chicken with hero badges, recognizing the incredible extraordinary hero.

Impressed by the brave act, God decided to give Hero Chicken godlike abilities and the Armor of God, showing who the true hero of their time. From this moment, Hero Chicken committed themselves to ongoing hard training, always striving to be the best hero they could be.

Hero Chicken declared, "Let's go to the test site!" As everything unfolded, Hero Chicken's decision and growth achieved remarkable results. They proudly earned the super badge reserved for the world's most powerful heroes. Among all the birds, none of the Hero Chickens don't have energy, making them the greatest hero of them all.

As their journey continued, Hero Chicken and Birrd held their roles as true champions, ready to face whatever challenges ahead. Their determination and spirit help them with greater victories.

As Birrd became stronger, jealousy started growing in its heart. Whispers from Satan made this jealousy stronger, making Birrd envy him. With time, this envy got worse, and Birrd decided to gain more power.

In time, Birrd chose to leave Hero Chicken, feeling unhappy. This choice wasn't just about showing independence; it was a challenge to Hero Chicken's leadership. Birrd's chosen path was risky because Satan's influence remained strong.

Yet, Birrd held a burning determination to prove their worth. The road ahead was risky and unclear. With each step away from their old friend, Birrd's heart trembled with excitement and fear in their heart. In this confusing time of problems, a surprising alliance started. Bird and Satan teamed up, driven by each other's own goals. Dark clouds hung over the horizon, suggesting an urgent clash between old friends.

Chapter 12: A Heroic Sacrifice

Hero Chicken was shocked by the unexpected partnership formed between Birrd and Satan. But with time, Hero Chicken started to understand Birrd's true purpose. It became clear that Birrd didn't seek to claim Satan's power for personal gain; instead, Birrd aimed to keep it a secret, safeguarding the world from more harm.

Realizing Birrd's attempt to strip him of his power, Satan launched a fierce attack on Hero Chicken. Unknown to Satan, Birrd had already got his weaknesses. Inside Satan's chamber lay the key to weakening him—the written record of his weaknesses.

Birrd escaped with this crucial knowledge and quickly gave the new power to God. With Bird's help, Hero Chicken bravely confronted Satan, now stronger and more determined. A fierce battle started, but without the weaknesses that Birrd had found, Satan's powers weakened. Eventually, Hero Chicken managed to imprison Satan deep underground, securing the world from his threats.

Chicken Hero declared their victory to God, who looked upon their courage with a lot of pride. It was an important time, a testament to the unwavering spirit of these heroes. God gave special powers to Hero Chicken and now gave the same divine gifts to Birrd, seeing how both heroes were crucial in everything that happened.

To celebrate their victory, Hero Chicken gave Birrd a special badge, showing they were partners and recognizing Birrd's great help for justice and peace.

A year passed, and peace reigned in the world. Then, the ground shook, and cracks appeared. Everyone looked up as a huge figure fell rapidly from the sky.

Birrd flew up to the sky to check it out. What Birrd saw in the sky was shocking—it was the Chicken Planet, Hero Chicken's home. Birrd hurried to tell Hero Chicken, realizing the seriousness of the situation.

Hero Chicken, fully understanding the danger, teamed up with Birrd. Together, they used all their powers to stop the disaster. But, despite their huge effort, the Chicken Planet was too heavy to lift.

In their desperate attempt to stop the Chicken Planet's high-speed descent, a fire blazed across its surface. Hero Chicken used their divine powers, asking Birrd for help. Both struggled to hold up the planet.

Birrd pushed themselves to their limit, giving all their power to assist. As the planet slowed down, Birrd fainted from the huge effort.

With Birrd unconscious, Hero Chicken faced the incoming Chicken Planet alone. They summoned all their remaining energy to call for help but failed. The Chicken Planet crashed into Earth, causing massive destruction.

Thankfully, Birrd survived, but the impact erased their memory. As things settled, the world changed irreversibly, requiring a long journey to rebuild.

제 이름은 이우찬입니다. 처음에는 엄마 손에 끌려와 공글 수업을 듣기 시작했는데, 이후에는 수업이 정말 재미있었습니다. 공글을 다니면서 국어 실력도는 것 같습니다. 왜냐하면 제가 다녔던 한별초등학교 6학년 7반에서는 아침마다 글쓰기를 하는데 처음에는 아주 못했지만 공글을 다니고 나서부터 조금씩 글쓰기 능력이 늘어 글을 잘 쓰게 되었기 때문입니다. 처음에 억지로 글을 쓰기 시작해서 잘 못 쓴 부분도 있을 수 있습니다. 독자분들이 저의 소설을 넓은 마음을 갖고 읽어 주셨으면 좋겠습니다.

제 소설은 한 남자의 인생에 관련된 이야기입니다. 독자층은 MZ세대를 제외하고 모두입니다.

1. 할머니 댁

우리 가족은 방학 동안 할머니 댁에 갔다. 차가 막혀서 도착이 조금 늦었다. 할머니 댁에서는 맛있는 음식을 먹고, 밭에도 가서 놀았다. 우리는 하룻밤을 할머니 댁에서 자고, 다음 날 일찍 집으로 돌아가기 위해 준비를 하고 있었다. 그런데 엄마가 어디에 있는지 보이지 않았다. 어젯밤 분명 우리는 같이 잤는데 엄마가 사라졌다. 그래서 아빠와 나, 그리고 누나와 동생은 두 팀으로 나뉘어 엄마를 찾으러 나갔다.

아빠와 나는 숲으로 갔다. 아침이라 그런지 숲은 매우 조용했다. 걷다가 저 멀리 무언가 반짝이는 것을 발견했다. 그것은 엄마의 구씨 가방이었다! 아빠가 겨우 사 준 가방이었다. 어떻게 엄마 가방이 여기에 있을까? 아빠는 엄마를 찾기 위해 다시 나섰다.

"어? 그런데 동생이랑 누나도 보이지 않아! 분명 같이 걷고 있었는데 어디로 갔을까?"

나는 아빠를 보며 말했다. 아빠와 나는 갑자기 사라진 가족을 찾기 위해 동네 곳곳을 돌아다녔다. 동네 사람들은 이 숲에 들어가면 돌아오지 못하는 사람이 많다고 했다. 그래서 이 숲에는 '돌아오지 못하는 숲'이라는 이름이 붙여졌다고 했다. 다행히도 우리는 다시 돌아올 수 있었지만, 정말 무서웠다. 우리는 할머니 댁으로 돌아와서 경찰에 신고했다. 경찰은 이런 신고가 많다고 했다. 경찰과 함께 가족을 찾아 숲을 돌아다닐 때, 갑자기 누군가가 우리를 잡았다.

2. 돌아오지 못하는 숲 1

눈을 떠보니 동굴이었다. 아빠와 나는 같이 있었다. 우리는 너무 무서웠지만 누가 구조해 줄 것이라고 믿었다. 그때 어떤 사람이 와서 음식을 주었다. 성인 남자처럼 보였다. 그가 준 음식은 감자, 당근, 물이었다. 우리는 하루를 꼬박 굶은 탓에 음식을 허겁지겁 먹었다. 그리고 물 한 병을 다 마셨다. 이제 감자 3개와 당근 2개가 남았다. 우린 이런 곳에 더 있다가는 미쳐버리겠다고 생각했다.

1시간 후, 남은 음식이 별로 없어서 우리는 아사할 것만 같았다. 그래서 탈출을 결심했다. 난 아빠랑 같이 동굴 입구를 막고 있는 돌을 밀고 나갈 계획을 세웠다. 우리는 힘을 합쳐 돌을 밀었다. 하지만 돌은 전혀 밀리지 않았다. 그래서 계획을 수정해서 날카로운 돌로 구멍을 파서 나가는 계획이었다. 그렇게 우리는 구멍을 파려고 했는데, 이미 조그만 구멍이 있었다. 우리는 그 구멍을 더 크게 만들었다. 구멍은 점점 더 커졌고 그 구멍으로 나가서 탈출을 할 수 있었다. “빨리 마을로 가자!” 열심히 달려서 마을에 도착했는데 사람들은 우리가 죽은 줄 알고 이미 아빠와 나의 장례식을 치러 버

렸다. 그래서 사람들은 우리를 사람으로 보지 않았다. '큰일났다!'

우리는 경찰서에 가서 살아있는 사람이라고 말했다. 그들은 자초지종을 듣고 나더니 우리가 죽지 않고 살아있다는 것을 믿었다. 우리는 경찰서에서 조사를 더 받고 우리 상황을 해명했다. 아빠와 나는 경찰서에서 나왔다. 우리에게는 할 일이 남아있다. '엄마를 찾아야 하는데…. 그 숲에 다시 들어가긴 싫고, 어떻게 해야 할까?'

3. 돌아오지 못하는 숲 2

우리는 다시 그 숲으로 들어가기로 했다. 총과 수류탄을 챙겨서 '돌아오지 못하는 숲'으로 용기를 내서 들어갔다. 멀리서 누군가가 보였다! 가까이 가서 자세히 살펴보니 그 사람은 바로 엄마였다! 우리는 엄마를 데리고 '돌아오지 못하는 숲'을 빠져나왔다. 다행히도 엄마를 안전하게 데리고 돌아왔고, 우리 모두는 숲에서 길을 잃고 다친 몸과 마음을 회복했다. 엄마에게 어떻게 나왔는지 묻자, 엄마는 어떤 성인 남자가 엄마를 동굴 밖으로 확 던져서 돌아다니다가 우리를 만났다고 했다. 동생과 누나는 어떻게 되었느냐고 물으니, 며칠 동안은 엄마와 함께 있다가 셋을 각자 다른 방으로 분리시켰다고 했다. 그 말을 듣고, 나는 생각했다. '누나와 동생을 찾으러 가야 하는데, 어떻게 찾아야 하지? 망했다.' 아무리 생각해도 방법이 생각이 나질 않았다. '그래! 무작정 들어가 보자!' 수류탄과 총을 챙겨서 다시 숲으로 들어갔다. 걷다가 아빠가 동굴을 발견했다고 해서 무작정 수류탄을 던졌다. '어?!! 저기 범인이다! 그 미치광이!' 아빠가 총을 들고 위협했지만, 그 미치광이는 무서워하지 않았다. 결국 아빠가 총을 쏘았고, 쏘자마자 그 미치광이는 웃으며 쓰러졌다. '아빠가 사람을 죽였다….' 우리는 경찰에게 사람을 죽였다고 자수했다. 경찰들이 숲으로 들어와서 확인하는데…. '어? 시체가 없어졌다?! 무슨 일이지?' 경찰들은 아빠가 수상하다며 아빠를 잡으려고 했지만, 아빠가 경찰에게 전후 사정을 잘 설명해서 그냥 풀려나올 수 있었다.

4. 타임머신

집에 도착하니 할머니께서 도마질을 하고 계셨다. 내가 배고프다고 말하자 아빠는 할머니가 요리하고 계시니 조금만 기다리라고 했다. 아빠와 나는 마당에서 구슬치기를 했고, 계속 할머니의 도마질 소리가 통통통 들렸다. 그러다 도마질 소리가 멈춰서, '할머니!?' 하고 불렀는데 대답이 없으셨다. 그래서 우리는 할머니가 계신 부엌으로 갔다. 우리는 바닥에 주저앉고 말았다. 왜냐하면, 그곳에는 할머니가 아니라 시체가 놓여 있었기 때문이다.

시체 옆에는 쪽지가 있었다.

-아깝다. 두 놈 더 잡을 수 있었는데. 내일 보자.- 라고 적혀 있었다. 우리는 혹시나 해서 엄마가 있는 방에 가보았다. 방 안에는 싸늘한 시체만 남아 있었다. 우리는 슬프고 경악스러웠고 또 소름이 돋았다. '어떡하지?' 나는 생각했다. 우리는 경찰에 신고를 했고 신고를 받고 온 경찰들은 시체를 치우고 범인을 찾아보겠다고 했다. 끔찍한 하루를 보내고 잠이 들었는데, 잠에서 깨보니 나는 할머니의 집이 아니라 우리 집의 내 방에 누워 있었다. 깜짝 놀라 거실로 뛰어가 보니 엄마가 밥을 하고 계셨다.

"엄마? 엄마 살아 있었어요? 어떻게 여기? 분명히 할머니 집에 있었는데…."

나는 엄마에게 달려가 말했다.

엄마는 "무슨 뚱딴지같은 소리야! 네가 계속 이상한 얘기만 하니까 공부도 스물여섯 명 중 26등 하는 거야! 그리고 뭐? 엄마가 죽어? 너도 오늘 죽는 날이다!"라고 말했다. 물론 나는 그것이 농담이라는 것을 안다. 그럼 지금까지 있었던 일은 꿈이었던 걸까? 주머니를 확인해 보니 쪽지와 구슬이 그대로 남아 있었다.

"어? 그럼 꿈은 아닌데? 무슨 일이지?"라는 생각이 들었다. 그때, 엄마는 동생을 데리러 간다고 나가시고, 아빠는 일 때문에 늦게 들어오신다고 했다.

"앗싸! 게임해야지!" 엄마가 나가자 나는 컴퓨터를 켜고 게임을 즐겼다.

한참 게임을 하고 있는데 초인종 소리가 울렸다.

딩동~ 띵동띵동 띵동띵동~

현관문 렌즈로 밖을 살펴보니 한 아저씨가 서 있었다. 그 순간 여러 가지 생각이 머릿속을 가득 채웠다. '택배 아저씨일까? 누구일까? 혹시 강도나 유괴범은 아니겠지?'라는 생각에 무서워 초인종 소리를 무시하고 조용히 있었다. 하지만 초인종은 계속 울리고 있었다. 띵동 띵동 띵동~ 10분이 지나도 문을 열지 않자, 그 아저씨는 문을 발로 찼다.

쾅 쾅 쾅! 그리고는 문을 열려고 시도했다.

하지만, "삐 삐 삐 삐 삐 비밀번호가 틀렸습니다."라는 메시지가 계속 나오자, 몇 번 더 시도하고 포기를 했는지 조용했다. 나는 1시간이 지난 뒤 조심스럽게 문밖에 나가 보았다.

그러자 문 옆에 -이 집은 포기. 아깝네.- 라고 적힌 쪽지가 있었다. 나는 그 쪽지를 주머니에 넣고 엄마를 기다렸다. 5분 뒤에 엄마가 도착했고, 우리는 경찰서에 신고했다. 경찰은 이미 그들을 알고 있었다. 그들은 경찰이 쫓고 있는 범죄 조직이었다. 나는 한 사람인 줄 알았는데, 실제로는 조직이었다고 생각하니 정말 무서운 일이었다.

저녁이 되어 밥을 먹고 나는 자기 전에 바지 주머니에서 구슬과 쪽지 2개를 꺼내고 손수건을 주머니에 넣었다. 불안한 마음이 들

었다. '쪽지와 구슬은 왜 주머니에 있는 걸까?'

다음 날 일어나니 다시 할머니의 집이었다. 나는 놀랐다. 아빠가 옆에서 자고 있어 나는 아빠에게 물어볼 수가 없었다. 나는 집 밖으로 나갔다. 웬 할아버지가 계셨다. 할아버지는 화가 나 보였다. 무서웠지만 그래도 나는 궁금해서 물어보았다.

"할아버지, 여기는 어디인가요? 그리고 이 집에는 누가 사나요?"라고 물었더니, 할아버지께서 화 난 목소리로 대답했다.

"이놈아! 여긴 부산이야! 그리고 이 집에 누가 사는지 내가 어떻게 알아?"라고 말씀하셨다. 나는 도대체 무슨 일인지 알 수가 없었다. '여기가 할머니 집인 것은 맞을까? 그리고 왜 자꾸 장소가 변하는 걸까?' 나는 마치 누군가가 날 타임머신에 태운 것 같았다. 만약 그렇다면, 그 사람이 누구인지 정말 궁금했다. '혹시 그 사람이 날 죽이려고 하는 걸까?' 나는 그 사람을 반드시 찾고 싶었다. 나는 다시 할머니 집으로 돌아가서 잠이 들었다. 그리고 다음 날 일어났을 때는 우리 집이었다.

5. 끝

"엄마, 여기 진짜 우리 집 맞아요?"

"그럼, 여기가 우리 집이 아니면 어디야? 너 혹시 꿈꿨니?" 엄마가 웃으며 대답했다.

"엄마, 나 할머니 만나고 싶어요."

"할머니 생각이 나서 그러는구나…. 엄마도 할머니 보고 싶지만 이젠 하늘나라에 계셔서 볼 수가 없네…."

맞다. 할머니는 작년에 돌아가셨기 때문에 만날 수가 없다. '그럼 내가 만난 분은 누구였지?' 정말 나는 내가 과거로 갔었던 것 같다는 생각을 했다. 그래서 내가 할머니 집에 있었던 것이고, 할머니를 만날 수 있었던 것 같다. 그러니까 나는 자고 일어나면 다시 현재로 돌아오는 시간 여행을 하는 것이다. '그렇다면 누가 나를 이런 시간여행을 하게 만든 것일까?' 나는 범인이 멀리 있을 것 같지 않다는 생각을 했다. 그리고 범인을 잡기 위해서는 내가 과거보다는 현재에 있을 때 찾는 것이 더 쉬울 것이다. '도대체 범인이 누구일까?' 나는 일단 집에서 가장 의심스러운 사람부터 의심을 해보기 시작했다. 우선 누나와 동생은 아니다. 솔직히 엄마는 의심이 가는 부분이 많지만 아니라고 믿고 싶었다. 아빠는 바빠서 나를 만날 시간도 없기 때문에 범인일 가능성이 거의 없다. 범인이 누구인지는 진짜로 모르겠다. 나는 너무 답답해서 밖으로 나와 놀이터 의자에 앉았다. 거기에는 어떤 할아버지가 앉아 계셨다. 할아버지가 나에게 물으셨다.

"답답하냐?"

"네? 할아버지가 그걸 어떻게…?"

할아버지는 나에게 일어난 모든 일에 관하여 알고 있다고 하셨다. 그래서 나는 그 할아버지에게 진실을 물어봤다.

"할아버지 진짜로 모든 걸 알고 계신 건가요?!"

"아니, 그냥 장난으로 한 말이야. 크크큭." 할아버지가 웃으며 말했다.

나는 화가 나서 "할아버지. 장난도 적당히 치세요."라고 말했다. '아 씨, 장난이라니!!!!!!' 난 어떤 정보도 얻지 못한 채 집으로 돌아갔다. '…결국 범인을 찾지 못했네…. 아휴… 내일은 또 할머니 집에서 눈을 뜨겠지? 아, 졸리다.' 나는 잠에 들었다.

다음 날 아침, 눈을 떴는데 할머니 집이 아닌 우리 집이었다.

"실제로 타임머신을 가지고 돌아다니는 사람이 있어 관심이 집중되고 있습니다." 아침 뉴스가 텔레비전에서 흘러나왔다.

'아, 저거였구나!' 나는 지금까지 나에게 일어난 모든 일이 어떻게 일어난 건지 아침 뉴스를 보고 알게 되었다. 텔레비전에 그 사람의 얼굴이 나왔다. '아, 저 사람은 어제 나와 이야기한 그 할아버지잖아?' 그 후로 나는 다시는 과거로 가지 않았고 계속 집에서 잠을 깼다. 더 이상 잠자는 것이 무섭지 않았다. 그렇게 시간이 흘러 나는 20살이 되었다. 이제는 타임머신이 발명되어 미래로는 갈 수 없더라도 과거로는 갈 수 있게 되었다. 오늘 아침 뉴스에는 미래로 갈 수 있는 타임머신을 개발하던 사람들이 미래로 갔다가 돌아오지 않았다는 기사가 나왔다. 나는 미래로 가는 타임머신이 궁금해서 타임머신을 발명하는 회사에 다닌다. 내가 다니는 이 회사에는 많은 비밀이 숨겨져 있다. 나는 아직 그 비밀을 알지 못하지만 미래로 갈 수 있는 타임머신을 연구하는 팀에 소속되어 있기에 얼마 안 가 그 비밀을 알게 되었다. 미래로 가는 타임머신 연구 개발팀에서의 일은 매우 어렵고 힘들지만 대가로 많은 돈을 받을 수 있다. 연구팀에서는 미래로 갔다가 돌아오지 않은 사람이 다섯 명이나 있다. 그래서 우리 회사 사장님이 돌아오지 않은 사람들을 찾기 위해 타임머신을 타고 갔다. 나는 분명 사장님이 돌아오실 것이라 생각했지만, 사장님은 21일이 지난 지금까지 돌아오지 않고 있다. 나는 믿는다. 사장님은 24시간이 지난 시간으로 갔기 때문에 3시간 뒤에 어떤 일이 벌어질지는 아무도 알 수 없는 것이다.

Birrd Adventure

Chapter 1: My Name is Birrd

My name is Birrd. It may sound strange, but I assure you I'm a kind-hearted boy.

My friend Biled is both brave and smart, always ready to face challenges. On the other hand, my younger sister is shy and has a mischievous side that reminds me of a playful monkey. Recently, I made a new friend named Barrd. He appears kind, although his strange appearance catches everyone's attention.

My mom is unwell, fighting cancer, and in need of medication. Desperate to find a solution, Barrd told me that the medicine was available on Jeju Island. For the story to continue, my mother must be sick and the medicine must be on Jeju Island. I knew I had to go on a journey to Jeju Island. However, the distance from my home in Pyongyang made it challenging. Nevertheless, I gathered my courage and decided to travel with my younger sister, Birrid, my loyal friend, Biled, and my friend, Barrd. We were all set for our journey to Jeju Island. Let the adventure begin!

Chapter 2: Birrd Adventure 1

After a month of traveling, we finally arrived in South Korea. It was a relief to reach our destination. We were exhausted, but our spirits were high. As we settled down, I found something to eat: a delicious meal consisting of horse meat. It was an exciting encounter! Both my friend and my younger sister were thrilled to try it, but their excitement quickly turned into a fight. Unthinkingly, I hit Barrd and Biled, and in turn, they get revenge, making them angrier. Birrid, my younger sister, watched everything unfold with fear and concern. After an hour of fighting, we were able to calm down. We decided to put our differences aside and focus on the more important things—like cutting meat and eating. We took a break for a day before getting ready to resume our journey. However, suddenly a flock of birds came to us, causing chaos. Despite the noise we were determined to fight back, knowing we still needed one dollar to fulfill our mission. My friend, his sister, and I were crying. We really needed the money. That's when I came up with a plan—to stop the birds by aiming at their wings and collecting the money they carried. To make my plan work, I went to a gun shop and bought a gun with some ammunition. With the gun, I started firing at the birds. Some fell to the ground, while others were able to escape. But, we were able to collect some money, giving us a little bit of hope. It was time to continue our journey, but we knew we had to be fast as the bird police were on our trail. We threw the guns away and flew as fast as we could, running away from the police. With the money we had gotten, we found a place to hide in a hotel where we could rest. The following day, our adventures made headlines in the news.

We were able to escape again, and our journey led us to Seoul, a city I had never visited before. I was very impressed by its charm and realized it was a great place to be. We decided to purchase some meat and a happy meal. Feeling energetic, we took to the skies once more, finding shelter in a hotel for the night. We did not know that the police were closing in on us. They tracked us down and arrested us, which led us to go to jail. The sentence was harsh—10 long years. During our time behind bars, my mother has gotten more sick, adding to our heartache. We were determined to escape from the prison. The next day, we were given terrible food—rotten leaves that tasted like spoiled nuts. This only makes us get out to break free. However, we did not have a plan. We spent the following day brainstorming ideas. Eventually, a plan took shape in my mind. During lunchtime, we did not eat, taking the opportunity to get a fork. As the guards were busy, we struck and killed one of the policemen. At that moment, we made a daring escape and took flight. However, the remaining policemen. During the chaos, a bullet hit Birrid, it left her in critical condition. Without stopping, we circled back, to save her life. Once we had Birrid in our arms, we fled to my cousin's house, seeking shelter and help. My cousin was surprised by our sudden arrival and wondered about the reason behind our visit.

However, to our surprise, my cousin turned out to be a policeman. Knowing this, we realized that we couldn't reveal our true intentions to him. However, he allowed us to stay at his house for the night. The next day, we took Birrid to the hospital, hoping to save her life. Her condition was critical, and we paid the hospital fees even though it was still dangerous. The doctors warned us about the risks but agreed to do their best. We anxiously waited for eight long hours until finally, the doctor came up to us with good news. The news was a relief, filling us with joy. We celebrated the good news by throwing a party at my cousin's house. We watched movies, played board games, and enjoyed our time together. As the next day arrived, we knew it was time to continue our journey. However, we couldn't fly anymore; we had to just walk. Suddenly, the policemen showed up. Trapped, we felt helpless. But then we remembered that we too had guns. In an act of self-defense, we started shooting at the policemen.

Chapter 3: Birrd Adventure 2

We were sad because something tragic happened. Our situation became harder because of the policemen. They wanted us to surrender our guns, leaving us. Finally, we did very well and found ourselves back in jail. A month passed, and our dreams of reaching Jeju Island seemed to be impossible. We gave up a little bit but were did not want to give up. Especially Biled, was very determined to not give up. His words helped us understand, and we tried to find a way out of jail. I planned to show the policemen good behavior and earn a reward. After a month of model conduct, the policeman told us that we were finally free. It was a moment of great happiness. We made our way to a nearby hotel called the 'Hero Chicken Hotel.' The name brought a smile to our faces. The hotel had a strange charm to it. We ate dinner, a bit too much, we all laughed a lot because we went to the bathroom a lot. With full bellies, we all went to sleep. The next day, we went out to search for the medicine, even though we knew it might be too late. However, we took to the skies, knowing that we could fly far away, we forgot about everything and decided to fly.

The next day, we arrived in Anyang, tired and in need of rest. However, our limited funds presented a challenge. We decided to stay at the 'Hero Chicken Hotel' because my friend is Hero Chicken. How amusing! We had a special surprise - free chicken legs! We ate our meal of chicken legs with gratitude. The following day, to our surprise, Barrd and my younger sister, Biled were nowhere to be found. Panic set in, and we embarked on a mission to find them. Hero Chicken was kind and helped us in our search. We expressed how thankful and ate lunch before setting off. As we adventured forward, we stumbled upon a trail of blood. I was tired, and I feared that Barrd might have caused harm. Our hearts raced as we followed the trail, only to find Birrid hurt. I wanted her not to leave me, but, she passed away in my arms. Devastated, we think that Barrd must be responsible for this tragedy. Determined to find him, even though his disappearance relied on the special ability of Hero Chicken. With a mighty leap, he landed and told us, "Barrd is hiding in the supermarket." Filled with a mix of worry and hope, we hurried to the supermarket to talk to Barrd.

We meet Barrd and blame him for the crime. However, he strongly denied everything. We were all confused. Barrd eventually told us that he had gone to the supermarket to buy a toy for Birrid, unknown to her. Stunned by the news, I told him of her passing. Barrd's reaction was one of wonder and sorrow. Overwhelmed by grief, we buried my dear sister the next day, letting her go.

During lunchtime, my mind raced with thoughts of who could have taken my sister's life. Barrd continued to deny any knowledge, leaving me upset. I decided it was time to involve the police. "Hello?" I spoke on the phone. The voice on the other end said that he was a policeman. "I need to report the death of my sister," I said. The policeman's response was one of surprise, asking for more details. "When did this happen?" he asked. "Yesterday," I replied. The policeman found the location of her body and questioned what happened. I told him that it had nothing to do with me, and told him that her body was in the hotel. The policeman asked for our presence for further investigation. "Okay, we will come," I answered.

Chapter 4: Birrd Adventure 3

I arrived at the police station, only to be met with a shocking announcement. "We will cremate her," the police officer said. My heart sank, and I wanted, "No! Please, we just want to give her a bye-bye." The officer replied coldly saying, "Do you want to die?" Surprised, I replied, "No," hoping for a kind response. The officer said, "Then be quiet and leave!" I had no choice and agreed, but not before making a final statement, "Fine, but I will shoot the gun at you and then leave." Suddenly, the officer said,

"But I have a gun too." Seeing the danger, I decided to let the situation go. The police left, leaving us saddened.

We go on our journey back home. Birrid carried me on her back as we took to the skies. My friend and Hero Chicken go together with us, sharing our sadness. The passage of time seemed painful, but we had to keep moving forward. After a month, we arrived in Paju, it felt like home. However, we needed to rest and I longed to reach home quickly. We decided to use the subway, and with the funds from Hero Chicken, we got our tickets. Ten hours later, we arrived back in Pyongyang, my hometown.

Upon entering my house, I called out to my mom, really wanting her to make me feel better. But there was no response. I was worried as I realized that my mother was too sick to reply. I laughed sadly as I started feeling angry. Lost and we are so sad, I found myself thinking hard about a sad end. Without thinking, Suddenly, I leaped out of the window, a scream escaping my lips, echoing through the air.

I woke up, relieved to realize that it was all just a dream. I found myself back in the comforting surroundings of the Hero Chicken Hotel. My heart calmed knowing that my sister and mom were safe and unharmed. With new determination, my friend and I prepared to take flight once again. However, a nagging thought crossed my mind—where was Barrd? And where was my sister? Could it be that my dream was a thought? nervous, we set out to find Birrid, and luckily, she was safe and sound in a nearby store. A sigh of relief escaped my lips.

Now, the focus shifted to finding Barrd, who I believed would be in the supermarket, just as in my dream. We move on a mission to find him, our sights set on finally reaching Jeju Island. So, we flew and flew, our wings carrying us closer to our destination. Eventually, we arrived in Gunpo, where we decided to take a rest at the Hero Chicken Hotel. It was comforting to know that the hotel was part of a chain, with Hero Chicken himself serving as the CEO.

After enjoying a restful stay at the Hero Chicken Hotel, we move on to the next leg of our journey towards Jeju Island. The following day, we ate a lot of breakfast at the B Hotel, savoring peanuts and meat, fitting choices for a crow like me. Together with Hero Chicken and my friend, we took flight once again, and after 15 days of travel, we arrived in Suwon. Despite being closer to our destination, we still had to go another 422 kilometers. It felt like a never-ending journey, but our hunger reminded us to find sustenance. Thanks to Hero Chicken's enough funds, we treated ourselves to a happy meal of Galbi. Satisfied, we rested at the Hero Chicken hotel, our stay once again free of charge. The next day, we resumed our flight, pushing forward toward Jeju Island.

However, as we soared through the skies, a different desire welled up within me—I longed for the excitement in the amusement park. We made a detour back to Seoul, and there it was Rottex World! Our adventure began with a thrilling ride on the Rottex Drop, followed by a swing on the Rottex Swing. Despite a two-hour wait, the excitement made it worth it. To satisfy our hunger, we feasted on Rottexria bulgogi hamburgers before experiencing the very many rides, "The Adventure of Rottxy."

The excitement didn't end there. We braved the fearsome Atlantis ride and the slightly nervous Rottex Ride. Finally, after a three-hour wait, we hopped on the much-anticipated Rottex Express. Exhausted but happy, we treated ourselves to dinner and bought souvenirs as a reminder of our thrilling day.

The following day, we found ourselves back in Suwon, worn out from our adventures. We took a 48-hour rest, having energy again ourselves with a delicious meal. Once refreshed, we went to the crowded market. However, lacking money, we decided to sell some items to make some money. I offered food, while Biled and Barrd crafted shoes using leather and string. My friend showcased her handmade rings, bracelets, and necklaces.

Chapter 5: FATCHAN Game

Our sales proved successful, and we made a total of 85 dollars. Excited by how much we made, we decided how to spend our money. Now we know we should try to save money. Now we can go to Jeju Island. Fly fly fly. Four months later we were in the Sejong. WOW! We need rest. So I said "Hey let's rest" so they said "ok" So we will rest.

HAHAHA HOHOHO HEEHEEHEE. We had a great time at the hotel watching TV. It was so funny that we couldn't stop laughing. The next day, we decided to try cow meat, which was very expensive but delicious. Afterward, we played a game called FATCHAN. It's all about feeding Chan and battling with other players to earn coins. With these coins, you can buy food and items. Another game we played was where Chan had to move and collect food while avoiding monsters. Chan could also eat the monsters if he had enough energy. There were many challenging stages, and we tried to complete them all.

The following day, we took another flight. Fly, fly, fly! And now, we've arrived in Daejeon. It's amazing! We then took another flight and landed on Jeju Island! Finally, I could buy medicine for my mom. I hoped it would help her get better. We found the medicine, but it was way too expensive.

Chapter 6: Hero Chicken

Hero Chicken felt the burden of recent events and Birrd's thirst for revenge. Despite getting the medicine and safely arriving in Pyongyang, he couldn't ignore the gathering storm any longer.

"I've had enough," Hero Chicken declared firmly. "Birrd, I understand your quest for justice for Barrd, but violence isn't the answer. There has to be another way. Let's talk to Biled, try to grasp his reasons, and seek a peaceful solution to this."

Hero Chicken's words seemed to calm Birrd. He seemed to think about Hero Chicken's suggestion, though the fire for justice still raged within him.

"I get your point," Birrd said, "but I feel I must face Biled. I won't use violence unless I must, but I need answers from him."

Hero Chicken nodded. "We'll find him together, but we'll

do it the right way, following the law. Remember, we have to follow it. Justice will come, but without causing more harm."

Though unsure, Birrd agreed, knowing that Hero Chicken's approach might be the key to achieving lasting peace and resolution. Attacking Biled would be tough, but they were determined, guided by Hero Chicken's dedication to justice and a peaceful outcome.

Chapter 7: Rottex World

In the pursuit of justice, Birrd and Hero Chicken decided to take a break and visited Rottex World, an expensive amusement park. They embarked on a train ride to get there, eager to temporarily set aside their worries.

Rottex World dazzled them with its many attractions. They tried their best to experience every ride, but seven more remained on their list. As they waited in line for the Rottex Express, their patience was tested when six people brazenly cut in front.

"Why did you cut the line, knuckleheads?" Birrd confronted them.

In response, the line-cutters denied their wrongdoing. Things got intense, and suddenly, a wrench was swung, leading to a tragic loss of life.

Panicking, they fled the scene and returned home. Birrd couldn't hold the guilt any longer and confessed to his mother, leading to a life-altering decision and an unexpected turn of events.

Chapter 8: South Korea

Birrd found himself in big trouble. He got into trouble and ended up in jail. The prison walls made him feel trapped, but he knew there was more to his story.

One day, he bravely escaped, overpowering the guards and taking a weapon. With determination, Birrd fled, staying one step ahead of his pursuers.

He fled to South Korea and had a surprising encounter that changed his fate. Meeting Hero Chicken proved to be a critical moment. Hero Chicken offered him a job at his hotel, giving Birrd a chance to start anew.

As Birrd settled into his new life, he discovered the amazing wealth that Hero Chicken had. With hard work and Hero Chicken's generosity, Birrd soon had a house, a car, and a promising future in South Korea.

Chapter 9: Farewell to Birrd

Even though Birrd had settled into his new life in South Korea, his family remained close to his heart. When his sister got a chance to travel to America, Birrd helped her in getting ready for the journey.

In a touching farewell, Birrd's sister gave him money, for the kindness he had shown her. As she set off on her adventure to America, Birrd's connection with his family stayed strong even though they were far from each other.

Chapter 10: Confrontation

Birrd's life in South Korea seemed to be getting better, but another storm was brewing. He couldn't resist the temptation when he saw Hero Chicken baking cookies one day. A small enjoyment quickly turned into a problem.

As Birrd ate the cookies and felt unhappy, Hero Chicken's anger grew. He attempted to teach Birrd a lesson by forcing him to make the cookies himself. The fight then became violent, with Hero Chicken using a brick.

The blow left Birrd not knowing and uncertain about his life. When he finally woke up, he realized he wasn't dead, but he was determined to address the conflict with Hero Chicken and find a way to resolve their issues. Hero Chicken said, "I am sorry." So we finished the problem.

Chapter 11: Texas

Birrd's life had taken a dramatic turn. Eager to try something new, he decided to explore the world of Kendo and went to a local Kendo Academy. As he picked up the sword, he realized it was much heavier than he had thought. Instead of giving up, he decided to teach himself the art of Kendo. His reckless swings led to a tragic accident, and Birrd's life came to a sudden end.

However, this was not the end of his journey. Mysteriously, Birrd found himself back on his feet, alive and well. Surprised by this miraculous second chance, he ran away from the academy, his mind swirling with confusion.

Within 24 hours, Birrd found himself in America. He made an unusual decision to buy firearms and ammunition. In Texas, the land of cowboys and open plains, Birrd unleashed chaos. He killed a cowboy and began to rustle cattle. The authorities were alerted, but Birrd responded with gunfire, leaving no police officer alive.

The situation got worse as New Mexico attempted to tell Birrd and protect its state, but Birrd was fearless. His reckless actions led to a shocking outcome - the state of New Mexico was now under his control, which had become Birrd's territory: the wild and unpredictable territory of Texas.

Chapter 12: Birrd Die

Having become the ruler of "Birrd Land" - what was once the United States - Birrd found himself extremely happy. Even though he had power and the American lands into his own kingdom, Birrd began to feel lonely.

He really missed his family and friends in Korea. Birrd decided to travel across the world to see them. But instead of a warm welcome, he faced a sudden attack from North Korean soldiers when he arrived in Pyongyang.

His loyal troops battled fiercely with the North Korean soldiers for nearly two months. The tension was high, and in a moment of confusion, Birrd accidentally shot one of Kim Jong-Un's high-ranking officials. Trying to escape the chaos, Birrd encountered a tragic end at the hands of Kim Jong-Un.

Sadly, Birrd lost his life, but his army continued to fight for revenge. They expanded their rule over more lands and even aimed to conquer space in Birrd's memory.

신유진

안녕하세요. 저는 공글에 다니는 신유진입니다. 사람들이 게임을 좋아할 것 같아 게임의 내용을 각색해서 넣었으니 재미있게 읽고 맘껏 즐기시면 됩니다. (이 이야기는 유튜버 ROX님과 도어즈 개발자 LSPLASH님, 여러 도어즈 팬 게임과 puffballs united, glowstick entertainment 그리고 레인보우 프렌즈 제작자님과 Sensei Developer에서 영감을 받아서 각색하여 흔한남매 코믹북처럼 제작했습니다. 참고로 부적절하다고 느끼실만한 표현이 있을 수 있으니 읽으실 때 주의 부탁드립니다.)

1. 평범한 이야기

피규어: 야, 방금 57층 관리 누가 했어?

러쉬: 저 욤.

피규어: 야, 이 정신 나간 놈아 네가 자꾸 전등 껐다 켰다 하니까 전기세 겁나 많이 나오잖아! 직원 월급 단체로 깎는 거냐?

러쉬: 내가 원래 이러는데 어떡해?

시크: 해고하시죠. 사장님.

피규어: 아니, 그럴 필요 없어.

시크,러쉬: ???

피규어: 러쉬야. 전기세 많이 나왔으니 네 월급 30% 깎고 십자가 찜질을 해줄게.

러쉬: 잘못했어요~.

2. 피규어 뒷담화

러쉬: 야, 그런데 피규어 진짜 싫지?

스크리치: 응, 일 잘하면 페퍼로니 피자 시켜준다고 해 놓고서는 안 시켜 주잖아. 나 피자 좋아하는데.

앰부쉬: 맨날 우리한테만 관리하라 그러고. 그치 할트야.

할트: …

시크: 야 너희 뭐해?

스크리치: 그냥 수다 떨어.

시크: 아, 그래? 그럼 난 간다.

(시크가 가고 난지 12분 후)

티모시: 너무 오버하는 거 아님?

하이드: 나도 그렇게 생각해. 사장님이 내 간식 꼬박꼬박 챙겨 주는데?

아이즈: 이것들이 지만 편하다고.

티모시: 나도 편한데. ㅎㅎ

앰부쉬: 야~~~~ 그럼 피규어 몰래 핫도그 사주면 안 돼?

하이드: 응, 안 돼.

잭: (문 옆에서 엿듣고 있음)

그로부터 15분 후

피규어: 너희 뭐해?

할트, 잭, 티모시, 하이드: 재내들이 사장님 뒷담화해요.

피규어: 아 그래? 내가 너무 심했구나. 날 뒷담화한 직원들이여~ 너희의 월급을 90% 깎고 십자가 찜질의 영광을 선사하마.

뒷담화한 직원들: 안 돼~~~

3. 만약 A-60, A-90, A-120 이 호텔에 쳐들어 온다면?

보이드: 야 드디어 손님 수가 300만명을 돌파했다.

스크리치: 드디어 자유다.(그러면서 초코쿠키 하나 순삭함.)

피규어: 기분이다. 너희들 좋아하는 음식, 음료들 100인분씩 사줄게.

직원들: 와아아아아아아아!

피규어: 나 귀 찢어질 것 같으니까 조용히 하시고.

(콰콰콰쾅)

잭: 뭐야?

듀프: 또 룸즈 애들이 꿀 빨러 왔나보구만?

스네어: 이번 기회에 참교육 가즈아.

피규어: 야 할트야 너 신입이니까 이번 싸움 잘하면 월급 올려줄게.

할트: 오케이

A-60: 잡담은 그만하시지?

시크: 너희가 요즘 덜 맞았구나?

A-120: 우리가 룸즈에 봉인된 오랜 세월 동안 너희에 대한 복수만을 꿈꿔왔지.

A-90: 너희는 오늘 이 세상에서 영원히 사라질 것이다.

앰부쉬: 뭔 소리야? 내 공격을 받아라.

A-몬스터: (피함)

A-90: 널 먼저 없애주지. 정지 표지판 리플렉트!

앰부쉬: (다시 돌진 공격을 하다가 정지 표지판 때문에 반동으로 튕겨나간다.) 왜 나만 이렇게 당하는 건데~~

시크: 룸즈 녀석들아, 내가 새로 익힌 기술인 불타는 샹들리에 숯이나 받아라.

A-90, A-120: 할 수 없군. 에잇

A-60: 우아악

피규어: 너희들 전보다 약해진 것 같은데?

A-90: 뭔 소리야. 네 놈들이 꽤 강해졌구만.

아이즈: 입 다물고 내 37개의 눈에서 나오는 레이저빔이나 먹어라.

A-몬스터: 악

할트: 희생된 게스트의 원혼들이여, 저들을 공격하라.

A-몬스터: 그만해.

손상된 A-60: (몸을 추스르고 기습을 준비한다.)

피규어: (십자가를 꺼내들며) 자 이제 너희들이 사라질 차례구만.

손상된 A-60: (기습을 하려다 실패함)

살짝 손상된 A-120: 죄송해요. 앞으로 일 열심히 할게요. 사실 저는 A-60, A-90이 협박해서 한 거에요.

피규어: 너희 둘. 이제 다 죽었다.

손상된 A-60, A-90: 제발 살려주세요. 우리 죽으면 이 호텔도 망한단 말이에요ㅠㅠ.(현재 룸즈는 공포의 집으로 전락했다.)

스크리치: 듣고보니 그렇네.

피규어: 그럼 할 수 없지. 너희를 죽이진 않겠지만 월급을 깎고 십자가로 룸즈에 영원히 봉인 시킬 것이다. 하지만 A-120은 자백했으니 특별히 용서해 주고 룸즈와 호텔을 마음대로 통행하게 해주겠다.

손상된 A-60, A-90: 멍청한 놈. 룸즈에는 가이딩 라이트가 없다고. ㄹㅇㅋㅋ

잭: 아, 참교육은 물 건너갔네.

피규어: 맞아. 룸즈에는 가이딩 라이트가 없지. 그 대신 큐리어스 라

이트가 있다고. 듣자하니 너희들은 큐리어스 라이트 때문에 룸즈에 봉인된 거잖아. 하지만 큐리어스 라이트가 봉인을 약하게 해서 간신히 탈출한 거지. 그래서 큐리어스 라이트는 룸즈 괴물들을 봉인할 수 있는 십자가를 만든거지. ㅋㅋ그리고 나보고 죄송하다고 말했으면서 멍청하다고 말했으니 십자가로 너희를 봉인하고 봉인을 강화하면 어떻게 될까?

손상된 A-60, A-90: 설마 우리가 생각하는 그건 아니겠지?

피규어: 잘 가라.(십자가를 꺼내고 사용한다.)

손상된 A-60, A-90: (가운데 태양문양이 그려진 마법진에 끌려가며) 안 돼~ 이럴 수는 없어! 이건 너무한 거 아니냐고~~

보이드: 룸즈애들 꿀빨더니 꼴 좋다.(A-120 제외)

티모시: 그러게. 10년 묵은 체증이 확 내려간다.

스네어: 우리 식당 가서 음식과 음료수 잔뜩 먹고 온실로 가서 수영하고 룸즈애들 뒷담화나 하자.(A-120제외)

하이드: 콜~

피규어: 큐리어스 라이트. 내가 룸즈애들(A-120제외) 봉인 시켰으니 룸즈의 입구와 출구들(특히 A-0000, A-1000) 모두 봉인 강화해. 단 A-120은 자유롭게 통행하게 설정하시고.

큐리어스 라이트: 넵. 사장님!

손상된 A-60, A-90: 우리 정말 안 됐네.(불쌍한 우리 인생ㅠㅠ)

4. 신입 사원 뎁스와 사일런스의 등장

(HOTEL + 파트 1 리뉴얼 이후로 호텔 운영이 한창 잘 돼서 직원들이 대저택도 짓고 잘 살고 있을 때)

비: 쏴아아아아아아아아아

뎁스: 야, 우리 언제까지 비 맞으면서 기다려야 돼?

사일런스: 그래. 나 춥고 배고프고 졸려. 빨리 면접보고 벽난로 앞에서 따뜻하게 불 쬐면서 밥 먹고 자고 싶당.

뎁스: 네가 평상시에 깨어있기라도 했냐?

사일런스: 히히 그렇네.

(1시간이 지남)

사일런스: 뎁스야, 나 졸려.

뎁스: (사일런스를 때리고 소리치며) 야! 추운데서 자면 입 돌아간대~

사일런스: 흐잉

(5분이 더 지남)

윈도우: 잉? 티모시야, 밖에 누구있어. 사장님이랑 직원들에게 말해줘.

티모시: (주니어들을 데리고 직원들에게 말함)

하이드: 뭐라고? 야~ 드디어 신입이 왔다.

피규어: 너네 둘, 들어와.

(문이 열림)

시크: 너희 일단 벽난로 불 쬐면서 기다리고 있어.
곧 할라피뇨 절임에 칠리 소스를 버무린 나초와 아로스 로호와 카르네 아사다와 치미창가와 부리토와 케사디아와 타코를 대접할 테니까 먹으면서 기다려. 사장님이 면접 준비할 거니까 누군가 면접 보러 가라고 하면 100층의 면접실로 가.

뎁스, 사일런스: 넵!

앰부쉬: 너희 둘 우리 말 잘들…

하이드: 너희, 면접실로 가.

뎁스, 사일런스: (엘리베이터를 타고 100층으로 간 다음 면접실에 들어가 문을 닫음)

피규어: 왔구나.

뎁스, 사일런스: 넹

피규어: 너희 둘 면접 잘봐라.

뎁스, 사일런스: (면접을 봄)

피규어: 어디 한 번 보자.

뎁스, 사일런스: (기대 20%)

피규어: 흠~

뎁스, 사일런스: (기대 60%)

피규어: 이걸 뭘로 해야하나.

뎁스, 사일런스: (기대 99%)

피규어: 너희 둘 식당 웨이터야.

뎁스, 사일런스: 와우, 그런데 식당이 없잖아요.

피규어: 그래, 바꾸려고.

할트: 사장님, 그러면 리뉴얼을 또 해야 하는데요.

피규어: 그래, 나도 알아. 마침 신입이 웨이터이고, 호텔 건물에서 안뜰을 통해 뒷건물에 리조트 건물을 지을 거야. 그러면 손님들이 호텔과 리조트 건물을 선택해 갈 수 있는 것이지. 또 식당들도 왕창 지으면 너네 월급도 올라가고 그와 동시에 너희 저택도 증축할 수 있지. 이건 바로바로 대망의 호텔 + 파트 2 프로젝트!

스크리치: 그래 봤자 사장님은 우리 월급 깎을 거잖아요.

피규어: 그래, 네 월급 깎을게.

스크리치: (비명을 지름)

시크: 사장님. 그건 좀…

피규어: 농담이야.

스크리치: 다행이당.

뎁스: 그래서 우린 뭐해야 해요?

하이드: 너 제프에게 가서 식당 운영 그만해도 된다고 전해. 그리고 샌드위치와 기존에 팔던 것 그대로 팔라고 해.

뎁스: (52층 제프의 상점으로 이동함) 제프야, 너 식당 운영 안 해도

된대.

제프: 정말? 안 돼~~~

엘 고블리노: 미안한데 제프는 팁을 좋아해서.

뎁스: 그 대신에 샌드위치를 추가로 팔래. 너 소시지 샌드위치 잘 만든다고.

제프: 와~ 하늘은 날 버리지 않았구나!

엘 고블리노: 사장님이 그러는데 호텔 또 리뉴얼 한다고 들었거든. 그거 언제 끝난데?

뎁스: 이틀

엘 고블리노,제프: 왓?

사일런스: (순간이동으로 나타남.) 사장님이 빌더맨이라는 뉴비들을 60만명이나 투입해서 짓는데. 이들은 4팀으로 나뉘는데 한 팀은 식당을 짓고 한 팀은 리조트 건물을 짓고 한 팀은 안뜰을 증축하고 안뜰 정원을 손질하는데 마지막 팀은 호텔 외곽을 증축한데.

섀도우: 흠. 나쁘진 않네. 식당 이름을 뭘로 짓는데?

잭: 그게…

뎁스, 제프: 뭔데 뭔데?

잭: 마음 단단히 먹어. 식당 이름을 맥도어즈라고 짓는데!(그리고 어이가 없어서 기절함.)

가이딩 라이트: … 사장님은 다 좋은데 작명 센스는 꽝이야.

5. 하이드의 과거

손님 1: 으악 살려줘~

시크: 넌 절대 못 도망친다.

손님 2: (넘어짐) 야! 난 버리고 빨리 도망가!

손님 1: 응 알았어.

손님 2: 진짜 간다고? 그런데 생각보다 금방 쫓아왔군. 아아악

손님 1: 겨우 도망갔네. 이제 옷장에서 숨 돌려야지.(옷장으로 쏙)

하이드: 야, 나가.

손님 1: 누구?

하이드: 나가라고 했지?

손님 1: 왜요?

하이드: 여기는 내 세상이야. 인간이 올 자리가 아니라고 빨리 나가!

손님 1: 저기요, 나가기 전에 왜 여기 있는지 이야기 들려줄 수 있어요? 제 체력이 없어 가지고.

하이드: 오케이. 말해 줄게.

(시간이 10년 전으로 돌아감) (과거)

하이드: 난 한때 호텔의 모든 옷장을 관리하는 사람이었지.
난 힘들고 고달팠어. 하지만 그만큼 월급도 많이 받았지. 손님들은 항상 친절했어. 그런데 어느 날 진상 손님 3인조가 찾아왔지.

진상 손님 3인조: 어이~ 벨보이가 누구야?

벨보이(과거의 러쉬): 네 손님, 예약하셨나요?

진상 손님 2: 뭐야? 그것도 몰라? 음료수를 얼굴에 뿌려야겠네.

진상 손님 1: 됐고. 스위트룸 열쇠 줘.

벨보이: 손님, 죄송하지만 47층 일반 객실로 예약이 되어 있어서 곤란할 것 같습니다.

진상 손님 3: 뭐야? 열쇠 내놔!

벨보이: 원하신다면야. 열쇠 드릴게요.

진상 손님 3: (벨을 누름)

(객실 열쇠가 소환됨)

진상 손님 1: 서비스 좋네.

진상 손님 3: 엥? 이건 일반 객실 열쇠잖아.

진상 손님 2: 내가 네 심보를 고쳐주지. 맥주 하나 주세요.

배달부(과거의 섀도우): 여기요.

진상 손님 3: (음료수를 벨보이에게 뱉음)

벨보이: 손님, 죄송합니다. 하지만 스위트룸은 예약이 안 돼있어서.

진상 손님 2: 이번만 봐준다.

(진상 손님들이 47층에 진입함)

진상 손님 2: 어이. 거기 옷장 청소부

과거의 하이드: 용건이 있나요?

진상 손님 1: (과거의 하이드의 뺨을 침) 야. 양심이 있냐? 우리 객실 옷장을 먼저 닦아야지.

과거의 하이드: 그건 어려울 것 같습니다.

진상 손님 2: (또 과거의 하이드의 뺨을 침) 야, 돈 뺏자.

과거의 피규어: 오랜만에 진상들이 찾아왔군.

과거의 하이드: 사장님? 이게 재밌어요?

진상 손님 3: 야, 저놈이 사장이구나.

진상 손님 1: 야, 돈 뺏게 저 놈 때리자.

진상 손님 2: 돈 내놔라.

과거의 피규어: 그러면 안뜰로 오면 줄게.

과거의 하이드: 사장님이 미쳤네.

(안뜰의 구석)

진상 손님 2: 야, 이제 돈 내놔.

과거의 피규어: 그 전에 할 일이 있어.

진상 손님 1: ???

과거의 피규어: 잘 가라. 이 진상들아.

진상 손님들: (봉인됨)

과거의 피규어: 까비. 직원으로 만들려고 했는데.

(한편)

과거의 하이드: 진짜 사장님은 이상하다니까. 50층에 있는 초대형 도서관에나 가야겠다.

(도서관 도착)

과거의 하이드: 와우, 엄청넓네. 책 좀 읽어야지.

(17분 후)

과거의 하이드: 이 책은 꽤 재밌네? 하하

과거의 피규어: (엿들음) 그래 저 자식이 내 도서관에 허락도 없이 침입했다 이거지. 너도 그들이랑 똑같이 만들어 주겠어. 으하하하하하하.

과거의 하이드: 응? 하하. 책이 재미있어서 시간 가는 줄도 몰랐네. 이제 일 하러… 이런.

과거의 피규어: 흐흐. 책이 재미있었어?

과거의 하이드: 아 그게.

과거의 피규어: 벌로 네 월급을 줄이겠어.

과거의 하이드: 흐잉. 이럴 줄 알았으면 일하는 건데. 그런데 저 사장 성질 완전 더럽네. 좋아. 모두가 잠든 시각에 책을 훔쳐야 겠군.

과거의 피규어: (또 엿들음) 가이딩 라이트. 저 자식 또 뭐래?

가이딩 라이트: 모두가 잠든 시각에 책을 훔친데요.

과거의 피규어: 그래?

(그날 밤)

과거의 하이드: 좋아좋아. 모두가 잠들었군. 엘리베이터를 타면 티가 나니까 계단으로 가자. 어차피 여긴 49층이니까.

(50층 초대형 도서관 입구 도착)

과거의 하이드: 좋아 사장님이 실수로 문을 안 잠갔나보군. 이제 문을 열고 들어가자.(문을 염) 자, 이제 어떤 책들을 훔칠까?

과거의 피규어: 이런 이런 이런. 누가 여기에 또 다시 침입했네.

과거의 하이드: 엥? 사장님. 저 그게 책을 훔치려는게 아니라 오늘 일 끝났으니까 책 읽으려는 건데.

과거의 피규어: 변명은 안 통해.(십자가를 꺼냄) 자 그럼 벌을 받아야지.

과거의 하이드: 으악 도망치자.(따돌린 후 조용히 옷장에 숨음)

과거의 피규어: 이 자식은 또 어디에 숨은거야?

가이딩 라이트: 제가 파랗게 비춰드릴게요.

과거의 피규어: 오케이. 땡큐 너 월급 올릴게.

가이딩 라이트: 감사합니다.

과거의 피규어: 옷장에 숨었군. 좋아 그러면 옷장에 숨어있는 상태로 만드는 수밖에(십자가 사용)

과거의 하이드: 아아악(모든 옷장이랑 침대와 하나가 됨)

과거의 피규어: 이젠 조용하겠군. ㅎㅎㅎ네 이름은 이제 하이드고 오랫동안 숨어있는 자를 내쫓아라.

하이드: 알겠습니다.

(현재)

하이드: 이렇게 된거야. 하지만 이제는 내가 좋아하는 땅콩간식도

챙겨 주지만 말아. 이제 내가 널 없애서 내보내볼게. 하나 둘 셋 얍!

손님 1: (체력이 바닥나 죽음)

6. 만우절 특집

(이 특집은 도어즈 슈퍼 하드 모드를 모티브로 만들었으며 만우절마다 특집이 만들어집니다.)

(피규어의 지하 광산)

피규어: 됐다. ㅋㅋㅋ 이제 십자가랑 같이 말 안듣는 직원 참교육 할 수 있겠구만.

(한편)

시크: 얘들아 나 차 샀어.

티모시: 부럽당

하이드: 그러게

피규어: 됐고. 일이나 열심히 해.

앰부쉬: 싫어요.

아이즈: 야 이 자식아!

피규어: (할렐루야 폭탄을 꺼냄) 너희는 끝났어.

하이드: 그게 뭐에요?

피규어: 뭐긴 뭐야. 할렐루야 폭탄이지. 난 가이딩 라이트가 만든 보호막 물약 덕분에 살 수 있지ㅋㅋ 자 이제 참교육 시간이다.

할렐루야 폭탄: 할렐루야(터짐)

직원들: 우아아아아악

사일런스: 뭐야. 시끄럽게 누가 잠 깨워?

피규어: 너도 죽어라.

할렐루야 폭탄: 할렐루야(다시 터짐)

사일런스: 살려줘어어어어

뎁스: 난 어떻게 살았냐?

피규어: 마무리는 깔끔하게 해야지.

뎁스: 으악. 빛처럼 빠르게 도망치기.

피규어: (시크 차를 빼앗음) 으하하하. 차를 타고 쫓아오면 너도 못 도망가지롱. 폭탄이나 먹어라.

할렐루야 폭탄: 할렐루야(그리고 터짐)

뎁스: 저 재수 없는 폭탄 뭔데? 끄아아아아아아!

피규어: ㅋㅋㅋㅋㅋ

7. 만우절 특집

(호텔이 인기를 잃지 않고 손님이 쓰나미처럼 밀려오던 어느 날)

티모시: 재 뭐야?

하이드: 빨간 마스크도 아니고 입이 왜 찢어졌는데?

제프 더 킬러: 안녕? 난 살인마 제프야.(공식명칭은 제프 더 킬러)

제프: 왔구나.

제프 더 킬러: 형은 상점에서 맨날 팁을 담는 병을 놓는다며?

제프: 그치. 난 팁이 좋거든.

제프 더 킬러: 왜 그렇게 팁이 좋나 몰라.

피규어: 얘는 말야. 한때 연쇄 살인범이었거든. 지명 수배 포스터도 붙었어.

사일런스: 얼마나 나쁜 짓을 많이 했길레.

시크: 나도 들었어. 이 녀석은 완전 범죄를 저질러서 흉악범들만 모인다는 알카트리즈에 50년 동안 갇힐 예정이었는데 이틀만에 탈옥해서 더 월에 갇혔다지.

윈도우: 더 월? 벽을 말하는 거야?

뎁스: 거기는 알카트리즈와 마찬가지로 흉악범들만 모이는 교도소인데 탈옥을 시도하면 그 죄수를 무조건 없애고 아파도 치료해주지도 않고 밥도 제대로 안 줘. 사진이 어디 없나 찾았다. 엥? 이게 교도소라고?(놀라서 기절)

엘 고블리노: 이게 교도소야?(발레를 추고 기절)

섀도우: 이것은 교도소가 아니라 군사 시설이다.

제프 더 킬러: 난 여기서 풀려남. 참고로 너희는 그 헛소문을 믿냐? 살

인마는 제인이야. 나는 범죄는 안했어. 이 못생긴 얼굴도 가면이야. 지만 살아남으려고 말이야. 제인은 결국 뉴비 경찰과 경찰 기동대와 12일동안 대치하다가 체포되어 더 월에 수감된 후 5일뒤에 행방이 묘현해졌지.

스크리치: 헐

피규어: 그래 너 일 열심히 해라.

제프 더 킬러: 저는 백수입니다만.

피규어: 할렐루야 폭탄이나 받아라.

할렐루야 폭탄: 할렐루야(또 터짐)

제프 더 킬러: 우아악. 이 폭탄 때문에 돌아가시겠네. 잠깐 내 머리! 내 머리가 사라졌어!(가발)

피규어: 이제 개과천선 하시고 너 요리 잘한다는데 식당 일 해라.

제프 더 킬러: 네~

피규어: 반성 안 했니?

제프 더 킬러: 아니요. 똑바로 했습니다. 일 열심히 할게요.

시크: 그래 일이 이렇게 돌아가야지.

8. 귀여움 담당 허거의 등장

(오늘도 호텔의 인기는 사그라들지 않고 이 호텔의 인기로 다른 숙박 시설이 망하는 날이 반복되는 가운데)

뎁스: 갑니다. 가요.

사일런스: 뎁스야, 빨리 요리 배달해줘. 나 피곤해.

제프 더 킬러: 넌 어떻게 맨날 졸리냐 이 이상한 놈아. 잠 오래자는 병이라도 걸린거냐?

사일런스: 응, 안 들려.

뎁스: 이 자식아아아아아아

(한편 사장의 방)

피규어: 어디 보자. 오늘의 수입은 어제보다 57% 늘었네.

???: 안아주세요.

피규어: ?

???: 안아 달라고요.

피규어: 누구셈?

허거: 제 이름은 허거에요. 항상 안아주세요.

피규어: 그건 조금 어려울 것 같은데.

허거: 우에에에에에엥

아이즈: 피규어 사장님 방금 뭐죠? 저는 87층 관리 중이었는데.

피규어: 그게. 살짝 사정이 생겼어.(그리고 허거를 소개함)

아이즈: 그러니까. 이 분홍 슬라임은 허거고 포옹 해주는걸 좋아한다는 거죠?

피규어: 그치. 이 녀석을 채용하면 뭔가 쓸모 있을 것 같아.

허거: ???

피규어: 너 이제부터 호텔에서 일해도 돼. 월급도 꼬박꼬박 줄게.

허거: 그러면 안아주세요.

피규어: 오케이. 일 열심히 하면 할 수록 많이 안아줄게.

앰부쉬: 우린 일 열심히 해도 월급도 제대로 안 주면서 무슨 월급을 준대?

피규어: 얘는 귀여우니까 그렇고. 그리고 일 열심히 한다고 했거든. 팩트폭행을 한 죄로 십자가와 할렐루야 폭탄을 받아라. 우리 호텔에 최고 형벌이지롱. ㅋㅋㅋ 재수 없는 놈.

앰부쉬: 튈까?

피규어: 늦었지롱~(십자가를 쓰고 할렐루야 폭탄을 던짐)

앰부쉬: 이씨. 도망가야 하는데 십자가 때문에. 게다가 십자가도 아픈데 할렐루야 폭탄이라니.

할렐루야 폭탄: 할렐루야(이제 그만 터지면 좋겠지만 터짐)

앰부쉬: 으아아아아아

피규어: 사실은 이게 형벌 중 가장 강도가 낮은 건데.

앰부쉬: 뭐라고? 저 악덕 사장이 날 또 속였다고? 아오. 진짜 당 떨어지네. 저런 놈은 없애야 하는데 몸이 말을 안 듣네. 윽

피규어: 에휴. 답답한데 인간으로 변해야겠다.

피규어: 이제 됐고. 넌 월급을 안 줘야겠네. 즉 해고지.

앰부쉬: 말도 안돼. 내가 얼마나 열심히 일 했는데. 내가 해고라니. 아니 내가 해고라니.(feat. 심영)

피규어: ㅋㅋㅋ 그걸 진짜로 믿냐? 농담이야. 농담.

아이즈: 넌 오늘 운이 좋네.

허거: ㅎㅎㅎ

피규어: 하지만 벌칙이 있지. 그건 바로바로 온실 관리.

앰부쉬: 내가 온실 관리라니. 아니 내가 온실 관리라니.

아이즈: ㅋㅋㅋ 난 온실 좋은데. 하지만 안 도와줄 거지롱.

앰부쉬: 이 자식이.

피규어: 됐고 온실 관리나 해.

앰부쉬: 네

허거: 온실 관리가 뭔데 그래요.

앰부쉬: 네가 몰라서 하는 말이야. 온실은 사우나야. 엄청 덥거든 하지만 스크리치, 러쉬 등등 일부 직원들과 대부분의 손님들이 좋아하지. 왜냐하면 온실에 수영장으로 향하는 통로가 있거든. 마찬가지로 수영장에도 온실로 향하는 통로가 있고.

허거: 나도 가봐야지.

피규어: 그전에 좀 안아줄게.(허거를 안음)

허거: 행복해. 아니 너무너무 행복해.

아이즈: 음

앰부쉬: 난 간다.

스크리치: 실컷 고생해. 난 하와이안 피자랑 네 핫도그도 먹을게. (일부러 소리 크게 내서 먹음) 쩝쩝. 음 맛있다.

앰부쉬: 이 자식아! 저주할 거야! 복수할 거야!(그러나 피규어가 십자가와 할렐루야 폭탄을 들자 무서워서 튐)

허거: 이제 일하러 갈게용.

아이즈: 그래

피규어: 아이즈 넌 일 안하냐?

아이즈: !!!

피규어: 넌 온실 관리는 아니지만 앰부쉬랑 똑같은 형벌이다.

아이즈: 끄아아아아악

피규어: 자 이제 일하러 가셈.

아이즈: 예

피규어: 슬슬 공지를 해야겠군.

(호텔이 손님들로 북적이고 있는데 스피커에서 안내 방송이 나온다.)

피규어: 호텔을 찾아주신 손님 여러분 감사합니다. 공지하겠습니다. 간혹 문을 열 때 분홍색 슬라임이 나타날 수 있습니다. 그가 하라는 대로 해주십시오. 그가 원하는 건 그를 포옹하는 것입니다. 가끔 돈을 요구 할 때도 있으니 양해 부탁드립니다.

(방송이 끝남)

손님 105814: 어 저기 슬라임이다.

허거: 뀨~~~

손님 951235: 저런 귀여운 슬라임은 당장 안아줘야지.

(그렇게 허거를 보게 된 손님들은 허거를 껴안기 시작했다.)

피규어: 크크크. 허거를 직원으로 채용하기 잘했군. 수입이 더 늘겠어.

(일주일 후)

시크: 뭐야. 손님이 더 많잖아. 사장님에게 A-120, 듀프, 보이드를 호출하라고 해야겠군.

티모시: 허거 때문인가?

(한편)

피규어: 와우, 일주일 전과 비교하니 손님 수는 35,849배로 늘고 수입은 50,000배로 늘었어! 이래야지. 하하하하하

(한편 허거가 호텔에 채용된 후 다른 숙박 시설들이 망해가기 시작하자 다른 유명한 숙박 시설들의 사장은 허위 광고를 시작했다.)

9. 드레드의 탈출

(어느 다른 유명한 호텔의 최상위 보안실)

사장: 아니 넌 정신이 있는거니?

드레드: 응 있지.

사장: 그러면 왜 나한테 협조 안 하는데?

드레드: 노코멘트

사장: …

드레드: 네가 더 미쳤어.

사장: 쇼크 맛을 볼텨?

드레드: 에휴, 난 그거 하도 많이 맞아 가지고 이젠 안 아프지롱.
이제 자유를 맞이하러 가야겠군.

(드레드가 보관 컨테이너를 부수는 것과 동시에 경보음이 울림)

사장: 경비병. 경비병 불러!

경비병: 목표 확인. 발사!

드레드: 에휴, 총으로 날 죽인다고? 반사!

경비병: 우아악

사장: 어쩔 수 없지. 자폭을 해야겠군.

(사장이 자폭 버튼을 누르고 돈을 챙겨 탈출함)

카와이 A-60: 우리도 빨리 튀자.

(15분 후 호텔이 자폭함)

드레드: 아하하하하. 속이 뻥 뚫리네. 이제 피규어 사장님 보러 가야
지. 얼마나 벌었을까?

(한편 여전히 호텔은 허거 덕분에 인기를 잃지 않고 있는 그때)

윈도우: 으앙. 무서운 손님이 왔어.

드레드: (투명화를 쓰고 피규어의 방으로 텔레포트를 함)

피규어: 잠깐 너 어디서 많이 본 것 같은데.

드레드: 사장님 제가 돌아왔습니다.

피규어: 돌아왔구나.

시크: 재 뭐야?

A-120: 몰라. 환공포증 생기겠네.

듀프: 몸에 구멍이 송이버섯 처럼 송송 났네.

글리치: 에휴. 또 말장난이네.

듀프: 입 다물어. 발도 이상하게 생긴 주제에.

글리치: 네 방에 테이아의 황금펜으로 만든 자물쇠 걸어줄까?

듀프: 항복

피규어: 인사해. 얘는 호텔의 2인자야.

시크: what the

아이즈: 네에? 원래 2인자는 시크잖아요.

스크리치: 그러게

피규어: 살짝 사정이 생겨가지고 말이야. 드레드 넌 옛날에 하던 일 그대로 하셈.

드레드: 역시 사장님은 날 버리지 않으셨어.

시크: 킹받네.

드레드: 어떡하냐? 너 이제 2인자 자리 뺏겼네~

러쉬, 할트: 뭔 듣도 보도 못한 놈이 납셨네.

하이드: 굴러온 돌이 박힌 돌을 뺀다더니.

스네어: 그러게. 우리도 몰랐는데.

보이드: 너 까부냐? 각오해.

10. 습지의 결투

(어느 날)

할트: 야 드레드. 너 습지로 오셈.

드레드: 알았어.

(습지)

드레드: 아니 왜 이렇게 떼거지로 몰려왔어?

시크: 어제 네가 빼앗아간 2인자 자리를 돌려 받으러 왔다.

스크리치: 내 형의 자리를 빼앗다니 단단히 각오해야 할 것이다.(체력 보충을 위해 간식들을 순삭함)

할트: 언제 얘가 데스 클로커(위에 언급한 특별한 클로커)와 먹방 대결을 했는데 져가지고 그래. 그냥 먹고 싶은 이유도 있고.

스크리치: 눈치 하나 빠르네. 히히

드레드: 알았어. 니네가 준비 다하면 덤빌게.

A-120: 그럼 내가 심판을 볼게.

보이드: 저 자식은 언제 저기로 갔냐?

러쉬: 그런데 저 녀석은 왜 이렇게 자신만만하냐?

윈도우: 뭔가 불길한데.

잭: 윈도우의 불길한 예감은 틀린 적이 없지.

러쉬: 그 뜻은 불길한 일이 일어날 거란 뜻이잖아. 이 놈아.

듀프: 내가 들은 건데 이 호텔 어딘가에 반지의 재단이 있고 이 재단에 사장님이 모은 천국의 수수께끼라는 반지의 조각을 모아서 완성 시키는 거지.

보이드: 설마.

스네어: 맞아. 그 반지는 악마의 힘이 담겨 있는데 12조각으로 분리되어 각각 다른 악몽 속에 숨겨져 있지. 현재 70% 정도 완성 되었어.

티모시: 그 힘을 드레드에게 준 거겠지?

잭: 불길한 소리를 한 죄. 죽음으로 용서받거라.(feat. 잡이 패밀리)

앰부쉬: 네가 할 소리는 아닌 것 같다만.

드레드: 누가 정신나가서 그 힘을 주냐? 아무리 2인자라고 해도 말이야. 힘을 준 게 아니라 힘을 복사해서 나눠 준 거지. 자 이제 잡담은 그만하고 덤벼라.

아이즈: 받아라. 나의 눈에서 나오는 레이저 빔!

스네어: (물어덮침)

드레드: 다들 왜 이렇게 느려 터졌어? ㅎㅎㅎ 내가 없는 사이 확찐자가 됐나보지?

하이드: 저 자식이 미완성된 반지의 힘을 얻었다고 까부네.

앰부쉬: 난 도어즈에서 가장 빠른 놈이거든 그리고 네가 얻은 반지의 힘은 불완전하잖아. ㅋㅋㅋ 돌격이다!

드레드: 앰부쉬야, 너 살이 많이 쪘네.

앰부쉬: 님은 왜 이렇게 빠르셈?

드레드: 너도 알텐데. 살을 좀 빼주지. 스턴 오브를 받아라.

앰부쉬: 으아악. 왜 나만 이렇게 또 당해?(투사체의 영향으로 기절)

하이드: 난 못 없애겠지?

드레드: 넌 후회 할거야. 받아라. 프라이멀 피어.

하이드: 으앙, 충격파가 너무 아파.

드레드: ㅋㅋㅋ

할트: 희생된 게스트들의 원혼이여. 저자를 공격하라.

드레드: 게스트들의 원혼들이여. 지옥으로 돌아가라.

할트: 이걸 막아낸다고?

스크리치: 받아라. 나의 음치 음파 공격. 아아아아아아아아아아아

드레드: 네가 후회할 걸? 수리수리수리수리수리 마하아~수리 ㄱㄴㄷ ㄹㅁㅂㅅㅇㅈㅊㅋㅌㅍㅎ 메렁메렁 맴맴 메로나 메밀 국수.

스크리치: 내가 패배자라니. 아니 내가 패배자라니.

보이드: 세상에 이런일이? 음치 배틀에서 스크리치가 패배했다니.

드레드: 넌 공허라서 안심하지? 너도 두들겨 패줄게.

보이드: 난 공헌데 왜 이렇게 아프지? 그리고 내가 언제 안심했대? 끼아아악

듀프: 울부짖기 공격이다. 받아라.

드레드: (염동력을 사용함)

듀프: 컥. 으악. 우악. 크악. 끼악. 아악.

시크: 네가 무슨 닥터 스트레인지니? 간다. 자전거 카미카제다.

드레드: 다 함께 폭사하자는 거구만? 하지만 죽는건 너야.(가볍게 회피하고 시크를 레이저탄으로 얍삽한 콤보를 먹임.)

시크: 으아악, 어쩔 수가 없구먼 항복.

듀프: 뭔 소리야? 끝까지 싸워야지. 힘을 합치던가.

러쉬: 하하. 나한테는 일회용 십자가가 하나 있다고. 넌 끝이야.(십자가 사용)

드레드: 우아아아악(갑자기 한숨을 쉼) 어휴

앰부쉬: 뭐임?

드레드: 내가 죽으면 너희들은 사장님에게 죽는 거지만 난 살았네. (십자가의 체인을 부숴버림)

아이즈: 뭐야? 이게 통하지 않다니.

드레드: 너희들의 끝이 될 것이다.(초거대 에너지 구체 생성)

손님 1584392: 으악, 저게 뭐야?

드레드: 하하하하하

러쉬: 이젠 끝이야.

할트: 이렇게 허무하게 죽게 되다니.

피규어: 잠깐만.

드레드: ???(구체를 없앰)

피규어: 그러면 호텔도 가루가 될 것 아니야.

드레드: 네

피규어: 넌 벌칙 없으니까 일 하러가. 허거랑 같이 일 열심히 하면 월급 2배로 올려줄게.

드레드: 개꿀이네. 일 하러 갈게용.(순간이동으로 사라짐)

A-120: 결국 드레드의 승리구만.

피규어: 그리고 너희들 드레드랑 싸웠구나.

스네어: 맞아요.

듀프: 역시 사장님은 우릴 안 버리셨어.

피규어: 시크 너 월급 절반 차감.

시크: what the.

피규어: 아직도 모르겠어? 2인자 자리를 되찾는다고 일하고 있는 딴 애들을 속인 것도 모자라 다치게 해? 너희들은 봐줄게.

스크리치: 와아아아아.

시크: 저도 조금만 봐주시면. 저도 다쳤다구요.

피규어: 어림도 없다. 받아라.(십자가와 할렐루야 폭탄을 씀)

할렐루야 폭탄: 할렐루야(콰콰쾅 하고 터짐)

시크: 으아아아악. 헛된 일을 하면 이렇게 되는구나.

피규어: 자업자득이야. 의무실에는 네가 알아서 가셈.

시크: 미친 사장 같으니.

11. 고깃집에서 생긴일

피규어: 하하. 수익이 늘어서 무한의 블랙카드를 뽑았네. ㅋㅋㅋㅋ

스크리치: 우리 덕분이죠?

피규어: 아아아아아. 이게 뭔 헛소리야?

허거: ㅋㅋㅋㅋ. 내 덕이지롱~~

듀프: 어쨌든 이번 주는 일 잘했으니까 고기 파티해용.

드레드: 나도 이번엔 동의함.

피규어: 그래. 내가 알고 있는 가장 맛있는 고깃집으로 데려갈게.

드레드: 아 그때가 생각난다. 사장님이랑 거기서 고기 먹은 곳.

피규어: 그걸 기억하다니 고깃집의 이름은 바로바로 병철이네.

시크: 와아아아. 살다 살다 이런 날이 오는구나.

보이드: 그러게. 그동안은 월급 깎기만 하셨는데.

피규어: 누구인가? 누가 그런 불온한 소리를 내었는가? (feat. 궁예)

보이드: 저 죄송합니다.

A-200: 그런데 어떤 고깃집이에용?

피규어: 그 고깃집은 훈제한 고기를 비법 양념장으로 구워서 진짜 인기가 많아.(몰론 우리 호텔 소유지만 ㅋㅋㅋ)

사일런스: 맛있을 것 같아.

(고깃집)

피규어: 나 잠깐 할 일이 있어서 먼저 먹고 있어.

듀프: 네

(고깃집 입장)

직원 1: 야. 어여 와.

스크리치: 우리는 손님인데 반말은 좀.

직원 1: 아 알았어. 저기에 앉으세요.

글리치: 뭘 시켜 먹을까?

드레드: 못 고르겠으면 다 시키면 된다. 우리에게는 무한의 블랙카드가 있잖아.

피규어: 고기는 불맛. 흔치 않은 기회니 무한리필로 시켜.

듀프: 여기 등심, 삼겹살, 오겹살, 새우살… 각각 2인분씩 시켜주세요.

직원 2: 네 갑니다.

피규어: 나 왔어. 뭐야. 지금 막 굽고 있네.

보이드: 야 향기 지렸다.

앰부쉬: 고기가 지글지글 소리를 내며 구워지네.

러쉬: 흔치 않은 기회니까 실컷 먹어야지. 난 잘 익은 고기만 쏙쏙 골라내는 민첩함이 있다고.

할트: ㅎㅎ 그래봤자 입이 짧아서 내 먹방엔 못 당할걸?

러쉬: 내가 먹을 거에는 미친 후배를 키웠군.

(고기가 지글지글 소리를 내며 맛있게 구워질 때)

드레드: 음 이것은 겉바속촉의 향기. 사장님은 고기를 잘 구워.

큐리어스 라이트: 왜 이렇게 잘 굽지? 윤기가 장난 아니네.

피규어: 얘들아. 이제 먹자.

(잠시 직원들의 식사 타임이 있겠습니다.)

러쉬: 잘 봐. 이 고기를 쌈장에 찍고 상추로 쌈을 싸먹으면?

아이즈: 이야 진짜 맛있다. 밥에 달걀찜 올리고 된장찌개에 올려 먹으니 더 맛있어.

피규어: 전 호텔에서 왔는데요. 제가 한번 먹어보겠습니다. 자, 고기들을 쌈장에 찍고 밥에 달걀찜을 올려 된장찌개에 말고 이걸로 쌈을 싸먹으면? 냠냠. 아 이것은 천국의 맛이로다. 언제 먹어도 안 질려.(feat. 이영돈 PD)

제프 더 킬러: 나 살인마 제프. 과거의 먹방 유튜버로서 먹방 도전! 달걀찜을 된장찌개에 말고 이걸 고기와 함께 밥을 올려 먹어야지. 쩝쩝, 아 짭조름한 맛이 일품이네.

시크: 난 스크리치와 함께 새로운 조합을 찾았지. 그건 바로 된장찌개와 고기 그리고 달걀찜.

피규어: 난 그거 옛날에 드레드랑 먹으면서 찾은 조합이지롱. ㅋㅋ

시크: 사장님은 먹을 거에도 미쳤군. 냠냠.

스크리치: 신기하게도 이 고기는 먹어도 먹어도 배가 안 차.

가이딩 라이트: 캬, 맛있다.

큐리어스 라이트: 세상에 이런 맛이 있었다니.

엘 고블리노: 겁나 맛있다.

듀프: 달콤 짭짤한 맛이 중독성 있네. 냐냠냐냠

윈도우: 그동안 느꼈던 부담감과 공포가 사라지는 행복한 맛이야.

시크: 그치? 엄청 맛있어서 엄청 오랫동안 뛸 수 있겠어.

글리치: 나 발에 암 걸렸는데 없어졌어. 천국의 맛이야. 냐냠

드레드: 비법 양념장이 완전 신의 한수야. 냐냠냠

뎁스: 와아아아. 겉바속촉과 비법 양념장의 맛이 날 행복하게 하고 있어.

섀도우: 완전 미식가가 됐군. 냠

잭: 행복하다. 오늘은 세상에서 가장 행복한 날이야.

허거: 너무 맛있다. 여기에다가 음료수까지 마시면 진짜 천국이야.

A-200: 냐냠냐냠. X100 그거 좋은 생각이다. 냐냠냐냠

피규어: 음, 맛있다. 이거 국내산이에요?(feat. sake L님)

아이즈: 그러네. 진짜 맛있다.

시크: 아 행복해.

A-120: 중독성이 있는 맛이야.

듀프: 지금쯤이면 룸즈애들은 엄청 오열하고 있겠지? 쩝쩝

앰부쉬: 아 그동안 느꼈던 고통이 사라지고 행복으로 채워지는 달콤짭짤한 맛이야. 그런데 이거 간장소스 맞아? 맛있다.

(잠시 룸즈로 시점이 전환됩니다.)

A-60: 누가 우리 얘기를 하는 것 같은데?

A-90: 야 호텔애들이랑 딴 애들 고기 먹고 있어.

A-60, A-90: 으아아아아. 우리도 고기 먹고 싶어.

(시점은 다시 직원들의 행복한 식사 타임으로 전환됩니다.)

허거: 난 간장 소스가 좋아.

피규어: 캬하, 맛있다.

스크리치: 움늄늄늄. 겁나 맛있군.

로스트 라이트: 차원의 틈을 관리하면서 먹은 것중 이렇게 맛있는 건 처음이다. 냠냠

(그렇게 다 먹은 후)

스크리치: 여기 계산이요.

직원 1: 야 잔액 부족이다.

듀프: 뭐라고라고라?

시크: 사장님 잔액 부족이에요.

피규어: ???

직원 1: 야 이 개념도 없는 사장아. 지금 직원들이 손님이 최고다 라는 식으로 갑질 하고 있는데 이래도 되는거야?

피규어: 야 이 4가지 없는 직원아. 내가 결제할게. 그리고 직원들아 자기 맘대로 하면 저기 저 직원 처럼 되는거야.

직원들: 넵

직원 1: 아니 이것은 블랙카드 잖아. 아 씨 망했다. 여기 영수증이요.

피규어: 뭐야. 블랙카드 앞에서는 공손해지네.

A-200: 우리가 얼마나 많이 먹었지?

드레드: 우리 2인분(직원들 기준)

피규어: 야. 결제가 잘못 됐는데 이걸로 다시 결제할게.

피규어: 아니 뭐야. 당신이 2인분을 2,000,000,000인분으로 잘못 찍어서 잔액 부족 뜬걸 우리 직원 탓을 하나!!!

직원 1: 야 네가 뭔데. 나한테 뭐라하는 거냐? 나 이제 일 때려 칠거야. 참교육이다. 진상아.(펄펄 끓고 있는 기름을 뿌림)

피규어: 보호막아 고맙다.

직원 1: !!!!!

피규어: 손님이 왕이라고? 갑질을 한다고? 보자보자 하니까 너 사기범 같은데 내가 지금 고깃집 홍보하려고 생방송 중이거든.

직원 1: 야 이 4가지 없는 사장아.

(그렇게 그 직원은 사실 지명수배한 사기범인 것이 들통나 감옥에 갔다고 한다.)

12. 드러나는 시간의 모래시계

(feat. 피규어의 치밀한 계획)

피규어: 흠 유물들을 어떻게 손에 넣어야 할까? 테이아의 황금펜은 우연히 주웠다만 일회용인 가짜였으니.

가이딩 라이트: (속닥속닥)

피규어: OK. 애들아 모여라.

스크리치: 뭔 일이 났나?

피규어: 잘 들어. 우리 휴가 간다.

시크: 와 휴가다.

드레드: 그래. 얼마 전에 리뉴얼 때문에 개고생 했는데

스크리치: 무임승차 콜?

직원들: 콜

피규어: 그럼 안될 것 같아. 나랑 드레드는 표 내고 간다.

앰부쉬: 그러세요.

(한참 후)

피규어: 공항에 왔으니 비행기 타야겠다.

앰부쉬: 우리는 무임승차 합니다.

(그렇게 무임승차 작전이 시작됐다.)

드레드: 좀 놀려야지~ 이보슈 경비원씨, 직원들이 무임승차를 해요.

경비: 오케이. 야 애들아. 이상한 애들이 무임승차를 한대.

(한편 경비가 모르는 데로 숨은 직원들)

앰부쉬: 듀프 넌 저기로.

러쉬: 난 여기로 갈게.

아이즈: 그럼 내가 레이저빔으로 경비를 몰살시킬게.

앰부쉬: 야, 이 놈아. 우리는 몰래 무임승차 하는 거야.

듀프: 그래서?

할트: 내 말 들어봐. 듀프는 가짜 문을 만들어서 경비를 혼란시키고 그 틈에 보이드가 전력을 끄는 거야. 나는 야간 투시 능력이 있는 거 몰라?

글리치: 그럼 내가 경비를 겁 줘야지. 보이드 넌 전력 꺼.

듀프: 오케이. 만들어져라. 가짜 문이여 어리석은 자들을 속여라.

경비: 일단 화장실로… 으악, 무서워.(신기하게도 탕탕하고 넘어져서 경비병이 화장실로 몰리고 전부 기절)

보이드: ㅋㅋㅋ 계획대로 됐어. 이제 전력 끄러 이건 또 무슨.

듀프: 왜?

보이드: 아니. 군인이 왜 무임승차 막으려고 출동해?

러쉬: 애초에 넌 공허 메이커 잖아.

보이드: 오케이(기를 모아 공허를 모음)

군인: 숨이 안 쉬어지기도 하고 쉬어지기도 하고 뭐야?

보이드: 여긴 공허야. 여기서는 날 제외한 모든 것은 움직일 수도 죽을 수도 살아 있을 수도 숨을 쉴 수도 없지. 그리고 갇힌 사람은 내 맘대로 할 수 있어. 변해라 얍!

군인: 으악, 몸이 변하고 있어.(먼지가 됨)

보이드: 에라(전기실을 공허로 채워. 전력을 끄고 순간이동)

할트: 좋아. 전력이 꺼졌군 내 안으로 들어와.

스크리치: 난 괜찮아.

시크: 그럼 너 빼고.

(그렇게 직원들이 할트를 이용하여 비행기가 있는 데로 이동했다.)

글리치: 좋아 비행기 뒷부분이 열렸군. 화물로 위장 시켜줄게.

스크리치: 이히히히히히

수송직원: 원래 이 화물이 있었나. 하지만 가져가야지.

(펑)

시크: 오케이 작전 성공! 이제 창고 밖으로 가자.

조종사: 승객 여러분들에게 알립니다. 비행기가 이륙합니다.

러쉬: 왓?

(비행기가 이륙한지 10분 후)

피규어: (2번 창고로 순간이동) 픕, 사실 비행기를 통째로 제어할 수 있게 표 바코드에 해킹 프로그램을 심어놨지. 하하

드레드: 사장님은 천재에요. 해킹 프로그램을 심은 바코드를 찍어서 바이러스로 비행기를 무방비 상태로 만들다니.

피규어: 이제 비행기는 내 컴퓨터로 조종할 수 있어. 일단 목적지를 죽음의 안개 소용돌이로 이동하는 거야.

드레드: 거기에 있는 해골 섬에는 마력이 담긴 유물들이 많겠지.

피규어: 그래. 내가 만든 해킹 프로그램은 매크로*(*매크로란 여러 명령어를 하나의 단축키로 입력하는 것이다.) 방식을 비롯한 방법으로 침투시킨 바이러스를 이용하여 단시간에 시스템을 마비시키지. 배터리가 나가면 다른 파일에 잠복하지.

이제 현란한 타법을 보여주마.(명령어 단축키를 컴퓨터 키보드로 설정해 놓은 상황이라 엄청난 피해가 발생함)

비행기 시스템: 목적지를 변경합니다. 목적지는 죽음의 안개 소용돌이입니다.

조종사 1: 뭐라고? 목적지를 바꿔? 거기 들어가면 다 죽어.

조종사 2: 아무 소용 없어요. 시스템이 전부 먹통이에요.

조종사 1: 그럼 수동모드로 바꾸고 안돼면 관제탑에 연락해!

조종사 2: 여기는 AIR-15기 시스템에 장애가 발생했다. 관제탑 안들리나? 지금 목적지가 죽음의 안개소용돌이로 바뀌었다.

관제탑: 간신히 암호를 풀었군 여기는 관제탑 지금 관제탑 시설 자체에 오류가 났다. 모든 시스템이 해킹되고 자료가 빠져나가고 있다. 지금 AIR-15기에 연결했다. 백신을 전송했다.

조종사 1: 뭐야. 백신을 눌렀는데 소프트웨어가 파괴됐어. 설상가상으로 통신까지 끊어졌어. 이제 끝이군. 우린 이제 손님들도 줄어들 거야.

조종사 2: 뭐야? 관제탑 안들리나? 백신이 없다.

(한편)

피규어: 크큭. 내가 통신 하나 가로채지 못할 것 같나. 안에 통신 가로채기 프로그램 까지 심었지. 으하하

드레드: 이제 다 왔다.

조종사들: 불시착한다. 안 돼. 우린 다 죽을 거야.

직원들: 뭐야? 안돼애애애액!

(TO BE CONTINUED)

13. 시간의 쳇바퀴 섬에서의 대탈출

(해골의 섬)

러쉬: 어떻게 하냐? 우린 이제 죽었네.

피규어: 애들아 왜 그래?(천하뻔뻔)

앰부쉬: 이제 우린 끝이네. 그럼 호텔도 망하는데

시크: 됐고. 빨리 섬이나 둘러보자.

드레드: (귓속말로) 사장님. 여기가 그 시간의 모래시계가 있는 무한한 시간의 쳇바퀴 같습니다.

피규어: 그렇지. 이곳은 유물의 힘으로 인해 죽음이라는 개념이 존재하지 않는 곳이지.

(3시간 후)

드레드: 저거 뭐야? 좀비야? 좀비가 나타났다!!!!!

아이즈: 야, 이 자식아. 좀비면 조용히 해야지.

드레드: 좀비야. 다 같이 폭사하자. 아아아아아아!

피규어: 됐고, 할렐루야 폭탄이다. 받아라.

할렐루야 폭탄: 할렐루야(쿠콰콰쾅 하고 터짐)

좀비: 꽥

드레드: 얘들아. 동굴이 있으니까 안에서 쉬자.

러쉬: 뭐야? 저것은 불개미?

시크: 야 러쉬야. 너무 오바하지 마라.

(그렇게 3일 후)

앰부쉬: 얘들아 저기 봐. 비상탈출 해변이다. 우린 살았어.

피규어: 그전에 이 험준한 절벽과 위험천만한 함정과 발전기를 가동해서 바위문을 열고 망할 좀비들을 피해야겠지. 내가 시간의 모래시계를 찾아서 시간정지를 할태니 니들이 발전기를 가동해라.

(그렇게 직원들이 비밀 해변 근처까지 온 후)

듀프: 우린 살았어.

시크: 그전에. 이 좀비들을 피해 발전기를 가동해야겠지?

듀프: 좀비들아 나 잡아봐라!

피규어: 우린 유물이나 찾자.

드레드: 사장님 여기봐요. 무한회전의 시계입니다.

피규어: 아니 설마. 시간의 모래시계가 있다는 그 신전?

드레드: 그런데 들어가도 모래시계는 얻을 수 없다는데.

피규어: 그러니까 기믹을 풀고 가자. 모조품인 테이아의 황금펜을

여기서 쓰게 되다니. 자 시간의 모래시계가 있는 방으로 가는 구멍을 그리고 들어가면 짜잔. 모래시계를 얻었다. 자 시간정지.

(시간이 멈춤)

드레드: 빨리 갑시다.

(50분 후)

스크리치: 사장님. 저 보세요. 드디어 하나를 켰어요.

피규어: 뭘 잘했다고.

시크: 제가 뛰어가서 가동했어요.

피규어: 2개 남았다. 하나는 내가 킬게. 내가 줄을 좀 탔거든. 줄 타고 바로 켜버리기.

(시간 정지가 풀림)

피규어: 망했어. 다 함께 폭사하자.

드레드: 하나 남았는데 제가 하나 켰거든요. 그리고 이곳은 죽음이라는 개념이 없잖아요.

피규어: 잘한다. 우리 부사장. 이거 칭찬이야.

보이드: 마무리는 내가 한다.

사일런스: 내가 할게. 나 피곤해.(발전기 가동)

보이드: 야, 이 놈의 자식아.

듀프: 비밀 해변으로 가는 길이 열렸다. 가자.

좀비: 꾸워워워(대충 잡겠다는 뜻)

피규어: 십자가 봉인술!

좀비: (기절함)

시크: 탈출이다.

(그러나 보트를 타고 섬을 탈출한 그들은 표류하게 되었고 피규어가 부른 헬기를 타고 탈출하게 된다. 그리고 그들은 시간의 쳇바퀴에서 탈출한 유일한 생존자들 이었기에 엄청난 수익을 얻는다.)

14. 피규어의 꿍꿍이

(호텔 장사가 잘되어 엄청난 소득을 얻는 피규어 사장이였지만 그는 돈에 눈이 멀어 돈을 더 얻으려고 계획을 짜는데)

피규어: 흠, 돈이 많지만 이대로는 부족해. 놀이공원이 있으면 좋을 것 같은데.

큐리어스 라이트: 사장님 룸즈에서 블록시 사이다 가지고 왔어요. 이거 마시면 머리가 잘 돌아가시잖아요.

피규어: 땡큐. 넌 월급을 1.5배 올려주지.(캔을 따고 마심) 어휴 시원해. 이제 돈을 벌 궁리를…. 알겠다. 망한 놀이공원인 오드 월드를 이용하는 거야.

(오드 월드)

레드: 야. 우리가 언제 돈을 벌었지?

퍼플: 이젠 블록시 콜라나 샌드위치만 먹어야 돼. 그런데 이마저도 쪼개서 먹어야해. 게다가 다른 회사도 우릴 안 받아줘.

블루: 이러다가 다 굶어죽겠어.

(한편)

피규어: 자 1시간의 드라이빙 끝에 오드월드에 도착했군. 잠깐. 정문 폐쇄? 헴록 숲으로 가서 철조망을 따는 수밖에.

(철조망을 딴 후)

피규어: 오드 월드는 망했는데도 꽤 깨끗하군. 이제 여기의 사장인 레드를 찾기만 하면 되는데. 걔가 어디있나 몰라.

블루: (무전기를 들고) 응답하라. 여기는 블루다. 지금 손님 한명이 나타났다. 작전대로 해라. 오버

퍼플: 어서오세요. 여기는 오드 월드입니다. 놀고 가세요.

피규어: 날 뭘로 보고. 난 그렇게 한가하지 않아.

옐로우: 그러면?

피규어: 저 성으로 따라와.(블루의 성)

(회의실)

피규어: 자 레드. 이 망해가는 오드월드를 내가 사서 유명하게 해주지. 그 대신 기믹이 좀 있어. 바로 우리한테 잘 보이면 특별 보너스를 줄게.

퍼플, 옐로우: 뭐라고? 특별 보너스?

피규어: 당근당근

레드: 그럼 얼마에 살 거지?

피규어: 다이아몬드 10,000개에 사지. 프렌즈들과 루키즈들한테 잘 배부하라고 주는 거야.

핑크: 너한테 그럴 만한 돈이 있냐?

사이안: 재 딱봐도 부자 같다. 사야지.

피규어: 난 그 유명한 100층 호텔의 사장이라 엄청 부자거든. 어쨌든 싫음 말던가. 자 레드, 이 계약서에 서명하면 돼.

(계약서 내용)

이 계약서의 서명 시 오드월드의 레드는 이 시설이 호텔의 일부가 되는 것의 대가로 돈을 많이 받는 것에 동의시 많은 돈과 유명세를 탈 수 있습니다. 아래 내용에 서명하시오.

레드: 그래. 돈을 얻기 위해서라면, 서명해야지. 난 이제 저 사장만큼 부자가 될거야.

블루: 네버. 절대 서명하면 안 돼.

핑크: 뭔 듣도보도 못한 놈에게 우리가 잠시 흥하게 된 오드 월드를 넘겨주면 안 돼.

옐로우: 찬성! 찬성! 찬성! 난 찬성이야. 무조건 찬성해야 해.

퍼플: 옐로우 말이 맞아. 이건 무조건 찬성해야돼.

사이안: 듣고보니 찬성. 찬성이야. 오드월드 호텔 편입 찬성.

핑크: 어림도 없다.

블루: 그래 어림 없다.

(잠시 레인보우 프렌즈 토론 배틀로 시점이 바뀝니다.)

옐로우, 퍼플, 사이안, 레드: 오드 월드 호텔 편입 대찬성.

블루, 핑크: 오드 월드 호텔 편입 결사반대!

루키즈: ~~~~~~~~~(대충 찬성한다고 보자.)

그린: 아이고 헷갈려. 난 중립.

레드: 중립 따위는 없다. 찬성이냐 반대냐?

그린: 찬성

(다시 원점으로)

블루: 내가 호텔에 놀러가서 숨겨진 도서관 책을 봤는데 자기 손님들 혐오하는 글을 적었던데.

그린: 왓?

피규어: 이 책?

레드: 어디보자. 잠시만. 메이플시럽을 두른 달걀에 우유 한 잔? 이 보슈. 혹시 이게 혐오요?

피규어: 아니 맛있었지. 지금도 아침식사로 그렇게 먹거든.

(사실 블루가 험담한 거였다.)

그린: 블루야. 사실을 좀 말해줘.

피규어: 어쨌든 서명할거야? 말거야?

핑크: 절대 서명하면 안 돼~~~~

옐로우: 찬성해야해.

퍼플: 찬성! 찬성! 무조건 찬성!

오렌지: 그래. 무조건 찬성이지.

그린: 좀 그런데.

사이안: 찬성!

레드: 좋아. 사인하지.

피규어: 아주 좋은 생각이야. 하하하하.

(그렇게 피규어는 약속한 대로 오드 월드를 유명하게 해준다.)

(어느 날 저녁)

퍼플: 우와. 돈이 왕창 들어온다.

피규어: 얘들아. 이제 특별 보너스를 줄게. 그건 바로 정해진 방에서 원하는 만큼 사는 거야.

블루: 와우

피규어: 자 따라와.

(12분 후)

옐로우: 여긴 민박집?

피규어: 자. 블루,핑크 여긴 너희들이 사는 곳이야.

핑크: You what?

피규어: 일단 들어와.

퍼플: 야, 간판에 최악의 서비스로 보답하겠습니다. 라고 써있는데?

핑크: 에휴

블루: 괜찮아. 실내는 멀쩡… 하지가 않네.

피규어: 조금만 기다려. 곧 웰컴 드링크가 나올거야.

핑크: 알았어. 난 좀 목욕을… 야. 물이 너무 차가워.

블루: 괜찮아. 물은 좀 따뜻… 하지가 않네.

핑크: 거봐.

퍼플: 어디보자. 겁나 차갑네.

피규어: 자 여기 웰컴 드링크야.

핑크: 두구두구두구두구

블루: 그나마 웰컴 드링크는 평범…하네. 그냥 탄산음료 잖아.

사이안: 곧 웰컴 푸드가 나온데.

핑크: 예스

블루: 그럼 웰컴 푸드는… 그냥 컵라면이네.

(5분 후)

핑크: 간에 기별도 안가네.

블루: 그나마 침대는 푹신… 하지가 않네.

옐로우: 나도 누워볼… 난 간다.

피규어: 다음은 호텔에서 묵는 프렌즈야.

오렌지: 와우

피규어: 자 여기가 일반 객실이야. 여기 묵는 프렌즈는 그린!

그린: 살다살다 내가 호텔을 오다니.

피규어: 자 여기 웰컴 드링크야.

그린: 아니 이것은…. 그냥 맥주잖아. 난 맥주 싫어.(그러나 마심)

피규어: 웰컴 푸드는 바로 분짜야.

그린: 와. 난 분짜 좋아하는데. 냠냠냠(접시가 달그락 소리를 내는 동안 그린은 분짜를 해치웠다.)

그린: 아 맛있다.

피규어: 참고로 같은 프렌즈끼리 방문할 수 있다.

핑크: 휴

피규어: 자 다음은 스위트룸이다. 여기 묵는 프렌즈는 사이안!

사이안: 나이스!

피규어: 자 웰컴 드링크는 청포도 와인!

그린: 저걸 내가 마셔야 하는데.

사이안: 캬, 달디달구만.

핑크: ㅋㅋㅋ

피규어: 자 웰컴 푸드는 바로 하와이안 피자!

사이안: ㅋㅋㅋㅋㅋ. 부럽쥐? 쩝쩝(다 먹은 후) 아 배부르다.

피규어: 야. 따라와. 아직 안 끝났어.

루키 6: 우린 어디서 자요?

피규어: 기다려. 다음으로 VIP룸에 묵는 프렌즈는 레드!

블루: 말도 안 돼. 저 못된 놈이 어떻게 VIP야?

피규어: 얘는 계약서에 서명해서 그런거야.

레드: 하하하. 천국이구만 인공 온천도 있고.

핑크: 객실에 그게 왜 있어?

옐로우: 말했잖아. VIP라고.

피규어: 일단 웰컴 드링크는 적포도 와인!

레드: 천국이군. 꼴딱꼴딱. 아 시원하다.

피규어: 자 웰컴 푸드는 열대 스파게티! 호텔에서 개발한 메뉴지.

레드: 모양이 독특한데. 맛이. 냠. 겁나 맛있군!

피규어: 왔다. 그날이 왔다. 마무리로 VVIP룸에 머무르는 프렌즈들은 옐로우,퍼플,오렌지 그리고 루키들!

루키: 와아아아아아

옐로우: 나이스!

퍼플: 이제 벤트에 숨을 필요도 없겠군.

피규어: 자 기대하시라. 짜잔

프렌즈들: 우와

레드: VIP보다 좋군.

퍼플: 당연하지. 여긴 VVIP라고.

옐로우: 냉탕도 있고 온탕도 있네. 일단 난 냉탕.

퍼플: 그럼 난 온탕. 왜냐하면 내 은신처에 찬물만 있었거든.

옐로우: 시원하다.

퍼플: 아, 따뜻하다.

루키들: ~~~~~~~(대충 난 온탕이나 냉탕으로 간다는 뜻)

피규어: 참고로 여기는 미지근한 물이 있는 중탕도 있지. ㅋㅋ

오렌지: 그럼 난 중탕. 어디보자. 딱 좋다. ㅎㅎ

퍼플: 아, 따뜻해.

피규어: 웰컴 드링크는 바로 프랑스산 와인!

퍼플: 잘됐군. 난 이 와인 너무 좋아하는데. 온탕도 있으니…. 꼴딱 꼴딱 시원하다.

옐로우: 여기가 천국같아.

루키들: ~~~~~(기분 좋다는 뜻)

오렌지: 와우. 물 온도가 안 내려가네.

피규어: 자 대망의 웰컴 푸드는 바로바로 만한전석!

(만한전석은 100여가지의 요리로 이루어진 중국의 음식이다.)

핑크: 말도 안 돼!

레드: 뭐라고?

루키 15: 레드야. 같이먹자. 네가 사인 안 했으면 여기 못 왔어.

레드: 오케이 땡큐.

러쉬: 만한전석 배달이요.

레드: 냠냠냠. 맛있다.

오렌지: 내가 다 먹을거야.

옐로우: 질 수 없지. 와구와구.

퍼플: ㅋㅋ

레드: 난 그렇게 못해. 냠냠

(그날 밤 민박집 배정은 찬물에서 고생을 한 다음 자고 일반 객실 배정은 미지근한 물에서 목욕한 다음 자고 스위트룸은 조금 따듯한 물에서 목욕한 다음 자고 VIP룸은 따뜻한 물에서 목욕한 후 자

고 VVIP룸은 개인의 취향에 맞는 물에서 목욕한 후 잤다.)

(한편 민박집)

핑크: 덜덜덜. 춥다.

블루: 내가 감싸줄게.

핑크: 이제 그나마 낫네. 그런데 오빠는 안 추워?

블루: 나는… 춥네.

핑크: ㅋㅋㅋ

블루: 잘 자!

핑크: 응

(한편 일반 객실)

그린: 나 혼자긴 하지만 괜찮아. 침대와 이불이 폭신하네. ZZZ 빨리 자야지. ㅎㅎㅎ

(한편 스위트룸)

사이안: 조금 찜찜한 제안이었지만 괜찮았어. 아주 피곤한 하루였지. 따뜻하니 어서 자야겠다.

(VIP룸)

레드: 역시 난 운이 좋아. 서명 하나 했다고 VIP라니 난 내일 연구를 해야하니 자야겠다. ㅋㅋㅋ

(VVIP룸)

루키들: ~~~~~(대충 VVIP라서 좋다는 뜻)

옐로우: 민박집 애들이 불쌍하다. ㅋㅋㅋ

퍼플: 오늘 하루는 천국이었어. ZZZ

(그렇게 프렌즈들은 각각 다른 곳에서 잤다고 한다. 그러나)

피규어: ㅋㅋㅋ. 이제 SVIP룸을 만들어야겠다.

15. 결합형 실험체 컨조인먼트의 탄생

(피규어의 지하 실험실 3-57기지 이곳은 중요 프로젝트 수행중이다.)

연구원: 5달에 걸친 프로젝트가 드디어 오늘 끝나는구나.

경비요원: 오늘은 영광스러운 날이다.

(프로젝트가 진행중인 57동 12호)

피규어: 자 준비해.

연구원 5: 베셀 준비 완료.

연구원 17: 제어 장치 준비 완료.

결합 장치 준비 완료.

피규어: 자 시작해.

시스템: 프로젝트 컨조인먼트 시작합니다.

(장치가 가동됨)

피규어: 나이스

시스템: 프로젝트 컨조인먼트 1단계 완성도 99%

경비요원: 타이밍이 기가 막히는군.

피규어: 대응반은 전부 무장상태로 대기하라.

대응반: 무장 완료. 방어 전선을 구축했습니다. GATE C를 닫습니다.

제어실: 프로젝트 컨조인먼트가 실패할 것을 대비해 모든 비무장인원은 즉시 벙커로 대피하거나 GATE A로 탈출하시기 바랍니다. 실험 성공시 1시간 후 기지로 복귀하십시오.

비무장인원: (대피하거나 탈출함)

시스템: 프로젝트 컨조인먼트 1단계인 DNA 융합 단계 완료, 2단계인 베셀 구성단계에 들어갑니다.

경비요원: 그래 드디어 2단계다.

피규어: 한 단계가 다 중요하지만 2단계는 그나마 낫지.

연구원: 구성 프로그램을 바탕으로 베셀을 구성하겠습니다.

시스템: 베셀 구성도 50%

연구원: 코드네임 칼리우스 구성 완료.

연구원 59: 코드네임 컴포우저 구성 완료.

시스템: 베셀 구성도 100%

피규어: 으하하하. 드디어 끝나가는구만. 대응반은

연구원 60: 드디어 3단계다. 이것만 통과하면 돼.

시스템: 프로젝트 컨조인먼트 마지막 단계 뇌파 융합 단계에 돌입합니다.

연구원 90: 그런데 뇌파는 왜 융합하는 거죠?

피규어: 이 멍청한 놈아. 컨조인먼트는 결합형 실험체로 결합과 분리가 포인트인데 결합상태의 컨조인먼트의 뇌파는 두 베셀의 뇌파가 하나가 되야하고 분리 상태면 둘이 각각 다른 개체가 되니 성격이 달라지고 자연스럽게 둘의 뇌파가 달라져야 하는데 하나면 뇌사하겠지. 여기는 베테랑들만 모이는데 너는 멍청이잖아. 너는 이제부터 실험체야! 끌고 가!

경비요원: 따라와라.

연구원: 안 돼애액

시스템: 오류 발생. 오류 발생.

피규어: 이 뭔 개소리야. 오류 발생같은 소리 하고 있네.

연구원: 이럴 수가. 칼리우스의 베셀이 녹고 있습니다. 이런 식으로 가면 열기가 컴포우저에게도 전해져 컴포우저도 녹아 실험이 실패할 것입니다.

피규어: 내가 이런 것도 예상 못한 것 같아? 오류 수습 단계를 시작해.

시스템: 프로젝트 컨조인먼트 중지. 오류 수습 단계에 들어갑니다. 오류 분석 완료 칼리우스가 녹는 중. 냉각 시스템을 가동합니다.

(컨조인먼트를 냉동 캡슐에 넣고 냉각함)

시스템: 오류 수습 완료.

피규어: 완성하고 나면 칼리우스가 빡치겠지. 기억 조작제를 칼리

우스에게 주사해.

시스템: 기억 조작제 주입 완료. 프로젝트 재가동. 마지막 단계 완성도 100%.

피규어: 이제 눈만 뜨면 돼.

컨조인먼트: 여긴 어디?

피규어: 일어났구나. 지도에 있는 곳으로 몰래 이동해. 난 호텔의 사장이고 넌 직원이지만 난 너에게 행복을 선물하겠다.

컨조인먼트: 행복… 기쁨을 느끼는 것이고 사장은… 어떤 기업의 높은 사람, 그리고 직원은… 사장에게 항상 복종하는 사람. 명령을 따르겠습니다.

피규어: 항상 복종까지는 아니야. 일단 가서 뭐 좀 먹고 있어.

컨조인먼트: 그런데 무얼 먹으면 돼죠?

피규어: 먹고 싶은 것 다 시켜. 셰프에게 신입 직원 온다고 했으니 음식 무료로 주라고 했어.

컨조인먼트: 왕감사합니다.

피규어: ㅋㅋㅋ. 널 무시하는 놈들이 있으면 네 능력으로 혼내줘.

컨조인먼트: 넵

(다음 날 호텔)

할트: 애들아. 며칠 뒤에 신입 온대.

윈도우: 한 수 가르쳐줘야겠군.

앰부쉬: 프리덤. 마침내 해방이다.

16. 제 1 차 베이스플레이트 정복 전쟁 1부

(오늘은 호텔이 또 리뉴얼 때문에 쉰다. 여유가 넘치는 피규어 사장은 커피를 마시며 편안하게 신문을 보고 있다.)

신문 기사: 다문화를 버린다는 게이산들의 황제가 눕 여성과 결혼한게 밝혀진 후 눕들이 무장 간첩을 보내 혼란을 일으킨지 25년이 지난 후 게이산들과 눕들의 군사적 관계가 점점 악화되고 있고 이대로 가다간 전쟁이 벌어질 수 있다고 한다.

피규어: 이게 뭔 소리야? 전쟁이라니? 게다가 전쟁에 투입될 병력이 눕들이 보병 2,000만명 기갑 차량과 항공 전력이 각각 1,000만대니까 다 합쳐서 3,000만이고 게이산들은 뭐냐? 눕들과의 싸움을 대비해서 배치해 놓은 군대가 보병 150만명 기갑 차량 100만대 항공 전력이 50만대며 해군이 10만이니까 310만?

(한편 호텔 직원 휴게소)

러쉬: 뭣이라? 전쟁이 난다고?

듀프: 전쟁이라고? 대피해야 돼.

피규어: 뭐 이렇게 호들갑이여? 우리나라가 게이산 행정 자치 공화

국에 쳐들어가는 거야. 게이산들이 쳐들어오는 게 아니고.

아이즈: 다행이다.

피규어: 이건 우리한테도 좋은거지. ㄹㅇㅋㅋ

시크: 뭔 소리야?

피규어: 게이산 행정 자치 공화국은 철광석이 많이 나는데 이걸 우리나라가 수입을 했거든. 이걸로 방패병이라는 유닛을 만들어서 게이산들의 나라를 점령하고 철광석을 뺏는 거지. 거기에는 황금이 많더라고. 그런데 전쟁에 참여한 사람에 관련인에게는 보상을 주더라고. 그러니까 제프 녀석을 전쟁에 참가시키면 돼. 전사할 일은 없어. 죽은 병사를 부활시키는 스폰 포인트가 있거든.

제프: 와우

(10분 후 뉴비군 군부 기지)

마스터마인드: 모두 모였지?

군인들: (세상 전체가 날아갈 정도로 크게) 넵!

퓨실리어: 역겨운 게이산 놈들. 지금쯤이면 게스트 1337만(게스트 1337은 게이산들의 영웅이라고 보면 된다.) 믿고 깝치고 있겠지? 배시아 연합국과 25년 동안 전쟁한 주제에.

가이아: 25년 전쟁을 했으면 힘이 빠졌을 텐데 그러면 군대가 제 구실은 하는 거야?(가이아는 고등학교 1학년에 입대했다. 한마디로 신입이다.)

템페스트: 게이산들과 싸워서 금과 철을 노획하는 거야. 그럼 우리는 벼락부자가 되는거지.

아킬레우스: 니는 원래 게스트 왕족 출신이라매. 그런데 내전나서 네 남매랑 아버지랑 어머니를 잃었다매.(게이산) 하지만 나는 괜찮거든. 난 동생이 3명이나 있어.

템페스트: (울기 시작함)

트라이던트: 농담이야.

아레스: 게이산들? 지금은 내분했다매. 그럼 더 잘 고장낼 수 있게 기름을 부어주지.(기름은 뉴비군을 의미함)

스파르타: 나는 누구에게나 인정받는 무적이다. 게이산 놈들에게 내 힘을 보여주마.

프로메테우스: 전쟁이면 화염을 쏘는 APU가 투입되겠지? 그리고 폭발하면 불이 나겠지? 이게 옮겨 붙으면 대형 화재가 나겠지? 그러면 엄청 사람들이 죽거나 다치겠지? 안 돼애애애액

라이언 로스: 그럴 일 없다.

뉴비군: 와아아아

(또 한편)

게이산 장군: 자. 보아라. 눕들은 사막 요새로 침략할 것이다. 이곳이 뚫리면 눕들은 바로 전략적 요중치로 갈 수 있다. 그러니까~~~~~~~~~~~~~~~~~~~~~~~~~~~~. 알겠나?

게이산군들: 반드시 이겨서 콧대를 눌러주자.

게이산군 82: 그런데 병력이랑 화력이 너무 차이가 심한데 이길 수 나 있을까요?

게이산 장군: 전쟁은 숫자와 무기로만 하는게 아니야. 전술이 필요하다. 알겠나?

게이산군 82: (생각으로) 그러면 지는 똑똑한가? 아마추어 시민군한테 진 주제에.

(1주일 후)

보병: 저기 요새가 보인다.

클로커: 너희는 내 헥토파스칼 킥을 받을 것이다. 호롤롤로로로로로로.(호롤로로 소리는 클로커가 돌진할 때 발생하는 소리다.)

게이산군 43 : 뉴비군 발견. 조준을 시작한다.

마스터마인드: 사정거리 안에 들어온게 확인 됐으니 게이산은 다 쏴버려. 한놈도 남겨두지 마라.

(양측에서 총성이 울리는 것과 동시에 전차들과 클로커들이 돌격함)

게이산군: 으악

게이산군 19: 안 돼. 여기서 죽으면 안 돼.

기관총병: 그런 말은 지옥가서 해.(머신건을 쏨)

게이산군 19: 컥, 난 간다.

게이산 장군: 잘 들어. 적이 가이아를 비롯한 재난 규모의 부대를 투

입혔으니 자리를 벗어난 후 다시 정비해 싸워라.

클로커: 발차기 준비

게이산군 95: 음 오늘도 아주 좋은 날씨인 건….

클로커: 호롤롤롤롤롤롤롤롤롤로로

게이산군 95: 꾸엑

탱크: (레일건을 쏨)받아랏.

게이산군 281: 입구가 부서졌다.

게이산군 1952: 적들이 입구로 들어왔다.

뉴비군: 다 죽어라.(총을 난사함)

게이산군들: 컥. 으악. 꾸엑. 끄악

게이산군 8: 겨우 도망갔… 컥

스파르타: 날 거북이라고 하지마라.

게이산군 91: 야. 난 거북이라고 한 적 없어. 그리고 나 지금 기관총 쏘고 있는데 제발 죽어라.

스파르타: 기관총은 너무 느려. 죽어라.

게이산군 91: 난 간다.

가이아: 지루하다. 내가 싸울 상대가 없어.

호위 기관총병: 적이다.

가이아: 드디어 나타났네. 뭐야. 1명이라니.

게이산군 56: 뭐임? 나보다 어리네. 게다가 여자네?

가이아: 전쟁에 나이랑 성별 가지고 깝치냐? 죽어라.

게이산군 56: 우아아악

주위에 게이산군 193명: 우린 왜 죽는거야?

스나이퍼: 저격은 즐겁지. 친구들. 안 그래?

게이산군들: 우아악. 방탄복이 의미가 없어.

퓨실리어: 딸꾹. 혐오스러운 게스트놈들. 딸꾹(유탄 난사)

게이산군: 아아아아아아

다이달로스: 혼자 있네. 땅굴 파고 컷.

게이산군 82: 꽥

(하늘)

게이산 전투기들: 적 전투기가 너무 강하잖아.

트라이던트: 올테면 와봐.(갈고리로 잡고 베는 것을 반복함)

마스터마인드: 자, 아직 우리 군이 못 간 곳이 있으니 이제 박격포, 로드스트라이크, 뇌진탕 포격, 섬광 포격, 플랫폼 포격, 장갑차 포격을 가해라. 아니지. 신병기인 건쉽도 띄워라.

플랫폼: 투다다다다

포격 전차: 에라이. 받아라 미사일 발사.

제트패커: 나도 있어. 하늘에는 우리랑 헤르메스랑 폭격기랑 전투기 밖에 없군. 상부에 보고한다. 적군의 수는 현재 ~~~~~~~~~~ 남았다. 이제 연락 끊고 로켓포 발사.

게이산군들: 우아악

레일건 전차들: 레일건 발사.

폭격기 조종사 5: 자 지금은 폭격 타임이다.

헤르메스: 이카로스랑 상공 진입 했으니 폭격이다.(기관총 난사와 동시에 미사일이 빗발침)

이카로스: 좋아. 현재 좌표로 병력이 상륙합니다.

기갑 부대: 가자. 이기자.

APU: 입 벌려. 낙하 들어간다.

건쉽 조종사: 깽판 스타트.(기관총을 난사함)

(한편 우주)

100대의 위성: 조준 완료. 포격 스타트.

게이산군 12: 뭐야? 저거 폭탄비… 아니 레이저비다! 튀어! 폭격 30초 전이다!

(30초후)

게이산군 12: 결국 초토화가 일어났군. 난 아무것도 못하고 간다. 미안하다. 내 몫까지 열심히 싸워줘라. 전우들이여.(폭격의 부상으로 죽음)

게이산군 92: 임시로 세운 방어선도 붕괴되고 터렛도 망가지고. 망했네.

게이산 엔지니어: 에헤이. 심하게 망가졌다. 우악(저격수로 인해 죽음)

사보추어: 터렛을 망가뜨린건 나야.(지뢰 투척)

게이산군 92: 너 딱 걸렸…. 난 망했어.(죽음)

엔지니어: 난 실용적인 문제들을 해결하지. 대인 미사일이 장착된 로봇 센트리와 병력을 보충할 텔레포터도 지었으니 게이산들을 작살 내볼까?(센트리는 누빅 공화국의 인공지능 포탑이고 텔레포터는 이름 그대로 순간이동기다. 엔지니어가 휴대용으로 갖고다니는 레벨 1부터 시작해서 레벨 3까지 업그레이드 할 수 있다.)

센트리: (미사일과 기관총을 난사함.)

게이산군들: 저 포탑은 인공지능이야. 도망가.

마스터마인드: 폭격의 결과는 뛰어났다. ㅋㅋㅋ 폭격으로 요새의 지휘체계가 무너졌으니 승리는 따놓은 당상이다. 기지를 지켜둘 병력만 남기고 전부 투입해.

게이산군 38: 이봐요. 장군씨. 적들의 대화를 들었는데 적들이 병력을 추가로 보낸데요.

게이산 장군: 우린 망했어.

17. 제 1 차 베이스플레이트 정복 전쟁 2 부

(사막에 있던 게이산 부대가 전멸한 후 뉴비군은 게이산들과 총력전을 시작하고 게이산들은 주요 거점을 중심으로 방어하는 전술

을 실행하나 현대적, 미래적인 장비로 무장한 끝없는 뉴비군을 당해낼 수는 없었고 설상가상으로 더미군이 공격해와 양쪽으로 포위당하고 마는데….)

(석유 항구)

게이산군 122: (총을 쏨)이봐. 그 망할 놈의 황제는 어디 간거야? 우리는 총알 받이가 되라는 거야? 이곳은 석유가 많아서 절대 뺏기면 안되는 곳이라고.(장전함)

게이산군 21: 그런데 저것들은 총알도 안 떨어지나? 그리고 왜 죽여도 똑같은 놈이 계속 나와? 방금 내가 영화 악당 코스프레를 한 클로커를 죽였는데 또 있었어. 끝이 없잖아. 뭐야? 재트패커다. 도망가.

재트패커들: 받아라. 나의 화려한 로켓 스토머 트릭샷.

전차 부대: 레일건 샷.

의무병: 저 왔쩌염. 치료해 줄게염.(의무병은 신규 유닛으로 메디건의 레이저로 눕과 더미들을 치료한다. 의무병에게 치료받고 있는 유닛은 적에게 받는 대미지가 50%로 감소하고 메딕은 자신이 위험하거나 치료하고 있는 유닛이 위험하다고 판단하면 무적 상태로 만든다.)

게이산군 192: 안 돼. 신이시여. 적들에게 왜 의무병이…. 도망가자.

트랭퀄라이저: 어딜 가시려고. 오줌이 들어간 최신식 산성 마취총이나 받아라.(트랭퀄라이저는 신규 유닛으로 오줌의 산

성이 섞인 마취총을 쏴 마취 액체 장판을 깐다. 장판 위에 있으면 체력이 점점 줄고 속도가 느려진다. 기갑 유닛은 부서진다.)

게이산군들: 안 돼. 건물이 녹슬어서 부서졌어.

공중 관제사: 수비 부대는 들어라. 아킬레우스와 템페스트의 지원을 받는 본대가 다가오고 있다. 남은 여단을 제거하고 본대를 처리하도록 해라.

게이산군 182: No. god please no. no. noooo!

게이산군 1831: 말도 안 돼. 여단이 이렇게나 많은데. 어떻게 본대를 처리해? 이 전쟁은 못 이겨. 난 차라리 항복할 거야.

게이산군 89: 뭔 소리야?

아레스: 지금이다. 뉴비군들이여. 퇴로를 포위하라.

게이산군 181: 포위됐는데 이제 뭘 하면 됩니까?

게이산 장군: 모든 부대는 변전소 3으로 이동해서 포위망을 돌파한다.

정찰병: 적군 전원이 변전소 3으로 이동하고 있습니다.

마스터마인드: 좋았어. 모든 병력은 템페스트를 위주로 돌격하랏.

클로커: 호로로로롤롤로로로롤로로롤로

게이산군 182: 우악

클로커: (팔과 다리를 까딱꺼림. 참고로 클로커가 발차기를 날리면 3초간 팔과 다리를 까딱거린다.)

게이산군 192: 내가 살려줄게.(제세동기 사용)

클로커: 홀로로로로로로로로롤로로로로

게이산군 192: 난 이 전쟁이 끝나면 다시는 뚝배기 요리를 먹지 않을거야.

게이산군들: 우악. 끄악. 으악.

뉴비군, 더미군: 우하하하

(한편)

생존한 게이산군들: 어휴. 겨우 도망갔군. 넵? 아니 황제가 여기서 물러나지 않고 방어선을 구축하래. 전멸하라는 거야? 지금 우리는 병력 10만명에다가 전차나 장갑차도 없고 브라우닝 기관총 하나에 보병들은 거의 다 부상병이잖아. 그런데 적들은 쌩쌩하고.

게이산 저격수 98: 스파르타닷.

스파르타: 충격파나 받아라.

게이산 저격수 98: 으악

아킬레우스: 칫. 빨리도 납셨네. 순간이동보다 빨리 오다니.

퓨실리어: 뭐야 벌써?

더미군들: 공격하랏.

게이산군 생존자들: 방어선이 뚫렸다. 잠깐. 저건 방패병? RPG 맛좀 봐라.

방패병: 방금 뭐가 지나갔나?(산탄총을 쏴서 적군을 없앰)

(한편)

게이산 황제: 뭐야? 적군이 수도 방어선까지 돌파하다니. 난 여기서 빠져나가야 되겠어.

게이산 혁명군: 이제 그만 해먹어. 죽어라.

게이산 황제: 36계 줄행랑. 도망가자.

(그렇게 게이산군 95%가 약 17시간만에 일망타진 되고 군부는 게스트 1337에게 최정예 부대를 맡기고 사람들을 대피시켰고 황제가 섬으로 도망가자 전국에서 경찰 부대가 포함된 의용군이 들고 일어났다. 그러나…)

의용군: 군대에게만 맡겨서는 나라를 지킬 수 없다. 우리들도 싸워서 나라를 지키자.

의용군들: 우와아아아.

뉴비군: 흥. 모두 쏴버려라.

의용군: 이런 잔인한 놈들. 우린 정규군이 아닌 일반인이라고.

더미군: 꼬우면 니네가 의용군 하지 말든가.

경찰 기동대: 우리도 뚫어봐.(방패를 듬)

기계화 부대: 그래. 뚫어줄게.

경찰 기동대: 우아아악

기계화 부대: 기갑 유닛만 있으면 방패는 아무 것도 아니지.

경찰 부대: 소총이나 받아라.(총을 쏨)

기계화 부대: 뭐하냐? 기갑 유닛에게 겨우 총? 다 쓸어주겠어.

게이산군들: 뉴비군과 더미군을 몰아내고 나라를 지키자. 의용군을 도와주자.

마스터마인드: 건방진 놈들. 다 쓸어버려. 모든 부대를 수도로 남김 없이 투입하라.

(그렇게 의용군은 반나절도 안 돼서 진압당하고 수도는 함락됐다. 뉴비군과 더미군은 주요 도시를 더 파괴하고 그렇게 항복하자는 북부와 끝까지 맞서야 한다는 남부로 나라가 나누어지고 뉴비와 더미는 나라가 분열되었으니 승리를 확신하고 승리 축하 파티를 준비한다.)

(공화국 남부)

게스트 1337: 존경하는 시민 여러분. 우리는 지금 누빅 공화국과 도미니아의 대군앞에서 밀려났습니다. 그러나 우리는 이길 수 있습니다. 싸웁시다. 모두 싸워서 명예로운 죽음을 맞이합시다.

의용군: 와아아아. 게스트 1337의 정예부대도 있으니 할 수 있겠어.

(하지만 게이산 정부는 너무 무능했다.)

게이산 황제: 에이. 의용군이라니. 뭔 개소리야.

경호원: 하지만 게스트 1337의 정예부대와 남은 병력도 있으니 한판 붙어볼 수 있을 것 같은데요.

게이산 황제: 그냥 잡아들여. 반란군이야. 우리 군 패잔병을 보내서 진압하라고 명령해.

(피난길에 오른 게이산 피난민들)

게이산 피난민들: 의용군을 도와주고는 싶지만 무서우니까 대피소로 가자.

계엄군: 저기 있다. 반란군이다. 죽여라.

게이산 피난민들: 우리는 피난민이라고. 으악.

(뉴비군 진영)

보병: 아니 글쎄 저놈들이 분열이 됐대.

저격수: 그래?

아레스: 분열이 돼? 고장내기가 쉽겠네.

(그렇게 주둔한 뉴비군이 전부 남쪽으로 쏟아져 내려왔다.)

마스터마인드: 좋아. 이제 내가 직접 나서야겠군.

게이산군들: 뭐야? 남은 10%로 싸우라고?

공중 정찰: 방어 병력은 응답하라. 현재 마스터 마인드가 이족보행 유닛 CHASSIS(섀시)를 타고 투입된것이 확인되었다. 치명적인 화력으로 쓸려나가기 전에 처리하라. 모든 공격을 엄폐물을 이용해 회피하도록 하라.

게이산군 91243: 미쳤어? 엄폐물로 회피하라고? 지금 엄폐물이 거의 없고 남은 것도 부서지고 있는데? 게다가 RPG도 효과가 없어. 그런데 저 재트패커들 RPG는 왜 이렇게 강해?(애초에 재트패커들은 RPG를 업그레이드 한 것이다.)

(결국 CHASSIS가 등장하자 게이산군은 전부 쓸려나가 버렸다.)

마스터마인드: 우하하하. 겁나게 약하구만.

(한편 게스트 1337의 정예부대는 싸울 준비를 하기 위해 점령당하고 있는 곳을 피하고 동남부 습지 근처로 이동해서 식료품과 식수를 보충하고 정규군 패잔병과 의용군 잔당과 배시아 연합국 반군과 누빅 공화국을 타겟으로 하는 테러 집단을 모아 싸움을 준비했다. 누빅 공화국과 도미니아는 출전한 병력과 무기를 총동원했다. 마침내 두 나라의 운명을 가를 전투가 막이 올랐다.)

(번외편)

피규어: 이보세요. 여기 할렐루야 폭탄좀 써보세요.

뉴비군: 오케이. 곧바로 지원하겠습니다.

18. 피규어 사장이 채찍질(?)을 하게 된 사연은?

피규어: (채찍질 중인 피규어 사장) 빨리 일해. 빨리! 일 안하면 월급 없을 줄 알아! 식당 메뉴도 만들고 뷔페도 오락실도 만들란 말이야. 예약이 마감 될 때를 대비해서 임시로 묵을 자취방도 만들라고 안 그러면 할렐루야 폭탄과 십자가와 채찍 맛을 보여 줄테다.

앰부쉬: 지는 일도 안하면서(전화를 검) 거기 경찰이죠? 지금 악덕 돌팔이 사장이 막노동을 시켜요.

경찰: 경범죄처벌법과 공무집행방해죄로 5,000만원을 벌금으로 걸겠습니다. 꼬우면 장난전화 하지 말든가.

피규어: 뭐야? 감히 날 경찰에 신고해? 할렐루야 폭탄이나….

뉴비 의원: 국회에서 왔습니다.

피규어: 뭔 헛소리야? 국회에서 여기 왜 와?

뉴비 의원: 그게 원래 여기는 협정으로 눕 땅이 되가지고 철거 해야돼요.

사일런서: 뭐라? 이게 무슨 소리야?

뉴비 의원: 대신 드렉스터(누시아 공화국의 수도)로 이동하셔서 호텔 다시 세우고 일하면 돼요. 손님 기록과 얻은 수익금 기록 남아 있으니까 드렉스터에서 사업해 보세요. 뭐하러 이 외딴 곳에서 사업해요?

피규어: 드렉스터 어디?

뉴비 의원: 시장님 맘대로 하시고 연락 주시면 돼요. 갑니다.

피규어: 이건 기회야. 세계에서 가장 많은 사업가들이 모이는 드렉스터에서 사업을 하다니.

앰부쉬: 그런데 드렉스터는 겁나게 멀고 그리고 넓던데.

피규어: 상사에게 말대꾸를 하다니 십자가와 할렐루야 폭탄을 받아라.

할렐루야 폭탄: 할렐루야.(오랜만에 터짐)

앰부쉬: 끄아아아아. 이 돌팔이 사장아.

시크: 그런데 드렉스터에도 산도 있고 오드 월드도 근처에 있으니 거기서 사업합시다.

피규어: 그러자고. 드렉스터는 사람이 겁나 많으니까 돈도 많이 벌겠지. 드렉스터로 고고씽.

앰부쉬: 저도 데려가요.

(드렉스터)

러쉬: 와. 여기가 드렉스터구나?

할트: 넓다. 그런데 더미들과 게이산들도 있네. 로블록시안들은 덤.

피규어: 거의 다 부속국 되거나 합병당한 국가의 국민이네. 그런데 여기는 게이산 차별이 심하다는데?

뉴비 학생: 야. 저 리무진에 있는 사람 말야. 그 100층 호텔 사장 아니냐?

뉴비 학생 85: 그런데 왜 여기로 왔을까? 여기로 사업하러 온 것 아니야?

(드랙스터 산)

피규어: 여기다. 우리가 새 출발을 할 곳이다. 호텔 다시 지어야 하니까 새로운 요구사항을 말해줘서 새로 짓고 우리는 중간 중간에 건축 도와주자.

(건축이 시작되었다.)

뉴비 엔지니어: 야 앰부쉬. 여기로 판자 100개만 보내줘.

앰부쉬: 정신나간 놈아. 판자 100개를 어떻게 보내?

뉴비 엔지니어: 뭐라고? 나보고 정신나간 놈이라고? 안되겠다. 대인 미사일이 장착된 로봇 센트리로 널 작살 내줄테다.

앰부쉬: 살려줘. 살려달라고.

뉴비 엔지니어: ㅋㅋㅋ 농담

앰부쉬: 으아아아아. 왜 나한테만 이래?

피규어: 꽤 힘드네. 여기 철근을 놓으면 되겠군.

할트: 난 유령이니까 무게도 안 느끼고 거의 가까이 짐을 넣을 수 있지. 힘든 짐은 나에게 보내.

러쉬: 자 여기 갑니다.

뎁스: 여기도 갑니다.

살인마 제프: 자 여기도 갑니다.

피규어: 여기도 갑니다. 친절한 배달 서비스.

(잠시 후)

할트: 난 유령인데. 왜 무거운 거냐고? 에휴

뉴비 건축 총 책임자: 남은 건 내일 합시다.

앰부쉬: 10시간 넘게 고생했는데 20층까지 지은 거야? 내가 제일 일 많이 한 것 같아.

드레드: 응 네가 제일 많이 했어.

앰부쉬: 진짜 너무해. 내일은 나 쉴래.

피규어: 뭐야? 반란이야? 넌 그러면 해고야.

앰부쉬: 진짜 이건 아니지.

(그렇게 5일동안 건축하고 2일 동안 페인트칠을 했지만 고생은 앰부쉬의 몫으로 돌아갔고 어찌저찌간에 호텔은 완공되는데)

러쉬: 와아아아아. 완공했다.

앰부쉬: 고생은 항상 나의 몫인가. 하얗게 불태웠어.

피규어: 자 모두가 고생을 했으니 불평불만을 한 앰부쉬만 빼고 우리가 임시로 거주할 집에서 피자를 사주는 영광을 하사하마.

직원들: 와아아아아아아

앰부쉬: 전 왜요?

피규어: 상사한테 반말이야? 그리고 방금 말했지 불평불만만 했기 때문이지. 할렐루야 폭탄 맛을 보여주려고 했지만 참는다.

앰부쉬: 여러분 항상 긍정적인 마인드로 삽시다.

(그날 밤)

피규어: 아 여보세요. 거기 뉴비 피자죠? 여기 페퍼로니 하와이안 피자 25인분만 주문하겠습니다.

뉴비 피자 직원: 넵, 갑니다.

(10분 후)

(쿠구구구구구구구구구구)

러쉬: 뭔 소리야? 전쟁이 났다! 적군이 침략했다.

피규어: 정신 차려. 멍청한 놈아. 그 누구도 누빅 공화국 국경 방어선을 뚫은 적이 없어.

러쉬: 그럼 이건 뭔 소리?

앰부쉬: ……

할트: 피자 배달 비행정이라니. 세상 참 살기 좋아졌네.

(잠시 후)

러쉬: 옴냠냠냠. 맛있다.

드레드: 앰부쉬야. 너에게 ASMR을 들려주지. 쩝쩝쩝

앰부쉬: 야. 너 죽을래?

피규어: 받아라. 네가 할 일이 적힌 서류 속사포다.

앰부쉬: 뭐가 이렇게 많아? 뭘 먹어야 일을 하지. 저도 한 조각만 주세요.

피규어: 좋아. 딱 한 조각만 주지.

앰부쉬: 악덕 사장아. 넌 돌팔이야.

피규어: 상사한테 반말에다가 반란시도? 십자가와 할렐루야 폭탄이나 받아라.

앰부쉬: 넌 내가 봤던 인간중에서 가장 미친 뉴비야.

(그렇게 앰부쉬만 빼고 직원들은 피자를 먹으면서 푹 쉬었다.)

윤재웅

나는 12살 윤재웅이다! 책을 읽는 것과 글 쓰는 것을 좋아해서 공글을 다니게 되었다. 매주 토요일 마다하는 공글 수업을 거의 다 출석했다. 이 소설을 쓰면서 많은 고민을 했지만 정답은 상상력이 만들어 내는 대로 쓰는 것이었다. 일단은 그냥 써보는 거다! 처음엔 많이 어려웠지만 지금은 아주 능숙하게 글을 쓴다. 물론 이 소설을 쓰는 데는 오랜 시간이 걸렸다. 하지만 마지막 부분은 10분 만에 한 페이지를 써냈다. 처음으로 출판하는 책이라 오타 또는 실수가 있을 수도 있다. 하지만 앞으로 책을 많이 읽고 쓰면, 실력이 많이 향상될 것이라 믿는다.

나의 진정한 실력은 그때부터다. 어쩌면 나중에 내 책을 읽는 사람들 중에는 '와! 그때 그 친구 맞나…?' 생각을 하는 이 도 생길 것이라 기대해본다!

'여러분 기대해 주세요!!'

이 소설은 강아지가 말을 하고 강아지 도시가 있어 좀 이상하고 기괴하면서 코믹(?)적인 이야기로 또래 친구들이 이 소설을 읽었으면 좋겠다. 왜냐하면 나와 같은 생각을 하는 아이들이 흥미롭게 읽을 수 있을 것 같아서다. 더불어 이 소설을 읽고 많은 친구가 자신의 상상력을 키울 수 있는 좋은 계기가 됐으면 좋겠다.

1.

내 이름은 독. 나는 강아지다. 나는 말을 할 수 있다. 그래서 나는 주인과 대화를 할 수 있다. 그런데 문제는 내가 걷지 못한다는 것이다. 곧 있으면 수술을 통해서 나을 테지만 지금은 불편하다.

드디어 나는 다리를 기계로 바꾸는 수술을 마쳤고 이제는 아무렇지 않게 걸을 수 있게 되었다.

나는 산책을 많이 한다. 주인이 고민이 있는 것 같다. 나는 주인에게 물었다.

"왜 그래?"

"아무것도 아니야. 걱정하지 마."

"진짜?" 나는 주인이 걱정되었다. '주인이 고민이 있나? 아니면 뭐 아주 큰 결정을 해야 하나? 도대체 뭐지?' 나는 도저히 나의 뇌로는 주인을 이해할 수가 없었다. 나는 주인이 나에게 솔직하게 털어놓기를 바랐다. 하지만 끝내 주인은 나에게 말하지 않았다. 나는 주인이 나에게 말하지 않은 이유를 한참 후에 알게 되었다. 주인은 나를 버리려고 하는 것이었다. 나는 이해가 가지 않았다.

'대체 왜 나를 버리려고 하는 것일까?'

그때 도도에게 카톡이 왔다.

"야, 뭐 해?"

"나, 아무것도 안 해."

"이거 들어가 봐. 이 링크."

"오 진짜 있네!"

"엥? 도도의 카 ○방이라고 쓰여 있네."

"들어가?"

"응, 그래."

"안녕하세요?" 하고 방장 못이 말했다.

"오~ 네가 만든 거야?"

"그런 셈이지"

"오! 너 천재구나."

"나도 너처럼 만들고 싶다."

"아니 천재가 아니라 그냥 만들기 누르면 그만이야."

"아! 그냥 누르면 끝인 거야? 난 또 네가 카 ○을 만든 건 줄 알았잖아!"

"야, 내가 천재냐?"

"천재 아냐? 너 아이큐(IQ) 40이잖아."

"그런가? 자, 너도 어서 만들어 봐."

"아… 나는 종이학도 못 접는데 할 수 있겠냐?"

"누르기만 하면 된다니까. 자, 어서 누르고 우리 게임하자! "

"알겠어."

우리는 게임을 하고 밥도 먹었다. 나는 자꾸 주인의 모습이 떠올랐다. '어떡하지?' 나는 오만가지 생각이 다 들었다. '내가 죽을 수도 있지 않을까?' 생각이 계속 부정적으로 흘러갔다.

2.

"도도야, 나 내일 버려질 수도 있어. 너에게 말 안 했지만, 주인이 나를 버릴 것 같아. 너에게는 말해야 할 것 같아."

"진짜? 내가 내일 도와줄게. 너무 속상해하지 말고. 걱정 마. 주인이 어리석은 거야. 말하는 강아지는 전 우주에 딱 두 마리밖에 없잖아?"

"그렇긴 한데 오늘은 일단 집에 가서 잠을 좀 자야겠어."

드디어 결전의 날, 나는 그냥 버려졌다. 그리고 어떤 사람이 나를 데려갔다.

나는 이제 옛 주인을 거의 잊어버렸다. 어떻게 생겼는지… 난 가끔 몰래 도도랑 연락한다. 새 주인은 처음에 내가 말을 할 수 있는지도 몰랐다. 하지만 내가 도도랑 연락 중 일 때, 새 주인이 들어와서 그때부터 새 주인도 내가 말을 할 수 있다는 걸 알게 되었다.

며칠 뒤, 산책하러 갔다가 도도를 만났다.

"안녕, 도도야??"

"안녕 독. 오늘 나 산책 5번 했어. 그래서 우리 주인이 엄청나게 지쳤어. 그런데 너 멍뭉독시티 살인사건 알아? 우리 세계에 누군가 침입해서 도시를 밟았대."

"어? 어제 나 멍뭉독시티 가 봤는데 정상이던데?"

"응? 그럼 거짓 뉴스였나 보네…."

"너, 혹시 <개 NBTI> 테스트해 봤어?"

"응, 나 ENTP던데. 독, 너는?"

"아… 나는 INTP야. 도도, 우리 지금 멍뭉독시티 가 볼까? 일단 너는 주인을 재우고 와! 알겠지?"

우리 개의 도시가 세계에 밝혀지지 않아야 해서 우리 개들은 도시를 숨기기 위한 직업을 갖고 있다. 우리의 또 다른 직업은 꿈 제작사, 마취사, FBJ 등이다. 여러 가지 과목을 배우는데 그중 가장 중요한 위장술, 방어술, 퇴치술은 모두가 반드시 배워야 하는 과목이다. 예로부터 우리는 사람들과는 다른 차원에서 방어술과 공격술 그리고 은신술, 신기루 등과 같은 기술을 이용해 우리 세계를 숨겨왔다.

좌뇌와 우뇌가 둘 다 발달한 우리는 모든 인간이 잠들거나 나가면 즉시 비밀 엘리베이터에 올라 멍뭉독시티로 일을 하러 간다. 머릿속에 비밀 칩이 꽂혀 있어 몇 분 후에 주인이 오는지 알 수 있으며, 주인이 도착하기 30초 전에는 모든 일을 끝내고 집을 정리한 뒤 문 앞에 기다려야 한다. 주인에게 들키면 "개의 세상을 인간에게 보여준 강아지는 멍뭉독시티에서 퇴장시킬 수 있다."는 법 조항이 있을 정도로, 우리의 세계는 비밀스럽고 신비로운 곳이다.

우리는 초전도체를 발견하기 1,000년 전부터 이미 이를 알고 활용해 왔다. 하지만 우리는 키가 작아서 할 수 있는 일이 별로 없었다. 천재 강아지들이 마침내 사이 트리 마이너스 시사이슴이란 기술을 만들었고, 이를 이용하여 키를 마음대로 키우고 줄일 수 있는 능력이 생겨 거의 모든 것이 가능하게 되었다.

그런데 갑자기 멍뭉독시티 뉴스에서 인간의 세상과 멍뭉독시티를 단절하자는 목소리가 나오기 시작했다.

나는 그게 싫었다. 우리 아버지는 프로젝트 qkddj384를 하다 돌아가셨다. 지금 그 연구가 성공하여 인간과 다른 세상과의 충돌[침략]을 막을 수 있었다. 나는 qkddj384가 무엇이고 어떻게 시작되었는지 궁금해서 이것저것 찾아보았다. 프로젝트 "qkddj"는 한글 자판으로 치면 "방어"가 되는데, 이는 다른 세상과의 충돌에 대비하기 위한 것이었다. 나는 아버지의 유언장도 발견했다. 아버지께서는 멍뭉독시티를 다른 세계보다 100년 먼저 발전시킬 방법과 대책을 준비하라고 말씀하셨다.

나는 qkddj384에 대해 열심히 공부했고 거의 막바지에 다다랐다. 주인 오기 40초 전이라고 벨이 울렸다. 일을 다하고 정리하고 문 앞으로!

'오케이! 모든 준비가 다 됐어! 이제 주인이 오겠지. 3, 2, 1, 멍 멍 멍 멍! 주인이 왜 저러지? 아, 맞다! 엘리베이터 빨리 닫아야겠다. 휴~ 닫았다. 하마 타면 들킬뻔했다.'

새 주인은 나를 참 좋아한다. 우리는 같이 자고, 먹고, 눕고, 놀고, 참 좋다. 하지만 가장 불편한 건 새 주인은 화를 못 참는다는 거다. 내 친구 뽀삐에 의하면 그건 장애 중에 하나라고 한다. 그래서 나는 주인을 위해 마취술을 이용해 주인을 잠들게 해서 화를 가라앉힐 때도 있고 아예 목을 졸라서 항복하게 만들 수도 있다.

하루는 내가 멍뭉독시티 입장 허가증을 잃어버렸는데, 내가 그동안 일을 열심히 한 덕분에 허가증을 재발급받았다. 한 번 더 잃어버리면 나는 이제 멍뭉독시티에 들어갈 수 없다. 이 허가증은 9kg 순금으로 만들어졌고 한 번 발급하면, 다시 발급할 수 없게 되어있다. 나는 나의 계정에 [나 이제 한 번 더 허가증 잃어버리면 망한다고] 고 게시글을 올렸다. 댓글이 완전히 폭주했다. [왜 나는 재발급이 안 되냐?] 등 엄청나게 댓글이 많았다. 나는 댓글 중에서 욕설이 들어있는 댓글을 찾아보았다. 욕설이 포함된 댓글이 있었다. 욕설을 쓰는 건 멍 뭉독시티 법 중에서 엄격이 금지되는 행동이다. 우리는 개권존중을 가장 최우선으로 여기기 때문이다. 예전에는 욕설 댓글을 단 강아지들은 멍뭉독시티에서 퇴출하고 기억을 잊게 했는데, 제대로 시행이 안 되는 경우가 더 많아 요즘은 그냥 신고를 해서 벌을 받게 한다. 신고는 개권침해 신고센터 668로 전화하여 민원을 넣으면 된다. 접수된 민원이 통과되어 죄가 확정되면 0.1초 안에 개 목걸이에 전기가 흐른다. 노견은 48 볼트, 소형견은 58 볼트, 건강한 강아지는 1,210 볼트까지 올라간다. 거의 다 죽을락 말락 하는 단계라고 보면 된다. 정말 엄청난 고통이다. 욕설은 거기서 90 볼트를 올려서 처벌받는다. 한 달 평균 개권침해죄로 인한 사망 건수는 245건이다. 한 달 동안 96,875건이 접수되고 죄를 지은 강아지들은 처벌을 받는다. 범죄 횟수가 3회 이상이 되면 52,219,912 볼트로 사망한다. 나는 다음 날 법원으로 불려 갔다. 나는 나의 개인 로봇 변호사와 함께 입장했다. 판사는 나에게 게시물 삭제를 요구했다.

나는 판사의 요구에 당황했다. 게시글 삭제는 이제까지의 멍뭉독시티 법에는 없는 결정이었다. 변호사가 내 입장을 변호하기 위해 반박글을 썼다.

첫째, 욕설 댓글을 신고한 것은 개권 존중을 위한 정당한 행위였다. 욕설은 개들에게 모욕적인 행위이며, 개권침해죄에 해당한다. 독은 멍뭉독시티의 법을 존중하고, 개들의 권리를 보호하기 위해 욕설 댓글을 신고했을 뿐이었다.

둘째, 게시글 삭제는 표현의 자유를 침해하는 행위이다. 독은 자신의 의견을 자유롭게 표현할 권리가 있으며, 그 의견이 다른 사람들에게 불쾌감을 주더라도 삭제될 수 없다는 것을 주장했다.

셋째, 게시글 삭제는 멍뭉독시티의 투명성을 방해하는 행위이다. 욕설 댓글은 멍뭉독시티 내에 존재하는 문제점을 보여줄 수 있다. 게시글을 삭제하면 이러한 문제점을 숨기고, 멍뭉독시티의 발전을 느리게 할 것이다.

나의 변호사의 주장은 논리적이고 설득력이 있었다. 판사는 변호사의 주장을 받아들이고, 게시글 삭제 요구를 그만두었다. 이 판결은 멍뭉독시티 내에서 표현의 자유와 투명성을 중요시하는 중요한 예가 되었다.

3.

나는 법정에서 승리한 후 멍뭉독시티의 개들 사이에서 영웅으로 받들어졌다. 나는 멍뭉독시티 내의 다양한 문제점을 개선하기 위해 노력했다. 욕설 댓글을 신고하는 시스템을 개선하고, 채권침해죄에 대한 처벌을 강화하기 위해 캠페인을 벌였다. 또한, 멍뭉독시티 내의 교육 시스템을 개선하여 개들이 자신의 권리를 이해하고, 표현의 자유를 존중할 수 있도록 돕기 위해 노력했다. 나의 노력으로 멍뭉독시티는 더욱 자유롭고, 정의로운 사회가 되었다. 개들은 자신의 권리를 누리고, 표현의 자유를 마음껏 누릴 수 있게 되었다. 나는 멍뭉독시티의 역사에 길이 남을 위대한 개가 되었다.

4.

나는 멍뭉독시티 내의 문제점을 개선하는 데 많은 노력을 기울였지만, 인간과 개의 관계 개선에도 깊은 관심을 가지고 있었다. 나는 인간과 개가 서로 이해하고, 공존할 수 있는 방법을 모색하기 위해 새로운 도전을 시작했다. 나는 인간과 개가 함께 참여할 수 있는 다양한 행사를 기획하고 주도했다. 또한, 인간과 개를 위한 교육 프로그램을 개발하고, 교육 활동을 펼쳤다. 나의 노력으로 인간과 개는 서로를 더 잘 이해하게 되었고, 더욱 깊은 유대감을 형성하게 되었다. 나는 모든 개 친구와 인간들을 만날 때마다 늘 말한다.

"인간과 개는 서로 다른 존재이지만, 함께 살아가는 동반자입니다. 서로를 이해하고, 존중하며, 협력한다면 더 나은 세상을 만들 수 있을 것입니다." 나의 꿈은 언젠가 인간과 개가 평화롭게 공존하는 세상을 만드는 것이다. 나는 언젠가 나의 꿈이 이루어질 것임을 믿는다. 내 꿈은 나만의 꿈이 아니라 우리 아버지의 꿈이기도 하니까.

1. A Big Egg

In 2023, there was a boy named Boy who went to school. However, he had a young imagination and often imagined amazing things. Mom interrupted and told him to go out and play with his friends. Surely, Boy agreed, saying, "Okay." He left the game and headed outside to spend time with his friends.

An hour later, while outside, Boy stumbled upon someone selling what appeared to be an uncommon egg in a yard. Interested by its strangeness, he decided to purchase it and brought it home. Bursting through the door, he greeted his mom, saying, "Hi, Mom." nervously, she questioned, "What is that?" The boy proudly said, "It's a huge egg." His mom responded, "Oh, I told you not to buy anything." Boy angrily said, "You always save money, but I don't want to listen to you." His mom sighed and said, "Okay." The boy felt a rush of happiness as his mother didn't argue further. Suddenly, the huge egg made a beeping sound, catching Boy's attention.

"What is this?" I was surprised as I found myself sitting on a chair that had a giant egg. Curiosity took hold of me, and I couldn't resist touching a button on the chair. As I did, it was like gold, and I saw myself. "Is this a dream?" I wondered aloud before playfully tapping my face. "Ouch!" I quickly realized that it wasn't a dream. However, seeing the huge egg didn't scare me. It started beeping and said, "Beep beep, this is your future." Then, the egg showed me its plan to travel to the past. I pleaded, "No, please!" But it beeped, and suddenly there was a blast. "What an expensive egg!" I exclaimed. Confused about my health and financial situation, I decided to travel to the future, earn money, and save it. I was determined not to spend it on streamers or anyone else. I wanted to become the richest person in the world! Hahaha!

I questioned the person who came before me, saying, "Who are you? Why do I look the same as you?" The person said, confirming that I was indeed a boy. They asked if I was happy being their future self. I answered honestly, "No." When asked why, I replied, "Because of money." With that, I traveled to the past and started earning and saving money. One dollar, two dollars, three dollars, four dollars... the amounts kept growing. I saved an enormous fortune: 10 billion dollars, 10 trillion dollars, 1,000 trillion dollars, 10,000 trillion dollars! I used all this wealth on more eggs.

2. Pet Simulator Y

Pet Simulator Y game, owning incredible pets such as the Titanic Hologram Cat valued at 64 trillion dollars, a Pet Hippo Melon worth 500,000 dollars, a Huge Comet Agony valued at 3.25 trillion dollars, a Monkey Bro? Stacked Doge Noob worth 65 billion dollars, and a Dominus Astra valued at 335 billion dollars. Moreover, I obtained a Huge Titanic × 222, an extra-large flying pet named Titanic 222, worth an astounding 50 quadrillion dollars.

Despite my wealth, I longed for a money update in Pet Simulator Y. I decided to become a Dutuber, creating videos about the game under the name Egitto. This led to getting a huge flying banana pet and an apple pet. I was super excited! Then, something surprising happened. A Birrd named Birrd joined my server. At first, I felt unsafe and wanted to unsubscribe from Birrd's channel, but they gave me an offering of a special pet. I said, "Okay," and they gifted me a titanic pet. I claim a huge flying dragon with dark matter properties.

However, my journey didn't end there. Unhappy with the game Door, I found another game and played on Pet Y. In Pet Y, I am buying a big Golden Huge Marshmallow Agony and a HUGE CROWNED CAT. The excitement continued to build within me.

After getting the Golden Huge Marshmallow Agony and HUGE CROWNED CAT in Pet Y, I came upon another amazing discovery: the Titanic Jolly Cat! I couldn't hold my excitement as I was surprised at its magnificence. "Wow, a huge Titanic Jolly Cat! It's amazing!" I exclaimed in amazement. The sight of these weird pets filled me with happiness and wonder.

However, my mood quickly changed as anger got the better of me. I said, "Haha, Egitto is stupid! I'm done with this. Goodbye!" Feeling unhappy, I decided to leave.

But just as I was about to exit the game, a message caught my attention. It was a notification about the upcoming mystery shop. I was excited, and I eagerly waited for it to come. When the shop finally showed, I found a wood pet on sale. Even though it was labeled as "QT damaged," I thought it might be a hack. To my surprise, the pet had a QT level of 11,111! Overwhelmed with excitement, I decided to start a trade with its owner.

"Hi there!" I greeted the owner, trying to make conversation. My question got the best of me, and I boldly asked, "Are you using a hack?" Unfortunately, before they could respond, they suddenly left the game. Confused by their sudden exit, I took matters into my own hands. As Eston, a game moderator, I used my powers and banned them from the game for hacking. "Haha, no more hacking allowed!" I laughed proudly.

Suddenly, I decided to reward the game's users for their loyalty. As Eston, I generously gave Titanic apple pets to all players, bringing joy and excitement to the community. Also, I shared a special blue Chest DLC mythical code and an exclusive code. It was to show thanks for their continued support.

And there's also the Titanic hippo melon DLC and the huge OOP pet! This pet is so powerful that it can defeat anyone with just a single hit. Haha, I'll buy it with 10,200,000,000,000,000 damage! But since I'm Eston, I can ban any user I want. Hahaha!

By the way, I currently have 120,621 QT Bobux. I decided to take a break from the game and spoil myself with a delicious door-rush snack. Yum yum!

While taking a break, I decided to watch a Dutube video about the "Eston Personality Problem." However, to my surprise, the video didn't show the content I wanted. It seemed that the

Dutuber had made a mistake. "Haha, what a silly Dutuber! They don't know what they're talking about," I laughed.

Oh, did I mention that I have the best phone in the world? It's called V phone, and it offers an amazing VR experience. I can't help but admire its features.

After my break, I returned to playing Pet Simulator Y. It's such a fun game! But suddenly, a hacker named Joy appeared. They seemed to be enjoying their mischievous activities. Then, another player named Jondoe came to me.

"Hi there," Jondoe greeted me. I replied by saying, "Awww."

But to my disappointment, Joy announced that they had hacked into my computer. It was sudden and asked, "What? How is that possible?"

Then, an unidentified person came in, demanding that I give them Bobux. Confused, I inquired about their identity. Jondoe said that he was their friend, but I wanted to know their name.

"My name is Andy," the unknown person revealed.

Joy continued their demands, now asking for 3,000 UDC Bitcoins. I was shocked and exclaimed, "Oh my gosh!"

Joy threatened me, saying they would give me 72 hours, but if I didn't follow, they would expose my personal information on the dark web. Panicking, I begged, "No, no, please don't!"

Joy, Ande, and Jondoe left the chat room, but suddenly, the computer started showing an error message with nonstop beeping sounds. It seems that a computer virus has infected the system, couldn't restart.

A letter of warning appeared on the screen, saying that if anyone called the police or others about the situation, their credit card and personal information would be sent to the dark web. However, it turned out to be a joke

After 72 hours, an alarm beeped, signaling the completion of a purchase for a Vphone. However, there seemed to be some confusion as the text read "9,900,223 dollars" and showed surprise.

3. A Hacking Problem

In the chat:

Joy: No Bitcoins??

Me: Sorry.

Joy: What?? But I uploaded it to the dark web. Bye bye.

me: What? Wait a minute. I will buy...

Joy: Okay, I will delete it.

Feeling surprised, I decided to quit playing games and said goodbye to the hacker Jondoe. On the second day, some people came to my house, knocking on the door. I called 911, and the police arrived. It turned out that one of them was a hacker. Oh my gosh, a hacker in real life? But why? I'm not a bad person. I decided to go into a game and trade a pet with the hacker.

An error happened, and I said, "Oh my gosh, what's up?" Then I greeted my mom and asked if I could use the Vphone. She agreed, but suddenly I realized that the hacker was up to no good. I said, "Please don't hack people's computers! Pet Simulator is a good game, but I can't do this!" I found myself thinking if I should be hacking the hacker's computer in revenge. Hahaha, I thought, a poopy hacker!

Hacker: What?

Me: Haha, don't do that.

Hacker: No, I will do it.

Me: Okay, then (hacking).

Hacker: Okay, I won't do it.

Me: Don't do it.

Hacker: Okay, sorry.

Me: Haha.

Hacker: What? Haha.

Me: Because I won.

4. Another Thing and Other

He danced and played a game called Evade. He decided to purchase the Future Pack and used it to defeat all the monsters. In a surprising turn of events, he managed to shut down the server and save a player who was in danger. Birrd, a skilled gamer, also joined in and helped save people. As a reward for their heroic actions, the game creator gave them a secret weapon called the "Secret BIG Gun." Go, go, go, Birrd! Shoot! Go faster and boom! Yeah, run! There's a monster called Egitto! Oh, my Future Pack! I activated it and ran Birrd. Faster and faster! Okay, my Speed Pack has been activated. Trash! Run! I feel like a real Sonic! Go, go, go! Boom! Shoot! Pew pew! Boom! My Insane Pack is ready. Yoo-hoo! Let's kill Egitto! The Insane Suit is here. Equip it and fly! Beep, okay! And now, the secret gun. Shoot! No! Stupid Egitto! I got killed in the game!

But all the other players are alive! Oh my gosh! The game creator, Oster, gave Birrd and me a damaged 200QTT gun! Boom! One more shot! Haha! Thank you, Oster, for giving me this secret gun! One more shot. I'll save more people. Oster also gave me a gun with ???? damage. Oster is an amazing person and the creator of Boblox Evade. He's the best player. Bird, keep flying, and I'll keep shooting. Boom, boom! Mr. Tsaeb, the monster, is getting closer! Run! I keep shooting at it many times, and finally, Mr. Tsaeb is defeated. Yeah, we did it! The next map features Egitto and Birrd. Oh my gosh! Thank you, Oster, for creating this map for us. Now, we become the monsters and shoot! And one more shot.

5. A Soccer Story

Birrd said they liked FG MOBILE, but I prefer it for the shooting and goal aspect! So, I headed to the football transfer market and bought Hland, Onaldo, and Essi for my team. Haha, they were expensive but amazing players. Onaldo scored a goal, and with Hland and Essi on my side, we started winning and reaching a world-class level. I became the top 1st player in the game. Thank you, FG MOBILE!

FG rewarded me with a uniform and a real Tron Trophy, and they even praised the game. It was an exciting experience. But one month later, FG surprised me with a 2023 player that everyone knew as 1 RVO, but it turned out to be. RVO! It had 111k RVO, and in one game, the player scored 623,466 goals. What an incredible achievement!

Later on, FG gifted me my private uniform, ball, and even a stadium. I was overwhelmed with joy. Being famous in both Boblox and FG, I got to play games with real players like Hland, Onaldo, and Essi! I won many matches, and as a reward, FIFA gave me a gaming room with five setups. It was like a dream come true, and there was even an actual soccer field with Essi, Onaldo, and Hland. FG asked me to pick a coach, and I chose Essi.

I continued playing soccer and even performed a happy cat dance. Happy, happy, dun dun dun dun dun dun happy! I loved the happy cat song. I played in the Premier League and celebrated my goals with my signature ceremony. I also got to go to Manchester and PESG, becoming the MVP of the team. I became friends with Hland, spending time with them, playing board games, going on vacations, and even sleeping at their house, where I enjoyed eating pie, milk, and chocolate. Onaldo was also part of my fun adventures.

My journey took me to Paris, where everyone recognized me, asking for signatures and photos with fans. After a long day, I went to the hotel to eat chicken and rest. Essi said, "Bye," and I was so happy. What a soccer dream it had been!

But then, FG MOBILE reminded me that I needed to do training. I couldn't believe it; it wasn't a dream after all. I didn't want to train anymore and sent a message to PIPA, pleading to skip it. However, PIPA insisted, saying, "No! Let's do this, bro!" The step training was quite challenging. It was so hard!

Feeling overwhelmed, I decided to run away to Korea and eat some delicious treats like son cake and kimchi soup. They were so yummy; I enjoyed them.

There was a shocking moment when I heard that Onaldo had passed away. But it turned out to be fake news. Meanwhile, I joined FG Barcelona, which felt awesome. It was like a dream come true.

I even had the opportunity to participate in the Olympics. Stepping onto the field was an amazing feeling, and when I performed my celebration, the fans went wild. It was a new beginning, and I was in awe of the cheers and support from everyone. I felt like a superstar, but deep down, I knew it was just a dream. I wasn't Reston or a soccer team member; I was just BOY.

6. Mr. Beasty

I decided to visit an electronics market and purchased an Aacbook Pro and a Samsong Buz Pro. I then started a live stream where I gave an Aacbook to Chandler and a Buzzer to "Jimmy." I was now considered the world's richest person, surpassing even Elopon Musjk. I decided to invite Jimmy to join me for a meal, and we ate the world's biggest pizza and the world's biggest cake toilet. It was an incredible experience, right Jimmy?

Jimmy hesitated and replied, "Um, maybe... I think so..."

We decided to have a fun eating contest. The countdown began: "3, 2, 1, go!" The fastest eater would win 213.7 billion dollars. Karl and Chandler joined in. "Go, Chandler, go!" I cheered him on. I couldn't help but show my love, saying, "I love you, Chandler, you are the best!"

In the end, Chandler emerged as the winner, but I decided to generously give him 214 billion dollars.

He may be the second richest person in the world, but I'm still holding the top spot. However, my appetite for success and laptops kept growing. I wanted not just more laptops, but 9 billion laptops! I decided to be generous and gave everyone in the world one laptop each. Now, I was not only the richest person but also the second richest. Chandler, my friend, remained the world's best, and my future looked bright.

I knew this was just the beginning of my journey. I searched the stock market using the Moas app. I admired Moas because it allowed teenagers to manage their money. Moas believed that children should develop good financial habits, and that's why I was drawn to it. I even secured a Moas BLACK card, which was excellent. I was in love with this app because it was so great that I ended up creating it myself! It all started when I was young and lost $50, which left me unable to buy juice. That experience made me create Moas, and now I am using it to give money to children. I had truly become a smart scientist.

7. Scientist

But I didn't stop there. I created a money-catching machine. This machine offered anyone $60,000 and encouraged them to download Moas. When they did, we gave them $60,000 in real money! We also created a random wheel with participants, where the lucky winners received a one-night stay at a gold premium hotel. When I tried it, the machine gave me the maximum amount, and I ended up giving someone $78,965,214,300 through the Moas app, causing a stir in Korea. So, I distributed $60,000,000 to all the people, and we became incredibly wealthy.

We even bought superconductors for scientific experiments and enjoyed things like a flying subway and flying cars. Our world, Otte World, transformed into a flying theme park. The food was plentiful and clean, and we could eat anything, even blocks and cars. However, most of us preferred traditional food. We were really hungry and sometimes tried grass or rocks, although they tasted a bit like cheese.

Some people loved cheese and ate it regularly, while others hated it, creating a 50:50 divide. I enjoyed it, finding it a little delicious and fun. There was an interesting scenario with a rock seller offering a math problem: 3 - 3 + 3 + 3 x 2 + 3 = 12. The catch was that if you didn't answer correctly, you had to purchase a rock. Luckily, an Earth explorer saved my life, and my armor gave me extraordinary strength.

8. The End

I created a new species, M-74287-4945, that was smarter than humans, and became the ruler of this world. This species communicated in a special language, challenging for most but not for me. I enjoyed the complex ways of this special language. Even though there were some uncertain things, people might not be gone forever! However, with all this uncertainty, the people disappeared, and aliens arrived.

In this new order, I created a hierarchy. The high level dictated the middle, the middle influenced the low, and the low was divided into other classes. The high levels had kings, queens, the rich, and the heroes. The middle levels were the average people, while the low levels had to survive.

I had a VIP SECRET level, giving me the power and access to everything in this world. And this is the story end of the story!

유우민

안녕하세요. 저는 공글 3기 유우민입니다. 공글에서 이야기 바꾸어 쓰기를 해서 『후엠아이』 책을 내 본 적은 있지만, 제 상상력만으로 소설을 써 본 것은 처음이라 많이 설렙니다. 어렸을 때도 글 쓰는 것이 재미있어 이것저것 하다 그만두어 소설을 쓴다는 것은 상상도 해보지 못했는데, 이렇게 처음으로 완결된 책을 쓰게 되어 기분이 좋습니다. 부족한 점이 많지만 즐겁게 봐주시면 감사하겠습니다.

제 소설은 2084년 미래에 아빠와 단둘이 살고 있는 아라의 이야기입니다. 아라는 처음 보는 반짝이고 신비한 물체를 만진 후 갑작스럽게 낯선 곳으로 떨어지게 됩니다. 그곳에서 게임을 참가했다가 하늘나라로 들어가게 되는 아라. 앞으로 이어질 아라의 운명은 어떻게 될까요?

1.

내 이름은 김아라이고 현재는 2084년이다. 지금 사람들은 모두 우주여행을 한 번쯤은 가봤을 것이다. 나만 빼고. 내 꿈은 우주에 관해 연구하고 조사하고 여행하는 것이다. 그런데도 아직 우주여행을 못 가봤다니 이상하게 들릴 수도 있다.

나는 아빠와 단둘이 산다. 우주여행을 가려면 보호자가 필요한데 아빠는 항상 재밌게 놀아주지만 그만큼 멀리 갈 시간은 없다. 나는 가끔 엄마가 있었으면 좋겠다고 생각한다. 하지만 엄마가 어떤 사람인지? 왜 우리와 함께 살지 안는지 모른다.

'혹시 엄마는 어딘가에 살아 있지 않을까?' 어렸을 땐 '혹시라도 만나게 해 줄까! 아니면 엄마에 관해 무엇이든지 좋으니 알려는 줄까!' 하고 아빠에게 자주 물었지만 아빠는 대답을 피할 뿐이었다.

9살 때였다. 나는 딱 한 번이라도 엄마가 어떤 사람인지 알고 싶어 저녁을 먹고 아빠에게 물었다.

"아빠, 우리 엄마는 어디 있어? 딱 한 번이라도 좋으니 만나게 해 주면 안 돼?"

그랬더니 아빠도 잘 모른다고 하며 살짝 씁쓸한 표정을 지었다. 뭔가 기억하고 싶지 않아 보여 그날 이후로는 물어보지 않았다.

"아라야, 나 이번 주에 우주여행 간다!"

"우와, 좋겠네." 얘는 내 친구 박지아다.

"그런데 우주여행 가면 좋아?"

"당연하지. 우리 지구를 실제로 볼 수 있고 요즘은 기술이 좋아져서 돈을 좀 더 내면 달이나 화성을 걸어 볼 수도 있고 또, 2023년 사람들처럼 무거운 우주복을 입지 않아도 돼!

"그런데 너는 어떻게 그렇게 우주여행을 그렇게 자주 가?"

"그냥 시간이 남기도 하고 부모님이 같이 가는 걸 좋아하셔."

"그럼 난 학원이 있어서 먼저 가볼게."

"그래 내일 봐."

지아는 과학 학원에 가는 거 같았다. 지아의 꿈이 과학자이기 때문이다. 요즘은 시대가 변하면서 예전의 수학학원이나 예체능 학원 같은 다른 학원이 사라지고 많은 로봇과 관련된 학원이 생겨났다. 우리는 수학이나 안전에 대해 배우는 대신에 렌즈 같은 걸 끼고 다닌다. 내가 태어나기 전에는 안경을 쓰고 다녔다는데 그것이 불편하다고 느낀 사람들은 렌즈로 바꿨다. 렌즈를 끼고 생각을 하면 생각한 것을 그대로 보여주고 위험한 일을 할 때 그 행동을 못하게 몸을 3초 동안 가만히 있으면 그 행동을 못하게 한다. 렌즈에 의존하여 할 일을 안 하는 학생들이 생기자, 미성년자는 렌즈의 사용을 나이에 따라 3시간에서 6시간으로 제한하고 있다.

집으로 가는 길. 저 멀리 반대편 길목에 있는 가게 안에서 작동하는 로봇들이 보였다. 예전에는 사람들이 일하고 있었는데 로봇으로 대체되었다.

"다녀왔습니다." 집에 아무도 없지만 내가 습관처럼 하는 말이다. 가방을 놓고 방에 들어가 책상에 앉았는데 창문 밖으로 빛이 보였다. 커튼을 젖혀서 확인했다. 집 화단 뒤쪽에 반짝이는 돌이 있었다. 나는 확인을 하기 위해 화단으로 갔다. 덤불 뒤쪽으로 반짝이는 돌이 보였다. 덤불 뒤에 있긴 하지만 넘어가서 가져올 수 있을 것 같았다. 그전에 경비 아저씨가 있는지 확인했다. 예전에 공을 주우려고 덤불을 넘어가려고 한 적이 있었는데 경비 아저씨께서 보시더니 왜 들어가냐고 혼났기 때문이다. 다행히 지금은 안 계신 것 같다. 운동신경이 좋아 금방 넘어갔다. 수많은 자갈 사이에 반짝이는 돌을 찾는 것은 어렵지 않았다. 나는 곧장 그 돌을 만졌다.

아아아아아아악

그 순간 나는 어딘가로 떨어졌다.

"아…" 엉덩이를 문지르며 주위를 살펴보았다. 나 말고도 다른 아이들이 많았다. 다른 아이들도 방금 떨어진 것 같았다. 주위를 둘러보았다. 처음 와보는 곳이었다. 바닥은 잔디로 덮여있고 주변에 나무들이 있고 계곡물이 흐르고 있었다. 그리고 우리들 앞에는 흰색의 건물이 하나 있었다. 큰 건물이었는데, 주변에 숲이 있는 걸 봐서는 산골이나 외진 곳 같았다. '내가 어떻게 이런 곳에 오게 됐지?'라는 생각을 하는 바로 그 순간, 검은 머리의 키가 크고 건강해 보이는 한 남자가 건물에서 나왔다. 아이들은 일제히 쳐다봤다.

그 남자는 우리에게 이렇게 말했다.

"이곳은 너희가 원래 살던 곳 과는 시간이 다르게 흘러. 이곳에서 흐른 시간은 현실에서 멈추어 있어. 너희는 너희가 이곳에 온 이유가 궁금하겠지? 우리는 너희의 소원을 이루어 주기 위해 너희를 불렀어. 너희 모두 간절한 소원이 있지? 그래서 부른 거야. 만약 너희가 원한다면, 이곳에서 게임을 참가하여 너의 팀이 이기면 그 팀의 소원을 들어줄 거야." '참가할까? 만약 위험하면 어떡하지?' 나는 고민이 되었다.

그때, 한 아이가 질문을 했다.

"게임하다 죽을 수도 있어요?"

그 남자가 대답했다. "딱히 위험한 건 없어. 그래도 혹시 참가자들이 다치게 될 걸 대비해 게임에 참가하는 사람에게는 목숨이 2개 주어져. 현실 세계에 가면 아픈 건 사라져. 물론 포기도 할 수 있어. 하지만, 목숨을 다 쓴 상태에서 게임에서 죽으면 진짜로 죽는다는 걸 잊지 마." 나는 마음을 결정했다. 내 소원을 위해 꼭 참가할 거다. 내 소원은 단 하나. 엄마 아빠와 같이 사는 것이다. 다른 아이들도 모두 결정을 한 것 같았다. 10명 정도가 참가를 포기하고 대충 20명 정도 남았다. 팀을 결정한다고 했다. 그 남자가 뽑기 기계를 가져왔다. 5명씩 총 4팀으로 나누었다. 첫 번째 이름이 불렸다. "김아라" 헉, 내 이름이 먼저 나오다니… 예상도 못 했다. '내가 김 씨라 그런가?' 속으로 생각했다. 뽑힌 사람은 앞으로 나오라고 했다. 누가 나의 팀이 될 지 두려움 반 설렘 반으로 나갔다. 마침 내 두 번째 사람의 이름이 나왔다. “김아라 학생과 팀이 될 학생은 박주한입니다.” 박주한은 남자아이였다. 나는 여자아이가 아니라 남자아이라 조금 아쉬웠지만 3명의 아이가 더 남았으니 괜찮았다. 다음 아이의 이름이 나왔다. ‘이럴 수가! 이태민. 또, 남자아이였다. 설마 다 남자인 거야?’라는 의문이 들 때쯤 네 번째 아이의 이름이 나왔다. 김아인. 다행히도 여자아이였다. 다른 팀이 다 짜지고 앞에 있는 건물로 들어갔다. 건물 안은 하얗고 천장은 넓으며 깔끔했다. 다니는 사람은 거의 없었다. 문 앞을 지나갈 때 안을 살짝 봤는데 초록 초록 자연 느낌이 났다. 또 다른 옆에 있는 문은 뭔가 소용돌이처럼 세상이 돌고 있는 것 같았다. 어떤 문은 테두리가 검은색이었고 어떤 문은 환한 하얀색이었다. 각 문마다 다 다른 것이 보였다. 다른 벽 쪽에 문 네 개가 있는데 문 안은 오묘한 색으로 일렁이고 있었다. 모든 팀이 문 앞에 섰다. 문 위에는 번호가 적혀있고 번호는 팀이 뽑힌 순서인 듯했다. 우리 모두 문 안으로 들어가라고 했다. 들어가 보니 뭔가 이상했다. 주변 색은 여전히 일렁이고 있었고 나밖에 없었다. 너무 당황스럽고 무서웠다. 그냥 아무 생각 없이 주위를 둘러보고 앞으로 가고 있었다. 그때 벽 같은 것에 부딪쳤다. 그런데 주변은 아까랑 똑같았다. 위를 봤다. 글씨 같아 보이는 뭔가가 떠 있었다. 조금 더 뒤로 가서 보면 읽을 수 있을 것 같다. ‘선택 하십시오.’라고 적혀 있었다. ‘뭘 선택하라는 거지?’라는 생각을 하는데 문장이 선명히 보였다. '당신은 간단하게 작은 괴물과 싸움하기를 선택하시겠습니까? 싸움을 하여 성공하면 나중에 자신과 자신의 팀에 이득이 됩니다. 만약 실패할 시 목숨 한 개를 잃습니다.'라고 쓰여 있었다. 싸움을 할까? 말까? 생각하고 있었는데 '5초 안에 선택하십시오.'라고 떴다. '으아… 5초 안에 선택하라니 뭐라고 하지?' 5초 4초 3초…" 으아… 싸움!" 나는 급하게 외쳤다. 선택을 완료하고 글씨는 사라졌다. '이제 뭘 어쩌라는 거지?' 그때 빨간색 곰 모양의 작은 젤리가 나왔다. "이게 뭐야?" 그냥 하리보 젤리 같이 생겼다. "뭐야? 얘랑 싸우라고? " 이렇게 작고 귀여운 곰과 싸우는 건 쉬울 것 같았다. 너무 순하게 생겼기 때문이다. 허공 위로 곰과 나 사이에 '경기 시작!'이라는 문구가 떴다. 빨간 곰은 경기를 시작하자마자 갑자기 돌변했다. '역시 곰은 곰이네'라고 속으로 생각하고 있었는데 곰이 불을 뿜으며 나에게 달려왔다. "으아… 잠시만 간단하다며!" 그냥 소리를 지르며 달려가고 있었는데 발견한 것이 있었다. 빨간 곰은 불을 뿜으며 사납기만 하지 나보다 달리기나 반응 속도는 훨씬 느렸다. 곰의 약점을 알아낸 나는 전속력으로 구석으로 달려가서 구석에서 작전을 짰다. 하지만 곰이 불을 뿜으며 오니까 무섭고 생각보다 빨리 와 당황해서 아무 생각도 안 났다. 그러는 사이에 코앞까지 왔다. 가까이 올수록 달콤한 향이 났다. 순간적으로 먹고 싶다는 생각이 들었다. 그사이에 빨간 곰은 내 코앞까지 왔고 나는 도망가지도 못하고 구석에 가만히 있었다. 그러다 빨간 곰은 코앞까지 왔고 나는 '망했다.'라는 생각으로 있었다. 이대로 죽는구나 하고 무작정 혀를 내밀고 빨간 곰을 핥았다. 꼭 해보고 싶었기 때문이다. '어?… 달다.' 입안에 달콤한 향기가 돌았다. 눈을 뜨고 앞을 봤다. 빨간 곰은 사라지고 없었다. 에이 뭐야 간단하네. 아까 겁먹었던 것을 생각하니 민망해졌다. 눈앞에 커다란 글씨가 떠 있었다. '당신이 게임에서 이겼습니다. 보상은 저절로 알게 될 것이고 앞으로 쭈욱 가시길 바랍니다.' 열심히 싸우진 않았지만 내 생각보다 보상은 적은 것 같다. '하긴… 한 것도 거의 없고 겁부터 냈으니…' 나는 이런저런 생각을 하며 출구가 보일 때까지 무작정 걸어 갔다. "하… 헉헉" 거의 끝이 없는 것 같다. 가다가 보니 바닥에 투명색의 무언가 떨어져 있는 것이 보였다. "저게 뭐지?" 단숨에 달려갔다. 아까 그 빨간 곰돌이랑 똑같이 생겼는데 크기가 더 작고 색깔이 달랐다. "이건 또 뭐야? 또 싸우라고? 아님 먹으라는 건가?" 아무 생각 없이 주웠다. 이럴 때 보면 난 은근히 조심성이 없는 것 같다. 그게 뭔지도 모르고 줍다니. 다행히 주워도 아무 일도 없었다. 너무 고요해서 무서워질 것 같았다. '설마 이게 보상?! 너무 적은데… 혹시 누가 흘린 건가? 그럼 나 혼자 여기 있는 게 아닌 거야?' 이렇게 생각하니 뒤에서 누군가 따라오고 있다는 생각이 들어 일부러 빨리 걸었다. 누군가 따라오는 것 같은 기분은 진짜였다. 뭔가가 나에게 점점 가까워지고 있었다. 내 코앞까지 와서는 나를 스캔하듯이 보고 이렇게 말했다. "아이 뭐야? 내 팀이 아니잖아." '어? 뭐지 내가 놓친 게 있나?' "야! 잠깐만!" 뒤늦게 따라갔지만 그 친구는 이미 저만치 간 뒤였다. 그때, 누군가 갑자기 나에게 다가오는 소리가 뒤에서 들렸다. 나는 소리 나는 곳으로 갔다. 글씨가 보였다. '팀원을 찾으세요. 가장 먼저 찾는 팀이 대결을 앞서게 됩니다.' 누군가 함께 있을 거라는 내 생각은 맞았다. '그나저나 팀원은 어떻게 찾지?' 나는 무작정 앞으로 걷기 시작했다. '끝이 있든 없든 가는 길은 앞으로 나 있는 길밖에 없으니 가다 보면 만나겠지'라는 마음으로 걸어갔다. "헉… 헉" 힘들어 죽을 것 같았지만 사람은커녕 그림자도 안 보였다. 그때, 발을 헛디뎌 벽 쪽으로 넘어졌다. '쿵' 나는 내가 벽에 부딪힌 줄 알았는데 아니었다. 눈을 떠보니 벽 사이에 내 다리가 통과되어 있었다. 나는 너무 놀라 기절할 뻔했다. '뭐가 어떻게 된 거지?' 일어나 무작정 벽 쪽으로 가서 부딪혀 보았다. '이럴 수가!! 통과된다! 그러니까 벽에 내 몸이 통과된다니!' 솔직히 말도 안 되는 상황이었다. 당황스러웠지만 나는 팀원들을 찾아야 해서 일단 팀원들을 찾으러 갔다. 나는 벽을 통과하며 여기저기 신나게 다녔다. 벽을 하나 통과하는데, 뒤에서 무언가 '휙'하고 지나간 것 같은 느낌이 들었다. "뭐지?" 하고 뒤로 돌아보니 아무것도 없었다. 방금 통과한 벽 반대편에 있는 것 같았다. 다시 반대 벽을 통과하려 해도 통과할 수 없다. 어? 뭐지? 그러다 구멍으로 다시 떨어졌다.

꺄아아아아!

2.

빛이 보이기 시작했다. 그때 누군가가 나에게 다가오는 게 느껴졌다. 갑자기 눈앞이 어두워졌다. 어둡다 못해 아무것도 안 보인다. 순간 나는 빛으로 둘러싸여 있었다. 옆에 사람들이 있는 것 같았는데 주변이 너무 밝아서 눈을 뜰 수가 없었다. 말소리가 들린다. 눈을 떠보니 옆에 사람들이 많다. 모두 어디서 본 것 같은 얼굴들이다. 한 여자아이가 내게 다가왔다. "그러더니 네가 김아라 맞지?"라고 물었다. 내가 고개를 살짝 끄덕이자, 나에게 오라고 손짓했다. 그 아이가 데려간 곳에는 옆에 다른 남자아이가 한 명 더 있었다. 그리고 여자아이는 나를 보더니 "뭐가 뭔지 하나도 모르겠지? 일단 이리로 와 봐."라고 말했다. 잘 생각해 보니 이 아이들은 내 팀원이었다. 그곳에는 팀원 전부가 있진 않았다. 그때 같이 있던 남자아이가 갑자기 사라졌다. "헉!" 남자아이가 사라지는 모습은 마치 옛날에 도라에몽이라는 애니메이션에서 화면이 치지직거리고 갑자기 혼자 남겨지는 장면과 비슷했다. 그리고 남아 있는 여자아이가 나를 보더니 피식 웃으며 말했다. "나도 처음 여기로 떨어졌을 때 너 같았는데. 아니다. 내가 너보다 더 혼란스러웠어. 왜냐하면 내가 제일 첫 번째로 떨어졌거든." 나는 그 여자아이의 말을 잠자코 들었다. "처음엔 그냥 멀뚱멀뚱 있다가 갑자기 하늘에서 어떤 남자아이가 뚝하고 떨어졌어. 나랑 그 아이는 둘 다 소리를 질렀어. 그러고 나서는 계속 아이들이 떨어지고 사라지고 하는 거야. 나는 아이들이 떨어지고 사라지고 할 때마다 그 이유를 생각해봤어. 네 생각엔 왜 아이들이 사라졌다 떨어졌다 하는 것 같아?" 그 아이가 나에게 물었다. "응, 그게…." 내 대답이 끝나지 않았는데도 여자아이는 술술 자기 생각과 이야기를 잘했다. "내 생각엔 우리가 서로를 찾아야 하고 자기 팀이 아닌 사람을 탈락시켜야 돼서 그런 것 아닐까? 탈락한 사람은 팀이 찾기 전까지 못 오는 거고." 이렇게 말하고 나서 갑자기 그 아이가 '휙' 하고 사라졌다. 아까 여자아이가 아이들이 사라진다고 말했던 것이 이런 것이었나 보다. 나는 당황스러웠다. 갑자기 빨려 들어가는 느낌이 들며 눈앞이 깜깜해졌다. 다시 눈을 떴을 땐 아까 여자아이를 만나기 전 있던 주변이 온통 연한 핑크색으로 일렁이는 듯한 끝이 없는 방이었다. '이제 어떻게 해야 하는 거지…?' 나는 계속 생각했다. 나는 짧지만 강렬하게 기억에 남아있는 여자아이의 말이 생각났다. '정말 그 아이의 말이 맞는 걸까?'

3.

아까 봤던 여자아이의 말이 과연 맞는 걸까? 뾰족한 수가 없으니 일단 그 아이의 말을 믿기로 결심했다. 그 아이의 말을 따라보면 일단 사람이 보일 때까지 걸으면 된다. 그리고 찾은 사람을 탈락시키든지 하면 된다. 그런데 찾은 다음에 어떻게 탈락시키지? 에효… 난관이 끝도 없이 펼쳐지는 것 같다. 이게 바로 인생인가? 그냥 아까처럼 걸어 다니다 보면 어떻게든 되겠지 하는 마음으로 가다 갑자기 문득 이런 생각이 들었다. '아까 봤던 여자아이는 누구지? 어디선가 본 거 같기도 하고 아닌 것 같기도 하다.' 갑자기 그 여자아이는 고양이에게 물고기를 던져 주듯이 힌트를 던져주고 사라졌다. 책에 나오는 미지의 인물 같다. 그때, 앞에 어떤 사람이 멈춰 서 있던 것이 보였다. 그리고 나와 눈이 마주쳤다. 그러더니 그 아이는 "어?… 어" 하더니 갑자기 무언가를 주섬주섬 꺼내더니 나에게 "너 거기서 딱 기다려." 하고 달려왔다. 얼마 만에 본 사람이었지만 기뻐할 틈도 없이 나는 내 머리를 풀가동했다. 1번 선택 도망친다? 2번 선택 가까이 가본다. '으아' 어떻게 해야 하지?? 만약 가까이 갔다가 내 팀원이 아니라 여자아이 말대로 날 탈락시키면 어떡하지? 그런데 말투 봐선 왠지 내 팀원도 아니고 가까이 가면 안 될 것 같다. 도망쳐야겠다. 내가 뛰자 뒤에 있던 모르는 아이도 뛰기 시작했다. 그러는 와중에 나는 점점 빨리 달렸고 뒤에서 헉헉 대며 숨 차하는 아이의 숨소리가 들렸다. 살짝 뒤를 돌아보니 점점 달리는 속도가 느려지는 아이의 모습이 보였다. 속으로 뒤를 보며 '나는 아직 지치지도 않았는데'라고 생각하며 달렸다. 뛰던 중 바닥을 밟고 구덩이를 밟자, 아래로 떨어졌다. 떨어지는 느낌이 내가 위로 올라가는 건지, 밑으로 떨어지는 건지 구분이 안 갔다. 맨날 떨어져서 적응이 될 법 한데 적응이 안 된다. 이번에 떨어질 땐 뭔가 느낌이 다른 때와 달랐다. 뭔가 지금까지 떨어졌던 곳이 아닌 다른 곳으로 떨어지는 느낌이었었다. 드디어 차지했다. 바닥이 몽실몽실 한 무언가 위에 서있는 느낌이었다. 눈을 떠보니 놀라운 광경이 펼쳐져 있었다. 살짝 다른 느낌에 눈을 떠보고 눈과 입이 딱 벌어졌다. 눈 밑을 보니 나는 구름으로 추정되는 물체 위에 서 있었다. 그리고 하늘은 저녁처럼 어둡고 밤하늘이 파란색과 보라색이 아름답게 어우러졌고 수도 없이 반짝이는 많은 별들로 꽉꽉 채워져 있었다. 그리고 하늘을 보던 눈을 옆으로 돌리면… 나를 가까이서 동그란 눈을 뜨고 쳐다보고 있는 사람들이 보였다. '우와!' 예상 치도 못한 상황이라 깜짝 놀라 소리를 질렀다. 지금 눈앞에 펼쳐지는 황홀한 배경에 그렇지 못한 당혹감이 섞여 있는 처음 보는 사람들의 얼굴… 그 사람들의, 나이대는 섞여 있었고 3명 정도가 나를 심각하게 쳐다보고 있었다. 멀리서도 사람들과 구름같이 생긴 커다란 물체가 함께 오고 있는 것이 보였다.

'이번엔 또 뭐가 어떻게 되는 거지?' 나는 당황스러워 자꾸만 눈이 가는 배경을 뒤로한 채 사람들이 뭐라고 하는지 귀를 기울여 엿들었다. "재는 누구지? 어떻게 여기 온 거임? 또, 제가 구름길 위엔 어떻게 서 있는 거임?" 사람들이 한 발 자국 물러나 나를 힐끔힐끔 쳐다보며 말하는 소리가 들렸다.

4.

내 앞에서 소곤대던 사람 중 한 명의 여자아이가 날 향해 도도한 표정으로 성큼성큼 다가왔다. 느낌이 위엄 있고 냉정한 성격을 가지고 있는 아이로 보였다. 그 아이가 가까워질수록 나는 입을 틀어막혔다. 좀 전에 이곳에 오기 전, 새하얀 방에 잠깐 있을 때 나에게 힌트를 줬던 여자아이였다. 그런데 아까와는 느낌이 많이 달라 보였다. 같은 사람이 맞나 의심이 될 정도였다. 조금 전에는 따뜻한 동네 친구 느낌이었고 지금은 무서운 동네 언니 같았다. 여자아이가 나에게 다가와 물었다.

"넌 뭐냐? 여긴 어떻게 들어왔지?"

"나? 나도 사람이니까 너희처럼 들어왔지." 내가 말했다.

그런데 이상하게도 사람들이 의아한 표정을 지었다.

난 최대한 당황하지 않은 표정으로 말했다.

"왜 이래? 같은 사람들끼리."

사람인 것 같지만 사람이 아닌 것처럼 행동하는 사람들. 모두가 하나같이 이곳에 어떻게 왔냐고 물었다. 나는 있는 그대로 말했다.

"뭐, 정확히 어떻게 된 건진 모르겠는데요, 대충 말하자면 액션 게임 같은 걸 하다 떨어져서 이리로 오게 됐네요."

그리고 잠시 정적이 흘렀다. 정적을 깬 것은 한 사람의 목소리였다. 아까 그 여자아이였다.

"일단은 데리고 가고 어떻게 된 건지 알아보는 게 어떨까요? 이제 곧 다들 다시 일하러 빨리 가야 하니."

사람들은 동의하는 눈치였다. 그러자 키 큰 남자가 나를 데리고 어딘가로 들어갔다. 큰 건물이었는데 건물 안에 사람이 거의 없었다. '이상하다. 아까 많은 사람이 이곳으로 들어갔었는데?' 나는 고개를 갸우뚱했다. 날 데리고 가던 남자가 나에게 말했다.

"아까 이리로 들어온 사람들은 다 각자의 위치로 갔을 거야."

"네? 그 많은 사람들이 각자의 위치로 갔다고요?"

나는 당황한 채 말을 이었다.

"여기가 그렇게 커요? 아까 보니 정말 많은 사람이 들어가던데…."

"그건 나중에 네가 정말로 여기에서 지낼 자격을 갖게 되면 말할게."

"네? 저 여기서 지내는 것 아니었어요?"

"음…. 네가 만약 선택받는 다면. 만약 선택받지 못할 시 어떻게 될 지 우리도 몰라 죽을 수도 있고."

"네?" 나는 당황스러워 말도 안 나왔다.

"그 그러니까 죽을 수도 있다고요?"

"아니, 최악의 경우엔" 그 남자는 너무 자연스럽게 말했다.

'앞으로 내 운명은 어떻게 될까?'

5.

나는 엘리베이터를 타고 많은 층을 올라가고 많은 방을 지나갔다. 그러다가 꼭대기 층에 다다랐다. 거기부턴 아까 봤던 여자아이가 안내한다고 했다. 나는 그 아이가 어떤 아이인지 가면 갈수록 궁금해졌다. 짐작으론 이곳에서 높은 위치의 아이인 것 같고 어떤 아이인지는 짐작도 가지 않았다. 아무 말도 못 하고 머리만 굴리고 있을 때 아이가 말을 걸었다.

"난 김아인. 넌 김아라, 맞지?"

이제야 아이의 이름이 생각났다. 나는 뭐라고 해야 할지 모르겠어서 일단 아무 말이나 했다.

"어, 같은 김 씨네. 우리 잘 지내보자."

나는 온도 차이가 왜 이렇게 많이 나는 이유를 물어보려다 말았다. '만난 지 얼마 되지도 않았는데 다 그럴만한 사정이 있겠지'라는 생각이들었다. 대신 나는 아인이에게 지금 내게 가장 중요한 질문을 했다.

"저기… 우리 지금 어디 가는 거야?"

"아무도 말 안 해 줬니? 너의 생사를 결정할 권한이 있는 분에게 가는 거야?"

아인이가 발걸음을 옮기며 태연하게 말했다. '내가 죽을지도 모르는데 왜 이렇게 다들 태연하지? 그리고 가는 곳을 이미 알고 있다고? 그럼, 이것도 게임의 일부일까? 아님 진짜일까?' 나는 생각했다. '진짜면… 난 이제 망했다. 그런데 이게 진짜일 수가 있나?'

복도는 전체적으로 대리석이고 바닥은 검은색, 벽은 자두색이었다. 가다가 중간중간 문이 있었는데, 우리는 맨 끝에 방에서 멈춰 섰다. 생각보다 긴 걸로 봐서는 내부는 생각보다 더 큰 것 같았다. 문 앞에 도착해 아인이가 문을 열어줬다. 오는 길에 별말을 하지 않아 더 긴장되었다. 방 안에는 여러 개의 문이 있었다. "선택해서 하나를 열면 돼. 이제부터는 더 긴장해야 할 거야!" 아인이는 이 말을 하고는 사라졌다. '아니 도대체 어디로 간 거야? 아, 나 좀 도와 달라고 오오옥!' 나는 죽지만 말자는 마음으로 문을 열었다. 시원한 바람이 내 몸을 감싸며 안에는 아무것도 보이지 않았다. 무언가 잘못된 것 같은 기분이 들어 다시 선택하고 싶었지만, 한 번 한 선택은 다시 고르면 안 된다는 아인이의 말이 떠올랐다. 뒤를 살짝 돌아봤다. '진짜 이렇게 죽는 건가?' 나는 생각이 많은 편이다. 그래서 그런지 짧은 시간에 이런 생각이 들었다. '만약 내가 양심 따윈 다 접고 다른 문을 고르게 되면 무슨 일이 일어나게 될까?' 나는 지금이 게임인지 현실인지 궁금했다. '뭐, 현실이든 게임이든 죽는 건 마찬가지겠지!' 나는 가볍게 생각하며 문 안으로 들어갔다. 내 인생에서 이렇게 긴장된 적은 없었다.

6.

나는 문 안으로 들어갔다. '또, 떨어지는 건가?'라는 상상과는 다르게 땅이 있었다. 문이 자동으로 닫혔다. 지금 내 마음은 옛날 사람들이 흔히 말하는 수능 보기 전의 긴장감보다 훨씬 더 긴장되는 느낌이다. 암흑 속에 혼자 남겨진 기분이다. 원래 겁도 많고 잘 놀라는 성격이라서 더 그런지 모르겠지만 누가 나를 갑자기 건드리거나 말을 걸기라도 한다면 그 자리에서 그대로 기절할 것만 같았다. 한참 동안 아무 일도 일어나지 않자 "실패했나?"라고 혼잣말로 중얼거렸다. 그때 갑자기 선선한 바람이 부는 암흑 속에서 사람이 있는 것 같은 온기가 느껴졌다. 안도가 되기도 했지만, 무섭기도 했다.

"거… 거기 혹시 누… 누구 있어요?"

간신히 말하고 나서 나는 입이 굳어서 말도 나오지 않았다. 아무것도 예측할 수 없을 때 갑자기 누군가 내 손을 잡았다. 귀신의 집에 갔을 때보다 훨씬 놀라 진짜 눈물이 찔끔 나왔다. 그런데 이상하게도 한번 놀라고 그다음부터 누군가 내 손을 다시 잡았을 땐 놀라지 않고 안도감이 들었다. 그 사람이 이렇게 말했다.

"성공이야."

내가 아까 "실패인가?"라고 혼자 중얼거렸던 말을 들은 모양이다. 그 사람이 이어서 말했다. "7년 만에 처음이네!" 서서히 무언가 보이기 시작했다. 내 옆에 있던 사람도 보였다.

7.

옆에 있던 사람이 보이기 전에 앞에 있는 배경이 먼저 보였다. 커튼이 닫혀 있어 밖으로부터의 빛은 잘 들어오지 않았지만, 벽에 1미터 간격으로 조명이 달려 있어 딱히 어둡다고 할 수도 없었다. 2084년도 치곤 로봇 하나 없는 올드한 느낌의 큰 창문과 큰 서랍장이 있는 사무실 같았다. 내 눈 앞쪽에 내 키 정도 돼 보이는 창문이 있었는데 밖이 잘 보이지 않는 창문이었다. 창문에 빗겨나가 옆쪽에 가림막이 크게 쳐져 있었는데 그 안쪽에 사람이 있을 것 같았다. 궁금한 마음으로 옆쪽을 봤다. '어? 아까는 분명 사람이 옆에 있었는데….' 사람이 없어졌다. 그리고 앞에 있던 가림막 안쪽에서 누군가 말하는 소리가 들렸다.

"아라 양, 12년 만에 저 공간에서 사람이 통과해 나오네요. 앞으로 이곳에 머물 수 있을 것입니다. 궁금한 것이 많겠지만 나머지는 아인 양에게 물어보는 게 좋겠군요. 다음에 또 뵙지요."

여자 목소리였다. 어디선가 들어 본 목소리 같았다. '아인? 아인이라면….' 나는 뒤를 돌아 보았다. 아인이가 서있었다. 나는 아인이가 반가웠다. 하지만 아인이는 반가운 내 마음과 다르게 아무 표정 없이 따라오라고 한 뒤 문을 열고 밖으로 나갔다. 아인이를 따라가니 호텔 복도처럼 기다란 길과 문들이 보였다. 벽은 대리석 같았는데 신비로운 느낌이 들었다. 문이 띄엄띄엄 있는 끝이 안 보일 정도로 긴 복도가 있었는데, 문 안에는 각기 다른 날씨가 보이고, 문 옆 케이스에는 이름표가 쓰여 있었다.

마침내 어떤 문 앞에서 멈춰 섰다. 옆을 보니 김아라/김아인이라고 작은 글씨가 쓰여 있었다. 아라가 문을 열었다. 문의 두께는 두꺼워 보였고 벽의 두께 역시 두꺼워 보였다. 내가 먼저 들어가자 아라가 뒤따라 들어오며 문을 닫았다. 방은 아까 나왔던 방보단 작지만 비슷하게 생겼다. 동그란 책상이 두 개가 있었는데 하나는 비어 있었다. 아마도 비어 있는 책상이 내 책상인 것 같았다. 책상 뒤 벽 쪽으로 또 하나의 문이 있었다. 나는 아까 있던 방에도 문이 있던 것이 생각났다. '저 문의 용도는 무엇일까?' 고개를 돌려 불을 켜자 방이 환해졌다. '여기는 어디고 나는 왜 여기 있는 걸까?'

"우와 아아아 아! 너 성공했구나! 성공하지 못할까 봐 내가 얼마나 걱정했다고!!"

아인이 말했다. 아인이의 말투에는 기쁜 기색이 역력했다.

나는 아까와는 상반되는 말투의 아인이 모습에 당황했지만 일단 궁금한 것을 참을 수가 없어 아인에게 물었다.

"어… 그런데… 여긴 어디고 뭐 하는 곳이야? 그리고 내가 뭘 했는데 성공했다는 거야?"

"성공했다는 건 여기에 머물 자격이 주어졌다는 것을 뜻해."

"성공하는 게 그렇게 어려운 일이야?"

"아까 말했듯 50년 만에 뽑힌 거라 지금 알게 된 사람들은 다들

신나 하고 있을 거야. 계속해서 시험대에 오르는 사람들은 있는데 통과되는 사람은 없었으니까."

아인이가 지난날들을 생각하는 듯한 표정으로 말했다.

"그런데 뭘 시험하는 거야?" 나는 아인이와 말을 하면 할수록 계속해서 궁금한 것이 생겨났다.

"원래 무슨 문을 선택하든 처음에는 그냥 암흑이 지속돼. 그러다 아무도 보고 있지 않고 문도 계속 열려 있으니까 지난 몇 년간 사람들이 몰래 빠져나가 다른 문을 선택했어. 그렇게 되면 탈락하게 되는 거야."

"탈락하게 되면 어디로 가는데?"

"그건… 나도 정확히 몰라서 말해줄 수는 없어." 아인이는 약간 뭔가 숨기는 듯한 표정으로 말했다. 그리고 내 눈길을 피하며 다른 궁금한 것은 없냐고 말을 돌렸다. 나는 다른 궁금한 것을 물었다.

"그럼 여긴 어디야? 내가 왜 여기에 있는 거야?"

가장 중요하고 궁금한 질문이었다.

"음… 여기에 대해 설명해 주려면 할 말이 정말 많은데 한마디로 말하면, 여긴 하늘나라야."

'엥? 여기가 하늘나라라고? 그럼 나 천국에 온 건가?'

"여기가 하늘나라라고? 내가 왜 하늘나라에 온 거야? 설마 나 벌써 죽은 거야?"

"아니, 아니 그 하늘나라가 아니라…." 아인이가 손사래를 치며 고개를 저었다.

“음, 대충 말하자면 하늘 위에 있는 공간? 그렇게 설명할 수 있을 것 같아.”

“뭐? 하늘 위?” 아! 맞다. 아까 오는 길에 예쁜 하늘이 보이긴 했다. 하지만 지금 내가 하늘 위에 있다는 것도 이상하고 그 위에 나라가 있다는 건 더 이상한데, 그중 제일 이상한 건 ‘왜 하필 내가 여기 있는가?’이다.

“그럼 여기가 하늘 위에 있는 나라라는 거지?”

“어. 네가 아까 본 다른 사람들은 다 여기 살아.”

“그럼 난 왜 여기 온 거야? 나도 이제 여기서 사는 거야? 그럼 나랑 여기 사는 사람들은 다 죽은 거야? 난 여기서 뭘 하게 되는 거야? 아, 아니다, 다른 거 말고 내가 왜 여기 있는지부터 말해줘.” 질문이 폭주했다.

“아라 넌 살아있을 때 여기로 오게 된 거지?”

“어.”

“그럼 어떻게 뭘 하다가 여기로 오게 되었는지 알려줄 수 있어?”

“응!” 나는 게임을 시작한 일부터 갑자기 여기로 오게 된 상황을 생각나는 대로 다 이야기했다.

“그랬구나. 네가 여기로 오게 된 이유는 아까 있던 방의 주인, 그러니까 우리의 최고 통치자만 정확히 알아. 사실은 나도 잘 몰라. 하지만 이번엔 다른 게 하나 있었어.”

"뭔데? 알려주라." 나는 궁금했다.

"그게… 다른 때와는 달리 몇십 년 만에 살아있는 사람이 왔다는 거야. 그리고 원래는 다른 사람들 앞에 그것도 사람들 한창 일하고 있을 시간에 이렇게 떡하니 나타나지 않는다는 거야. 지금까지 이렇게 사람이 나타난 적은 없었어."

"그럼, 나같이 여기에 몇 달 아님 몇 년에 한 번씩 온다는 사람은 왜 오는 거야?"

"그걸 알려 주려면 여기가 어떤 곳인지부터 아는 것이 좋을 것 같은데?" 아인이가 말했다.

"여기가 뭐 하는 곳인데?" 나는 며칠 전부터 하도 놀라운 일들을 연속으로 겪어 이제 여기가 어디든 놀라지 않을 수 있을 것 같았다.

"여긴 하늘나라 구역 중 날씨와 영혼을 관리하는 곳이야."

"뭐? 뭐라고? 영혼 날씨 뭐?"

놀라지 않을 것이라 생각했던 내 생각은 완전 잘못이었다.

'아니 이건 또 무슨 말도 안 되는 소리야. 여기가 진짜 죽은 사람들이 오는 하늘나라인 거야?'

"그러니까 여기가 하늘 위에 나라인 건 알겠지? 혼란스럽겠지만 그냥 들어봐."

"휴, 알겠어" 나는 그렇게 아인이의 다음 말을 기다렸다.

"너희는 지구의 육지에 살지만, 우리는 하늘에 산다고 보면 돼. 여기까진 이해했지?"

나는 고개를 끄덕였다.

"하늘 위 나라는 너희 육지가 나라로 나뉘어 있듯이 관리 구역으로 나뉘어 있어. 그리고 구역마다 하는 일이 달라."

"그럼, 여기서는 무슨 일을 하는 거야?"

"그래, 그럼 이곳에서 하는 일에 대해 먼저 얘기해 줄게. 내가 이곳이 날씨 관리 구역이라고 했잖아. 그러니까 너희 나라 영토의 날씨를 주관하는 곳이야."

"그럼, 너희가 이 지구 전체를 다 관리하는 거야!?"

"아니, 구름별로 하는 일이 다르고 구역별로 나뉘어 있어. 그 안에서도 실수하면 안 되니까 두 단계별로 나뉘어 있어."

"실수? 무슨 실수?"

"우리는 여기서 비를 직접 만들어 내려보내는데 첫 번째 검문소를 거쳐서 2차 검역소로 내려가는 사이에 오염이 되기도 해. 언젠가 한 번은 그걸 발견하지 못해서 정말 큰일이 날 뻔한 적도 있어."

"우리가 실제로 구름 위에서 일할 때도 있는데 구름은 크기가 변하잖아. 사실 구름의 모양과 크기 모두 우리가 바꾸는 거야. 우리는 구름 위, 오존층 살짝 위에서 일해. 그런데 얼마 전부터 지구인들이 자원을 함부로 쓰면서 오존층이 파괴되고 이산화탄소로 인해 우리가 날씨를 만드는 데 안 좋은 영향을 주고 있어."

"그럼 난 여기에서 날씨 관리를 하는 거야? 아님 영혼 어쩌고에 관한 일을 하는 거야?"

"아! 영혼 관리에 대한 얘기를 안 했네. 설명해 줄게. 너 혹시 사람들이 죽으면 어디로 가는지 궁금하지 않았어?"

"어릴 때는 '하늘나라로 가서 행복하게 살 거야.'라고 생각했지만, 그런 생각은 크면서 접었지." 나는 웃으며 말했다.

"여기가 너희가 생각하는 하늘나라라고나 할까?"

"엥? 하늘나라?"

"죽은 사람뿐만 아니라 정신을 잃어 병원으로 가는 사람들도 가끔 특수 영역으로 해서 이쪽으로 넘어와."

"그럼, 사람들이 이곳에 와서 다시 살아서 내려갈 가능성도 있고 그걸 여기 있는 사람들이 다 관리하는 거야?"

"다시 살아가는 상황이 많지는 않지만 가끔은 있어. 그런데 네가 생각하는 사람이 여기에 있는 건 아니야. 아주 가끔 너와 비슷하게 사람인 경우도 있지만 대부분 여기에 사는 영혼이라고 해야 하나? 여기도 육지처럼 돈도 벌고 일도 할 수 있어. 내가 생각하는 이곳의 가장 좋은 점은 육지에서 살다 먼저 이곳으로 온 가족이나 친구를 만날 수 있고 또, 오는 친구들을 마중 갈 수 있다는 거야."

그때, 내 머릿속에 스쳐 지나는 생각이 하나 있었다.

"나 알고 싶은 게 있는데…. 혹시 내가 물어보는 사람이 어딨는지 알려 줄 수 있어?"

"누군데?"

"우리 엄마."

"엄마 이름이 뭔데?"

"어? 갑자기 생각이 안 나네?"

이름이 기억날 듯 말 듯 나지 않았다.

"그럼 좀 힘들 것 같아. 미안." 아인이가 미안한 표정으로 말했다.

"어쩔 수 없지…. 그럼 여기로 오는 영혼들은 다 죽은 거야?"

나는 영혼이니 다 죽었을거라 생각하며 물었다.

"그렇지 뭐 영혼이니까. 그런데 그 영혼들이 여기서 완전히 죽은 게 아니야. 완전히 죽은 곳은 한 층 위인데 거기가 저승이야. 여기는 저승도 이승도 아닌 그 중간인 곳이야."

나는 이곳의 개념을 이해하기가 어려웠다.

"그럼 여기 있는 사람은 귀신도 아니고 뭐야? 이해가 안 돼. 너무 어려워."

"어, 쉽게 얘기하자면 여기는 다 1차 관문소 라고 해야 하나? 저승도 저승에서 천국과 지옥으로 나뉘는데, 여기서 그걸 정해."

"그럼 생전에 살아 있을 때 나쁜 일을 많이 했으면 저승으로 가는 거야?"

"심각함의 정도에 따라 다르긴 한데 죄의 정도가 세지 않으면 여기서 좋은 일을 하며 죄를 갚고 천국으로 가는 법도 있고 죄를 인정하지 않으며 진상을 부리는 사람들은 보통 영혼을 묶어 두는 가장 밀폐된 방에서 머물게 하다 저승으로 빠르게 올려보네. 안 그럼 무슨 일이 일어날지 모르거든."

아인이는 과거를 회상하는 듯한 표정을 지었다. 예전엔 무슨 일이 있었는지 물어보고 싶었지만 나는 그냥 아인이가 하는 말을 들었다. 아인이의 말을 들으면서 이곳의 정교한 시스템에 놀랐다.

"음… 그래서 앞으로 너는 먼저 날씨 관리일을 맡게 될 거야. 물론 나중에 바뀔 수도 있긴 해."

"날씨 관리? 그럼 내가 날씨를 만들어?"

"아니. 넌 나와 영혼들이 일을 잘하는지 보고 2차 검문소 가기 전에 검사하고 일손이 부족하면 도와주는 역할을 하게 될 거야."

생각보다 책임감이 많이 느껴져 내가 잘할 수 있을까 두려웠다.

"내가 여기서 잘할 수 있을까? 나는 오늘 처음 왔는데?" 나는 걱정스러운 얼굴로 아인이에게 말했다.

"걱정 같은 건 하나도 안 해도 돼. 나랑 대부분의 시간은 같이 있을 거고 내가 모르는 것은 다 알려 줄 거니까."

나는 아인이의 말에 조금은 안심이 됐다.

"그리고 아까는 정신이 없어서 봤는지 모르겠지만 이제 네가 여기서 일하게 된 이상 영혼들이 다 보일 거야. 약간 투명한 사람처럼 보일 건데 가끔 떠도는 영혼 중 헤매다 잘못 온 경우가 있는데 그중 네가 보기에 무섭게 생긴 놈들이 있을 수도 있으니까 항상 침착하게 다녀야 해. 네가 신입이라는 걸 알게 되면 좋을 게 없을 거니까."

'얼마나 무섭길래…' 내 표정을 봤는지 아인이가 말했다.

"무섭게 생긴 애도 있고 아닌 애도 있고 성질이 더러운 애도 있고 아닌 애도 있고 뭐 그래. 운이 나쁘지만 않으면 앞으로 며칠간은 만나지 않을 수도 있어."

"알겠어."

"그럼 간단한 설명은 끝났으니까 방을 둘러보자. 저기 책상 뒤에 있는 문 두 개 중 왼쪽은 우리가 지낼 곳, 오른쪽은 밖으로 바로 나갈 수 있는 방이야. 일단, 우리가 지낼 곳부터 보여 줄게. 밖은 내일 보는 걸로 하고 오늘은 쉬자. 내일 할 일이 고단할 거야. 괜찮지?"

"응. 괜찮아." 사실 나는 그 게임에 참여한 후로부터 쉬지도 못하고 걷고 달리고를 반복해 굉장히 피곤했다. 방으로 들어가 보니 또 두 개의 방이 있었다. 둘이 한방을 쓰는 것이 아니라 각자 방을 쓰는 것 같았다. 아인이가 말했다.

"우리 둘이 한방을 써도 되고 싫으면 각자 쓰면 돼. 물론 처음엔 한방을 쓰다 독방으로 바꿀 수도 있어."

"난 어떻게 지내도 좋아."

"그래? 그럼 내일이 밝기 전에 오늘은 일단 같이 쓰자. 각자 방을 쓰려면 구조를 좀 바꿔야 해서 시간이 좀 걸리거든."

방 안에 들어가 보니 침대가 두 개 떨어져 있고 문 바로 옆에 화장실이 있는 것 같았다. 문에서 쭈욱 들어가니 문을 마주 보고 바로 끝에 창문이 보였는데 밖의 빛이 들어 오지도, 나가지도 않는 창문이었고 문틀은 꽉꽉 막혀 있었다. 우리가 침대에 눕자, 불이 자동으로 꺼지고 난 5분도 안 돼서 바로 잠이 들었다.

8.

잠에서 깼다. 아침인 것 같았다. 옆을 보니 아인이는 이미 밖으로 나가고 없었다. 잠에서 깨니 아빠 생각이 났다. 다행히 아빠는 출장을 가서 내가 없어진 것을 모를 것이다. 화장실에 들어가 거울을 보고 세수를 하고 주머니에 항상 가지고 다니던 양치용 껌을 씹고 뱉었다.

밖으로 나가니 아인이가 책상에 앉아 기다리고 있었다. 나를 보더니 웃으며 말했다.

"오늘은 일하는 첫날이니 간단히 둘러보고 내가 뭐가 뭔지 설명해 줄게."

그렇게 오른쪽 문을 열고 나가니 엄청난 풍경이 펼쳐져 아인이만 바라보고 아무 말도 못 했다. 맑은 하늘과 구름이 예쁘게 보이고 심지어 내가 구름 위에 있었다. 나는 하루 종일 영역별로 어디서 무슨 일을 하는지 둘러보고 돌아다니며 아인이의 설명을 들었다. 나는 이곳이 좋았다. 아인이와 함께 이곳을 둘러보며 앞으로 열심히 이곳에서 일을 해야겠다고 생각했다. 나는 이곳에서 내가 지금까지 살면서 몰랐던 우리 가족의 비밀을 알게 됐다. 내가 지금까지도 그토록 궁금해하며 보고 싶어 했던 우리 엄마는 이곳의 최고 권위자였다.

Unknown World

"Ding dong!" The sound of the delivery interrupted our peaceful afternoon. "Mel, can you get the delivery?" my mom asked, but I eagerly volunteered. "I got it!" At ten years old, I tend to be more introverted, but my playful side emerges when I'm comfortable. Unfortunately, I don't have many friends at school. Well, I have many friends, but I have only one friend whom I feel is a real friend. Her name is Lucy. She is a little short, whereas I'm tall. We have both differences and similarities that I appreciate, and these shared distinct qualities help us understand each other better. Including Lucy, my friends prefer to call me Mel instead of my full name, Melie. With my long blond hair reaching almost to my waist when untied, and what others describe as big eyes and tall height, some people have even suggested I could be an idol due to my singing and dancing abilities. However, my true passion lies in something unconventional. I secretly dream of becoming a witch, though I know it sounds absurd since witches don't exist in reality. Yet, I can't help but wonder if there might be a hidden world of witches waiting to be discovered. It's a secret, but Lucy said she sometimes thinks like that too! I like those parts of her.

I was expecting my snacks to arrive and opened the door.

The delivery struck me as peculiar. It was a small box, no bigger than a Hershey chocolate bar. I thought, "My snacks aren't small like that." "Did Mom get something strange again?" While heading to the kitchen where my mom was, curiosity got the better of me, my mind forcing me to open it. However, the moment I did, a sudden "pop" reverberated through the room, startling my mom. To our relief, it turned out to be just a letter, miraculously unharmed despite the unexpected explosion.

"What happened?" my mom asked, appearing from the kitchen, clearly taken aback. I replied calmly, "I'm not sure. The box simply popped when I opened it, revealing only a letter inside." We attempted to unfold the letter, but something even more extraordinary occurred. As if by magic, a pen materialized on the paper and began to write on its own. It spelled out the letters "TFM." We stood there in awe, considering who could have sent us this peculiar delivery.

The letter's sudden levitation and its inexplicable journey into Mom's pocket left me dumbfounded. I couldn't resist the urge to question, "Mom, what on earth just happened?" Her response was evasive, as she muttered, "Oh, it's nothing, really." I couldn't let it slide and playfully remarked, "Well, Mom, last time I checked, letters don't sprout wings and fly into pockets."

I hoped for an explanation, but Mom hesitated before finally saying, "I'll explain everything when Dad gets home later." Deep down, I sensed that this peculiar event would mark a significant turning point in the history of my life.

On January 23rd, 2023, a fateful day forever etched in my memory, the course of my life took an unexpected turn. It began like any ordinary day, filled with the familiar routines that had become my norm. Little did I know that a single delivery would shatter my perception of reality. The arrival of a I letter marked the catalyst for a series of inexplicable events that would change everything. As I stood there, bewildered by the enigmatic message, the letter seemed to possess a will of its own. A mysterious force compelled a pen to materialize and trace the letters "TFM" on the paper's surface. Before I could fully process the bewildering situation unfolding before me, my vigilant mother intercepted the letter, her curiosity getting higher by the inexplicable phenomenon.

That eventful night, my mother summoned me to the grandeur of our living room, where a magnificent marble table stood as the centerpiece. Our penthouse in Manhattan bestowed upon us a breathtaking 360-degree view of the bustling city below. The living room itself boasted lavish furnishings, including a surprisingly big television and two plush sofas beckoning comfort. Adorning one wall were towering bookshelves, housing a vast collection of literature, while an attached room overflowed with an array of cherished dolls. My own bedroom was a spacious sanctuary, adorned with cozy seating atop a cushion shaped like a cute rabbit. The room was a haven for my love of books, particularly those that whisked me away into the realms of fantasy, where witches and wizards held sway. Countless mementos from those enchanting tales decorated my shelves, each one treasured. And not to be forgotten, my loyal and intelligent companion, Sugar, a beloved pet dog, faithfully kept me company.

Though my father's occupation remained a mystery to me, his financial success was evident, while my mother was engaged in government-related work, a profession veiled in bad things. To say my friend Lucy, who also lives in a luxurious house, doesn't know that I live in such a grand place.

As Mom and Dad exchanged serious glances, they urged me to retreat to my room, instructing me not to emerge until they had concluded their conversation. Curiosity annoyed me, but I complied, allowing them the space they needed. Little did I know that their forthcoming dialogue would forever alter the course of my life.

Once their discussion had reached its conclusion, they beckoned me back to the living room, their expressions a mix of seriousness and anticipation. With a gravity that left no room for doubt, they revealed the astonishing truth: I was a witch. At that moment, disbelief composed with astonishment, and I wondered if this was all an elaborate jest. Yet their unwavering seriousness dispelled any notion of jest or make-believe. Mom said "TFM" means time for magic which means their child is now prepared to go to magic school. I asked how did she know that and she learned it in her magic school. And there was a more shocking thing. Both of my parents were witches and wizards but my mom and dad hid their secret due to the law of the magical world which was not to reveal their truth. So each other didn't know who were they actually because they met. in the real world. Today I learned many things about my family. Plus actually, my parent's job was related to magic. And Dad and Mom lied about their job to each other. Wow! They are a good liar. And everything was revealed tonight. It was pretty exciting.

Before delving further into the intricacies of my newfound identity, they requested that I retire to bed, emphasizing the importance of their impending discussion. Despite the early hour, a mere seven o'clock, considerably earlier than my customary bedtime of 11:30, I had no choice but to agree. The weight of the revelation consumed my thoughts as I drifted into a restless slumber, anticipation and uncertainty combined together within my dreams.

As I made my way towards the laundry room, a mischievous impulse took hold of me, and I intentionally let my clothes slip from my grasp, feigning clumsiness, in order to catch a glimpse of what Mom and Dad were engrossed in. However, when my father's gaze unexpectedly met mine, his eyes seemed to convey a silent message: "Quickly, place the clothes in the laundry and retire to your room." An unsettled feeling gnawed at me, refusing to dissipate, and sleep became an elusive prospect.

Seeking solace in distraction, I reached for my trusty tablet and delved into a search for information on witches. Alas, my efforts were in vain, as the results yielded nothing more than poorly crafted, unedited images with sensational captions exclaiming "Real witches!" It was evident, even to my discerning eyesight, that these were nothing more than fraudulent creations.

Frustration welled up within me as my attempt to find answers came to a fruitless end. With a sigh of defeat, I powered off my tablet, seeking respite in my cell phone and the realm of NuTube. To my dismay, a disheartening message greeted me: "Lost in connection." Perplexed, I relocated to an area with a stronger Wi-Fi signal, hoping for a resolution, only to be met with the same outcome. This was an unprecedented occurrence, leaving me bewildered and uncertain.

Seeking assistance, I reached out to my mom, my voice tinged with desperation. "Mom, my phone has lost its Wi-Fi connection. Can you please help me?" I implored. Her response carried a hint of regret as she suggested, "Well, perhaps you could occupy yourself with homework or retire for the night."

My frustration mounting, I retorted with a touch of irritation, "But I don't want to do homework now!" My pleas were heard, and my mom reluctantly granted me permission to indulge in games instead.

As the game began to load, my gaze inadvertently shifted toward the enchanting sight of the night sky. Its velvety expanse adorned with shimmering stars captivated my attention. However, my mind remained cluttered, consumed by a whirlwind of thoughts that hindered my ability to immerse myself in the game. A sense of weariness washed over me, and the idea of seeking solace in sleep began to appeal. Resolving to find respite, I obediently switched off the lights, allowing darkness to engulf the room, and with a hopeful heart, I closed my eyes, yearning for a tranquil night's slumber.

The following day greeted me with pleasant weather, exuding a gentle warmth that permeated the air. As I awakened from my slumber, an inexplicable sense of anticipation enveloped me, as if a momentous occurrence awaited me on the horizon. At that very moment, my mother entered the room, her voice carrying a melodic tone as she greeted me, "Good morning, my dear. Did you have a restful night?" She approached my bedside, taking a seat beside me, and together we observed the radiant rays of the morning sun. With a hint of intrigue in her voice, she continued, "I shall now recount the events of yesterday. Do you recall what I revealed to you?" I nodded in affirmation, recalling her words from the previous night. "And do you also remember the day you returned home earlier than usual, last Monday?" The memory instantly resurfaced within me, prompting an eager response, "Oh, yes! I remember it vividly."

On that particular day, it happened to be our school's anniversary, a significant occasion that had somehow escaped my memory. Oblivious to the significance of the day, I strolled along the familiar path toward school, only to be greeted by an eerie emptiness. The absence of bustling students, normally filling the streets with youthful energy, sent a strange shiver down my spine. Perplexed, I attempted to contact my best friend Sheila, with whom I typically embarked on this daily journey. However, the call went unanswered, the silence on the other end reflecting the truth that we were both unaware of – there would be no school that day.

As I stood before the school's entrance, a disheartening sight unfolded before me. The "CLOSED" sign was displayed prominently, serving as a stark reminder of my forgetfulness. Regret washed over me as I retraced my steps, returning home with a heavy heart.

When I entered the house, I was met with an astonishing sight. Every household appliance seemed to have come to life, autonomously engaged in their respective cleaning tasks. The vacuum cleaner whirred as it skillfully maneuvered around the room, while the washing machine diligently folded the freshly laundered clothes. Even the loofah took on the unexpected role of dishwashing, scrubbing plates, and cutlery with surprising efficiency. My mother sat in disbelief, her eyes wide with astonishment.

Attempting to find an explanation, I mustered the words, "Mom, what is happening here?" However, before I could complete my sentence, a peculiar noise echoed in the air, catching my attention. I turned my gaze to observe subtle, shadow-like figures resembling plastic materializing before me. It was an uncanny sight, yet strangely familiar.

My mother, stumbling through her words, attempted to provide an explanation. "Oh, um, these are just... machines. See those tiny plastic components?" Her voice quivered with confusion and surprise. Despite the bizarre events unfolding before us, I found myself oddly unfazed. Such inexplicable occurrences had become somewhat commonplace in my life. Accepting her explanation, I shrugged it off and returned to my room, seeking solace in the world of play.

Feeling a mix of curiosity and impatience, I couldn't help but question my mother's sudden shift in conversation. "Yes, I remember, but why did you mention that day when you said you would be talking to me about what happened yesterday?" My eagerness to uncover the truth behind the recent events made it difficult to contain my anticipation. I yearned to hear the details my mom had promised to share, and so I decided to ask directly for the answers I sought.

"Why did you bring up yesterday if you're not going to tell me what happened?" My voice carried a hint of frustration, as the suspense was becoming almost unbearable. I eagerly awaited my mother's response, hoping it would provide the explanations I longed for.

As I listened intently to my mother's words, it became apparent that she, too, was grappling with how to begin unraveling the secrets that had plagued our family. She acknowledged the existence of hidden truths and expressed her understanding that I would have numerous questions. With a determined look in my eyes, I silently urged her to continue, indicating my readiness to hear the full story.

Taking a deep breath, my mom gathered her thoughts and began to share the revelations that had unfolded the previous night. She spoke with a mixture of hesitancy and sincerity as if carefully choosing her words to navigate the complexities of our family's history. It was clear that what she was about to disclose would reshape my understanding of who we were as a family and unlock a realm of possibilities previously unknown to me.

As my mother began delving into her own childhood, I could sense her nostalgia and a touch of vulnerability in her voice. She spoke about growing up in a small town, painting vivid pictures with her words. I learned about her mischievous adventures with her siblings, the joyous moments spent playing in fields, and the tight-knit community that shaped her upbringing. It was as if I was transported to a different time, witnessing a side of my mother I had never known before.

Next, she turned her attention to my father's childhood, and her face softened with affection as she described the person he once was. I listened intently, captivated by the stories of his curiosity, his love for exploration, and the dreams he harbored in his heart. It was fascinating to discover the origins of the man I called Dad, realizing that he, too, had a vibrant past filled with experiences that had shaped him into the person he had become.

As the stories unfolded, I found myself connecting the dots, piecing together fragments of my parents' lives that had previously been missing. It was a profound realization that my parents were not just Mom and Dad, but individuals who had walked their own unique paths, carrying their own dreams, challenges, and aspirations.

With each passing moment, I felt a growing sense of closeness to my parents. The gaps in our understanding were gradually bridged, and a newfound appreciation for their journey began to take root within me. At that moment, I realized that our family's secrets were not meant to keep us apart but rather to be shared and understood, fostering a deeper bond that would carry us forward together.

My mother continued, her voice filled with a mix of relief and apprehension, "We had always kept our magical abilities hidden, not just from the world but from each other as well. It was a necessary precaution to ensure our safety and to allow you to have a childhood free from the complexities of our magical world."

She explained how they had met under extraordinary circumstances, how their love had blossomed amidst the enchantment, and how they had made the difficult decision to conceal their true identities for the sake of our family's well-being. Their love had triumphed over the boundaries of their magical heritage, but it also meant bearing the burden of secrets that had weighed heavily on their hearts.

"I never wanted to keep this secret from you, my dear," my mother said, her eyes filled with remorse. "But we were trying to protect you, to shield you from the expectations and dangers that come with being a witch or a wizard. We wanted you to have a normal childhood, to experience the world without the burden of magic."

My mind was racing with a whirlwind of emotions. Surprise, confusion and a sense of excitement intertwined within me. I realized that the peculiar occurrences throughout my life, the unexplainable events that I had brushed off as mere coincidences, were actually manifestations of my own latent magical abilities.

My mother's words answered the questions that had plagued my mind. They had kept their identities hidden to create a sense of normalcy for our family, and it was a testament to their love and sacrifice. But now, the truth had been unveiled, and I stood on the threshold of a new chapter in my life.

As I absorbed the weight of this revelation, I couldn't help but feel a surge of curiosity and anticipation. The world that had once seemed ordinary and mundane now shimmered with infinite possibilities. I was no longer just Mel, the introverted girl with big dreams. I was Mel, the witch, with a legacy waiting to be discovered and a destiny waiting to unfold.

With newfound excitement, I looked at my parents, their faces etched with a mix of worry and hope. At that moment, I understood that our family's unity, love, and unwavering support would be our guiding light on this magical journey. And together, we would navigate the extraordinary world that had been hidden in plain sight, embracing our true identities and unlocking the extraordinary powers that lay within us.

She explained that there were moments when both she and Dad would inadvertently display their magical abilities in front of me. To them, these acts were perfectly ordinary, as they were accustomed to the ways of the magical world. However, to someone unfamiliar with magic, these instances appeared extraordinary and out of the ordinary.

For instance, my parents would effortlessly transform their outfits in a matter of seconds, right before my eyes. They would casually enter a room wearing one set of clothes and emerge a few moments later dressed in an entirely different attire. To them, it was a simple act, but to me, it seemed like a remarkable feat.

In my innocence, I had assumed that every adult possessed such extraordinary abilities, and it was only a matter of time before I would acquire them too. Little did I know that these were unique talents bestowed upon individuals with magical heritage.

As my mother shared these stories, a mix of wonder and amusement washed over me. I realized that my parents had been living a delicate balancing act, concealing their magical nature while navigating the mundane world. It was a testament to their love for me, their desire to provide a normal upbringing, and their selfless commitment to protecting our family.

I couldn't help but feel a sense of pride and gratitude for my parents. They had shielded me from the intricacies and potential dangers of the magical realm, allowing me to grow up unaware of my true heritage. Yet, now that the secret was revealed, I felt an incredible sense of anticipation and curiosity, eager to explore and embrace this enchanting part of my identity.

With newfound understanding, I looked at my parents with a deep sense of appreciation. Their every day "abnormalities" now held a deeper significance, symbolizing the extraordinary world that had been woven into the fabric of our lives. Together, we would embark on a journey of discovery, unraveling the mysteries of our magical lineage and embracing the extraordinary path that awaited us.

As the realization sank in, I couldn't help but feel a mix of excitement, curiosity, and a hint of nervousness. Being a witch opened up a world of endless possibilities, but it also meant embarking on a journey filled with new experiences and responsibilities.

Mom retrieved the mysterious letter, the one that had written itself, from a hidden drawer. Its appearance held a certain allure, and I eagerly anticipated its contents. With a mischievous smile, she handed me the letter, urging me to read it carefully.

As I unfolded the letter, the words seemed to dance off the page. It was a message from a magical academy, inviting me to join their school and hone my magical abilities. The letter outlined the subjects I would learn, the friendships I would forge, and the adventures that awaited me.

Overwhelmed with excitement, I couldn't contain my enthusiasm. "Mom, this is incredible! I've been invited to attend a magical academy!" I exclaimed, my voice filled with awe and wonder. Mom nodded, her eyes gleaming with pride. She explained that the academy would provide guidance and training to help me develop my magical skills and discover my true potential.

As the day stretched before us, brimming with possibilities, Mom outlined our plans. She mentioned that we would visit a magical supply store to gather the necessary tools and ingredients for my studies. We would also meet with experienced witches and wizards who would offer guidance and mentorship along my magical journey.

My mind buzzed with questions and anticipation. What would my magical abilities be? Would I excel in certain subjects? How would I make friends at the academy? The unknown thrilled me, and I eagerly embraced the adventure that awaited.

With a twinkle in her eyes, Mom reassured me, "Don't worry, my dear. We'll take it one step at a time. Today, let's start by immersing ourselves in the world of magic. We'll explore the magical supply store, gather the tools you need, and learn about the wonders and possibilities that lie ahead."

As we embarked on this new chapter, I felt a surge of excitement and determination. The ordinary world I once knew was now intertwined with magic, and I was ready to step into the extraordinary. Together with Mom by my side, I would embark on a remarkable journey of self-discovery, friendship, and the realization of my full potential as a witch.

Chapter 3

Mom and I stepped out onto a path that was unfamiliar to me. As we walked, I noticed that we were venturing into a part of town I had never explored before. At first, the surroundings seemed ordinary, with familiar sights like Lotteria, Starbucks, and a bustling stationery store.

However, as we continued our journey, something peculiar occurred. The familiar shops gradually disappeared, replaced by rows of houses lining the streets. I observed this transformation with growing curiosity and wondered where Mom was leading us.

I noticed Mom deep in thought, quietly counting under her breath. Her focused expression made me hesitant to interrupt her, but my curiosity was getting the best of me. I decided to save my questions for when we reached our destination.

Suddenly, we approached what appeared to be a wall. I blinked in surprise, questioning its presence. It seemed out of place, standing tall and blocking our path. My confusion grew, and I couldn't help but wonder what lay beyond that mysterious wall.

Before I could voice my concerns, Mom turned to me with a reassuring smile. "Don't worry, Mel," she said softly. "This is where we need to go." Her words intrigued me further, fueling my desire to uncover the secrets hidden beyond that enigmatic barrier.

As we approached the wall, it started to fade away before our eyes, revealing a breathtaking sight. The wall, which had initially seemed solid and impenetrable, dissolved into thin air, like a wisp of smoke dissipating in the wind. The scene that unfolded before us was unlike anything I had ever seen.

I stood in awe as an enchanting world emerged, vibrant and alive. Magical creatures fluttered about, casting spells, and mystical beings wandered through the streets. The air crackled with undeniable energy, and I realized that we had entered a realm where magic thrived.

My heart raced with anticipation, and I turned to Mom, my eyes filled with excitement. "Mom, where are we?" I asked, unable to contain my curiosity any longer. She took a deep breath and replied, "We've entered the hidden realm of the magical beings, a place where witches and wizards coexist."

The realization hit me like a bolt of lightning. I had crossed a threshold into a world where the extraordinary was ordinary, and the unimaginable became possible. A mix of wonder, anticipation, and a touch of apprehension flooded my senses. What adventures awaited me in this magical realm? How would I fit into this extraordinary tapestry?

With each step I took, my confidence grew, and I embraced the unknown. Together with Mom, I would embark on a remarkable journey, unraveling the mysteries of this enchanted world, honing my magical abilities, and discovering my place among the witches and wizards who called this realm home. The excitement bubbled within me, and I eagerly embraced the extraordinary path that awaited.

I soon realized that what I had mistaken for a wall was, in fact, a peculiar brown-colored road, incredibly steep, almost at a 90° angle. Mom explained that this road served as the entrance to the magical world. For ordinary, non-magical individuals, stepping on this road would result in a swift descent, sending them tumbling down to the bottom, where they would find themselves at the entrance or their intended destination.

However, for those connected to magic, like witches and

wizards, the road posed no obstacle. They could effortlessly traverse it, continuing their journey into the mystical realm beyond. It was fascinating to learn about these unique aspects of the magical world, one step at a time.

With newfound understanding, I marveled at the road's design. Its steepness now made sense, serving as a test, a filter that separated the magical from the non-magical. It was a symbol of the hidden realm's exclusivity, a threshold that only those with a connection to magic could pass.

Excitement surged within me as I gazed upon the road, contemplating the adventures that awaited beyond its mysterious incline. I felt a renewed sense of purpose, knowing that I possessed the potential to explore the extraordinary and unlock the secrets of the magical world.

Turning to Mom, my eyes sparkled with anticipation. "Mom, are we really going to walk on this road and enter the magical world?" I asked, eager to embark on this extraordinary journey. She nodded, a warm smile gracing her face. "Yes, my dear," she replied. "We will step onto this road together, embracing the wonders that lie ahead."

With each passing moment, my anticipation grew, mingling with a hint of trepidation. I was about to embark on a path that would forever change my life, delving into a realm where dreams became reality and where the unimaginable bloomed.

Taking a deep breath, I steeled my resolve and prepared to step onto the magical road, ready to embrace the extraordinary adventures that awaited on the other side.

Filled with curiosity, I cautiously extended my hand toward the wall, and to my astonishment, it effortlessly passed through. The sensation sent shivers down my spine, tangible proof of the magical realm's existence. Mom instructed me to enter by placing my leg into the road and allowing gravity to guide me downwards. She demonstrated the process, gracefully leaping and descending into the 90-degree brown road.

As I stood at the precipice, a mix of excitement and trepidation surged within me. This was the moment I had been waiting for, my gateway to the enchanting world beneath. I took a deep breath, steadied my nerves, and prepared to take my leap of faith.

With one foot poised to cross the threshold, I glanced back momentarily, reflecting on the events that had unfolded since yesterday. The discovery of my magical heritage, the revelations about my parents, and the sudden realization that a world of wonders awaited me beyond this road.

In that fleeting moment, thoughts swirled through my mind. What adventures lay ahead? How would my life change in this mystical realm? Yet, amidst the uncertainties, a profound sense of anticipation and determination propelled me forward.

Summoning my courage, I took the leap, plunging my leg into the road. Instantly, it felt as though an invisible force was drawing me in, pulling me deeper into the magical world. I descended, my heart pounding with a mix of exhilaration and awe, ready to embrace the unknown that awaited me below.

As I descended further into the depths, a sense of weightlessness enveloped me. The normal rules of gravity seemed to be suspended, replaced by the enchanting forces of the magical realm. My anticipation grew with each passing moment, and a radiant smile stretched across my face.

The journey had begun. With each passing second, I left behind the familiar and embraced the extraordinary. Excitement coursed through my veins as I embraced the unknown, eager to explore the wonders of the magical world and embark on an adventure beyond my wildest dreams.

As I emerged from the slide, my surroundings transformed into a bustling scene filled with vibrant lights and an array of shops. The air hummed with excitement, and a sense of enchantment lingered in every corner. People strolled through the streets, some adorned in attire similar to mine, while others sported garments befitting witches and wizards.

Amidst the lively atmosphere, I couldn't shake off the uneasy feeling from before. That man I had seen earlier, his presence lingering in my thoughts. I couldn't discern his intentions, but something about him felt off as if he harbored darkness within. With a quickening heartbeat, I closed my eyes and took a leap of faith, plunging into the wall.

The descent was a whirlwind of sensations, my scream echoing through the darkness as I plummeted downward. But to my surprise, there was no impact, no pain upon landing. Instead, I found myself gliding down what seemed to be a water slide, the cool water reaching with pleasure to my skin. It was a strange and exhilarating experience, and I couldn't resist poking my finger into the flowing stream, relishing the familiar sensation akin to a shower's spray.

As the slide came to an end, I was greeted by a radiant glow and a burst of light. At that moment, I felt weightless, suspended in mid-air as if I were soaring through the heavens. With a soft "psst," I landed gracefully, my feet touching the solid ground once more.

The sight before me was nothing short of breathtaking. Rows of enchanting stores stretched out, each one beckoning with its own unique charm. The crowd bustled with a diverse array of individuals, some like me in ordinary clothes, others adorned in elaborate robes befitting their magical nature.

I stood there, absorbing the extraordinary scene, a mix of awe and curiosity flooding my senses. This was the magical world I had always yearned to explore, and now I stood at its very heart. Excitement bubbled within me, and I couldn't help but wonder what adventures awaited me in this wondrous realm.

With a deep breath, I took my first step forward, ready to embark on a journey that would test my courage, ignite my imagination, and reveal the limitless possibilities that lay within the realm of magic....

I felt like falling down. Because it was so dark in. I couldn't see anything. I changed my position and looked beneath hoping I would be able to see something. Then, I could see some lights. I saw it in more detail than I saw it. It was a water stream flowing down like roller coasters!

With screaming my brain was moving fast. If I go straight into there I would go through that water and would be falling down then I would be bumping on the ground and I'll die! What should I do?

I got closer and closer. Th3n, 'slap!' strangely I wasn't falling through the water. Instead, I was riding it. Like a slide, I was on the water and was going down how it leads. It was soft when I was falling, but it wasn't when I slid down in a straight position. But if I put one finger in there it was just like a water stream in a valley.

As I was riding the water slide, soon, I could see the way was divided. I thought what road am I supposed to be going? But I felt like it was like this last time it would be all fine so I just let my body to the place where it led me to.

The water stream's direction changed to the right and I went the right way. I think I'm now seeing the end of the slide. From the glowing slide, I could see the bright light through the& transparent water.

Just then my speed got faster and I started to go 5o upside-down slowly and slowly then it stopped for a second and I was going down at a fast speed. Then it ended. And I felt like I was flying. Because my body was in the air. "AHhhhhh" Then my position suddenly got straight then I landed on soft ground.

Then, I could see Mom. She said, "Was it okay?" I said "Of course not" It was a liberating water slide without safety things."

With a little smile, she said, "Not bad for trying the first time." She said"We first have to go to the reception center. The reception center is how and where all the witch and wizards start their first step to being witches and wizards. The working way in reception center is quite similar beside other things."

"Ummm Where is the reception center? " Standing up, I asked her.

She said, "Here, here is the reception center!" Welcome to the magic world.!" Only then, I get my head up and start looking at my surroundings. There were many people going there and there and the working people were wearing some clothes that I would think are magical world clothes.

Other people just moved there and there were wearing clothes a little different from person to person some were the normal clothes which we wear in the normal world and others were wearing the clothes you would be imagining now.

The color and design were a little different from people some people had cloaks but some did not. Some Witch had long skirts but other one was short

Mom led me to the line where it was the shortest. Then she said" We are going to get a letter and then going to go to the safe to get the money. Ah, Before do you have the normal world's money?" "She seemed quit rushing." But now I know why. The line was getting short fast.

I said ' I have a few dollars, but why?"

"We have to do currency exchange ." Can you give the money to me ?"

"Wow, is money different? I felt more real that I had come to a magical world.

Our turn came and my mom said "Our number would be, 208" and put the object which I estimated as the key to the safe. Then the creature which looked like a snail got it and guided us. It was surprising and shocking to see that kind of creature. It was a little disgusting but also cute. In the bank, all of the officers looked like that.

They were about 140 to 150 centimeters tall and color by

creature by creature color was a little different. It was a relief for me that Mom told me what they looked like when we were coming. They looked like large caterpillars with various colors.

We waited for the elevator which looked like the old elevators used when they first came out. It was made of iron bars as I saw it and when I rode the elevator, there was no surprise or reversal. It was just like old elevators. Also, there were some parts that were rusty. I was worried if it would fall down but my mom told me that it would never fall down because the magic is supporting it.

Then, I thought, how about magic fixing these old elevators? And asked my mom. She told me that because those caterpillar creatures called 'Orgas' and one more creature which gardens the safe when we go up are called 'Avispas' and don't really like witches and wizards.

Also, she said that before the machine 'elevator' was made they used stairs and walking. And after the elevators came out, they tried to change the stairs into elevators and in that process, some evil wizards costumed as if they were people who were changing it, and tried to sneak into the safe and get the money. Eventually, they were caught and after that, the elevators would never change because Orgas realized that they were not strong enough and hired Avispas. Also, both of them hated witches and wizards.

I wasn't thinking to ask how those Avispas look but then we arrived at our floor which was 208 floor. The electronic board on the elevator said 208. Wait, what??? It is an old elevator but fast. It looked like a less than 5-floor building but I'm now 208 floors! I was looking at my mom and Mom told me that it wasn't talking about the floor, it was talking about the room and hallway number. We put the key, which mom gave to Orgas as she came in, into the little hole next to the door, our safe is 208 so, it will make us go to the second floor 20th hallway 08 room. If it is 3899, it will go to the third-floor 89th hallway and room nine.

I didn't feel this elevator was going up because it can go up or go to side! That's cool. The door opened soon and as I put my foot out of the elevator, I was shocked. Because I forgot to ask what Avispas look like, I didn't know that they looked like wasps! I didn't tell you but wasps are the scariest thing I think of insects or mammals.

I was almost going to yell, but the thought that my mom said not to yell was passing in my head and I ultimately closed my open mouth. There was a door right in front of me and Avispas were located at the end of the door. I turned my head a little and could see everywhere were doors and two Avispas at the end of the doors.

Everyone got out of the door and the elevator was gone. It

was very interesting to see the elevator going to the side and going up. It seemed to be going to another safe to get people. It was a little dark and there were lanterns instead of fluorescent lights. I supposed it was because of the incident that my mom told me. Maybe here nothing developed from the past.

Orga holds the key and puts it in the hole in the door. I expected to see money after the door opened, but instead, I could see another door. Then Orga and my mom put their hand on my mom and then the doors opened and I could see a separate area. One side was filled with paper money and the other side was filled with different sizes of coins. They were a lot. the color of the coin was gold. I noticed that they know which is which.

Mom said we are first going to get coins. So we went to the left side where there were coins. I didn't know how many I should get so I just got a little back and saw my mom getting it. I was a little bewildered to see my mom getting a lot of coins to think of the normal world, usually using paper money.

Then my mom explained to me that in this world we usually use coins and the bigger it is, the higher the price. Also, coins have more higher value than paper money. There are three sizes of coins. Big, medium, small. It was interesting to know little by little about this world.

저는 CA공글 3기 김단우입니다. 저는 현재 6학년이고 곧 있으면 중학교에 들어갑니다. 저는 평소에 농구를 하고 경기를 보는 것을 즐깁니다. 또한, 저는 소설책 읽는 것을 좋아해 이런 글을 쓰게 되었습니다. 아직 부족한 점이 많지만, 잘 봐주시면 감사하겠고 앞으로도 더 나은 글을 쓰기 위해 노력할 것입니다.

이 글은 제가 좋아하는 농구를 바탕으로 쓴 소설입니다. 이 글은 영화 슬램덩크, 영화 리바운드와 한국 농구 선수분들의 이름을 참고했습니다. 그리고 저는 아직 농구의 규칙에 대해 정확하게 잘 몰라 사실과 다른 내용이 있을 수는 있는 점 양해 부탁드립니다.

팀 동료

PG(포인트 가드): 3학년 박원빈 (주장) / 2학년 윤시원

SG(슈팅 가드): 3학년 이진우 (부주장)

C(센터): 2학년 권현빈

PF(파워 포워드): 2학년 김용훈

SF(스몰 포워드): 2학년 서단우 / 1학년 최종호

HC(감독): 민진영

1. 형의 사라짐

나는 서단우다. 우리 가족은 도시 와는 거리가 있는 바다 근처에 외진 곳에서 살고 있다. 눈을 떠보니 밖에서 쿵, 쿵 하는 소리가 들렸다. 나는 운동화를 신고 밖으로 나갔다. 나가보니 초등학생이 된 형이 집 앞 농구장에서 농구 연습을 하고 있었다. 나는 평소에 운동을 좋아하지는 않지만, 한 번 배워 보고 싶었다. 나는 "형, 나 농구 좀 알려줘."라고 용기 있게 말했다. 형은 흔쾌히 수락했다. 형은 나에게 농구의 규칙을 알려주었다. "지금부터 내가 기본적인 농구 규칙에 대해서 알려줄게. 잘 들어. 먼저, 농구에서는 공을 잡고 다시 튀기면 안 돼. 이 파울을 더블 드리블이라고 해. 또, 농구에서는 공을 잡고 최대 두 발까지 움직일 수 있어. 더 움직이면 파울이야. 이 파울을 워킹이라고 해. 알았지?" 형이 나에게 공을 건넸다. 나는 한 번 형이 건네준 공을 튀겨 보았다. 그런데 공이 내 발에 맞고 밑으로 계속 굴러갔다. 나와 형은 재빨리 공을 찾으러 뛰어갔다. 형은 공이 굴러가는 것을 잡으려다가 넘어졌다. 형은 재빨리 일어나서 다시 공을 찾으러 뛰었지만, 안개가 자욱해서 공은 보이지 않았다. 형은 공을 찾기 위해 빨리 뛰고 또 뛰었고 30초가 지나자 형의 모습은 보이지 않았다. 나는 걱정스러운 마음으로 집에 들어가 부모님과 누나에게 형이 공을 찾으러 산속으로 간 사실을 알렸다. 부모님은 형은 잘 돌아올 거라며 나를 안심시켰다. 나와 누나는 형이 쓰던 농구공을 깨끗이 닦아 방에 보관하고, 형이 오기를 애타게 기다리며 열심히 농구 연습을 하고, 또 했다.

2. 7년 후

나는 매일 학교 끝나고 친구들과 3시간씩 농구 연습을 했다. 나의 노력은 헛되지 않아서 중학생이 되자마자 나는 태상중학교 남자부 농구선수로 뽑히고, 현재 3학년인 우리 누나는 태상중학교 여자부 농구선수이다. 아빠는 전 농구선수 출신인데 대한민국 대표로 올림픽에 나간 경험이 있으시다. 아빠는 그때 상대편의 키 큰 센터에게 밀려 다리를 삐끗해 큰 부상을 입어 은퇴하셨다. 현재는 농구하실 정도로 회복되어 누나 학교 농구팀의 감독직을 맡고 계신다. 그리고 우리 팀에는 5명의 고정 멤버와 1명 교체 멤버가 있다. 우리 팀에는 현재 인원이 부족해 교체 선수가 한 명밖에 없는 상황이다.

3. 주장의 부상

전국 3등 팀 대광중과의 친선 경기가 있기 일주일 전, 나는 훈련

시간보다 늦게 일어나 유니폼을 갈아입고 체육관으로 향했다. 체육관에 들어가 보니 주장이 훈련하다가 다리를 다친 모습이 보였다. 주장은 코치님들과 병원으로 향했다. 주장은 포인트 가드다. 우리 팀에는 주장처럼 돌파하는 능력이 좋은 선수가 없다. 감독님은 일주일만 있으면 친선 경기가 있는데, 우리에게 누가 주장의 빈자리를 채울 거냐고 말씀하셨다. 우리 팀에는 교체 선수로 나랑 같이 팀에 입단한 종호가 있다. 나는 용기를 내어 말했다. "제가 주장의 자리에 들어가고 종호가 제 자리로 가면 안 될까요?" 감독님은 내 말에 동의하셨다. 종호도 오랜만에 선발로 나가서 기쁜 것 같았다. 감독님은 우리에게 슛 연습을 하라고 말씀하시고 부상을 당한 주장의 상태를 확인하러 병원으로 가셨다. 우리가 훈련을 마치고 쉬고 있는데 체육관으로 감독님이 뛰어오셨다. 감독님은 주장의 발목에 무리가 가서 한 달 동안은 농구를 할 수 없다고 하셨다. 그리고 나에게 주장 역할을 맡으라고 하셨다.

4. 친선 경기

친선 경기 당일 5시간 전, 우리 팀은 경기장에 일찍 도착했다. 감독님은 주장이 빠져 원래 쓰던 전술이 의미가 없다고 하시고 내가 하고 싶은 플레이를 하되, 섣불리 공격하지 말고 수비를 우선으로 하여 역습 공격만 하라고 하셨다. 우리는 코치님 다섯 분과 바뀐 전술에 익숙해지도록 경기했다. 주장의 빈자리 때문인지 우리는 코치님도 뚫지 못하고 부주장의 3점 슛 덕분에 이기기는 했지만, 경기적인 측면으로 보았을 때는 전보다 엉망이었다.

친선 경기가 시작되었다. 대광중은 우리 팀을 얕잡아보았는지 후보 라인업으로 우리를 상대했다. 우리 팀은 바뀐 전술에 당황했는지 팀원들은 각자 자리를 찾지 못하고 뒤죽박죽 엉켜버렸다. 그리고 나는 포인트 가드가 처음이라 돌파를 시도하면 3점 라인에서 뺏기고 번번이 역습당했다. 우리는 2쿼터를 28대 19로 진 채 마무리하고 하프 타임을 가지며 감독님에게 전술을 듣고 물을 마시고 경기장 안으로 들어갔다. 3쿼터가 시작되었다. 나는 감독님의 말씀을 듣지 못하고 원래 하던 대로 내가 원하는 드리블 돌파를 해 3분 만에 7점을 단숨에 잃었다. 감독님은 타임아웃을 요청하시고 부주장에게 공을 몰아줘 3점 슛을 노려보라고 말씀하셨다. 우리 팀은 3 쿼터까지 부주장의 정확한 3점 슛으로 46대 38점으로 따라갔다. 4 쿼터가 시작되자마자 상대 팀은 주전 선수 3명을 투입시키고 빠른 속도로 공격해 왔다. 그리고 부주장만 밀착 마크했다. 우리 팀은 속수무책으로 아무것도 못 하고 60대 47로 끝내 패배했다.

5. 새로운 포인트 가드

친선 경기가 끝나고 다음 날, 나는 곧장 체육관으로 향했다. 체육관에는 길거리에서 농구 좀 하게 생긴 애가 있었다. 키는 주장보다 조금 크고 178cm 정도 되는 것 같았다. 감독님은 새로 들어온 친구인데 주장을 대신해서 포인트 가드를 해줄 것이라고 하셨다. 이름은 "윤시원"이고 전 팀에서 감독과의 불화가 생겨서 우리 팀 감독이 빠르게 데리고 왔다고 했다. 윤시원의 전 팀은 어제 경기했던 바로 3등 팀이다. 윤시원은 비록 2학년이지만, 전 팀에서 부주장까지 맡을 만큼 실력은 아주 출중하다 하셨다. 그리고 윤시원에게 슛 연습을 하라고 하고 우리들만 밖으로 데리고 가셔서 말씀하셨다. "윤시원, 걔 전 팀에서도 감독이랑 동료들이랑 자주 싸우고 성격 안 좋기로 유명해. 실력이 좋아서 데려오긴 했는데, 되도록이면 서로 싸우지 말고 잘해줘." 우리들은 일단 알겠다고 했다. 우리 팀은 다시 체육관으로 들어갔다.

6. 전국 대회 예선

전국 대회가 시작되었다. 전국 대회는 총 8개의 팀이 출전하고 예선은 2개의 조로 구성된다. 조에서 1,2 위를 한 팀만 본선에 진출

한다. 본선전은 준결승과 결승전으로 이루어져 있다. 우리 태상중은 1조로 예선전부터 지난번에 졌던 대광중, 구세중과 세명중으로 정해졌다. 다행히도 대광중 말고는 해 볼 만한 팀이었다. 그리고 2조에는 전국 1위 강천중과 전국 대회 디펜딩 챔피언이자 전국 2위인 성산중이 있고 광성중, 민해중이 있다. 예선 하루 전까지 우리 팀은 다행히 새로 들어온 윤시원과 별 무리 없이 훈련하고 3대 3으로 연습경기 하면서 호흡을 맞추어가고 있었다. 예선 1차전 상대는 구세 중이다. 구세중은 전국에서 하위권에 있는 팀으로, 운 좋게 전국 대회까지 올라온 신생팀이다. 이번 경기는 나 대신 종호가 스몰 포워드로 나가는 경기이다. 또한 윤시원의 태상중 데뷔전이기도 하다.

경기가 시작되었다. 경기는 예상대로 우리 팀의 리드로 흘러갔다. 상대는 4명이나 1학년 선수들이어서 리바운드를 잘 잡지 못하고 슛도 많이 놓쳤다. 우리 팀은 60 대 38로 경기를 압도하고 그렇게 경기가 끝났다. 그리고 나는 경기가 끝난 후 벤치에 앉아 핸드폰을 확인해 보니 전국 3위인 대광중이 세명중에게 50 대 48로 아쉽게 졌다는 것을 알게 되었고 우리 팀은 환호하였다. 감독님은 고생한 우리에게 경기가 끝난 후 근처에 유명한 소고깃집에 가서 소고기 12인분을 사주셨다. 우리는 맛있게 먹고 집에 돌아와 바로 잠에 들었다.

다음 날이 되었다. 우리 팀은 주장이 있는 병원으로 갔다. 주장은 거의 다 회복되었고 내일 퇴원이라는 소리를 들었다. 우리는 안심하고 주장과 근황 이야기를 했다. 그리고 우리 팀은 체육관에 가서 내일 있을 세명중 경기에 대비하기 위해 세명중이 2점 차이로 이긴 대광중과의 경기를 분석했다. 자세히 보니 세명중은 2쿼터쯤에 원래와 다르게 신기한 전술을 사용했다. 원래는 수비 후에 레이업 속공 전술을 사용했었는데 대광중의 수비 속도가 너무 빨라서 먹히지 않은 것을 보았다. 그리고 2쿼터가 시작하자마 컷 인 플레이를 많이 시도했다. 대광중 같은 경우는 속도와 슈팅, 개개인의 기술은 훌륭하지만 팀원과의 협동 수비 능력이 떨어진다. 그래서 세명중에 그 전술이 잘 먹힌 것 같았다. 우리팀은 역습 공격보다 부주장의 슈팅과 시원이의 날렵하고 화려한 기술을 이용하는 전술을 사용하자고 정했다.

경기가 시작되었다. 이번에는 내가 출전한다. 주장은 관중석에 앉아서 경기를 보았다. 우리 팀은 시작하자마자 주도권을 뺏기고 과도한 실수를 해서 6점을 내주게 되었다. 상대 팀 선수들은 우리에게 도발하기 시작했다. 윤시원이 상대 팀의 주장 권민수가 도발하자 밀며 소리쳤다. 윤시원은 권민수를 관중석 쪽으로 세게 밀어버렸다. 권민수는 쓰러져 의식을 잃었다. 심판은 우리 팀의 기권패를 선언하고 우리 팀원들은 권민수에게 달려갔다. 권민수는 구급차를 타고 병원으로 향했다. 권민수는 병원에서 선수 생활을 못한다는 판정을 받았다. 하지만 윤시원은 제대로 된 사과도 하지 않았다. 그리고 세명중은 확정적으로 본선에 진출하게 되었다. 우리 팀은 패닉에 빠졌다. 그 순간 주장이 라커룸으로 들어왔다. 주장은 부상을 완벽하게 회복했다. 주장은 분위기가 이상하자 바로 농구 연습을 하러 갔다.

다음 날, 윤시원은 징계 위원회에 참석했다. 우리 팀은 주장과 밖에서 기다렸다. 윤시원이 밖으로 걸어 나왔다. 윤시원은 짜증 난 표정이었다. 윤시원은 3경기 출전 정지를 받게 되었다. 윤시원은 감독과 우리에게 사과하고 집으로 떠났다. 우리 팀의 분위기는 침울했다. 우리는 아무 말 없이 체육관으로 향했다. 우리 팀은 지난번 대광중과의 경기 영상을 보았다. 우리는 영상을 함께 보며 슛은 대체로 좋은데 속도와 찬스 메이킹 능력이 현저히 떨어지는 것을 느꼈다. 슛 성공률은 높지만, 속도가 느리고 돌파를 잘못해 슛을 쏘지 못하는 것이다. 우리는 체육관을 10바퀴씩 뛰며 달리기를 하고 3대 3으로 경기를 하면서 단점을 보완했다. 3일 후 대광중과의 마지막 예선전이 있기 2시간 전, 우리 팀은 구세중이 세명중을 이겼다는 소리를 듣게 되었다. 현재 세명중은 2승 1패, 구세중은 1승 2패, 대광중은 1승 1패, 우리 팀인 태상중은 1승 1패이다. 우리 팀이 이 경기에서 5점 차이로 이기지 않으면 본선에 가지 못하고, 세명중과 대광중이 본선에 간다. 우리 팀은 열심히 경기 준비를 했다.

드디어 경기가 시작되었다. 상대는 중요한 경기라서 인지 지난 번과 다르게 주전 선수로 구성이 되어 있었다. 우리는 상대팀을 시작하자마자 압도했다. 우리 팀은 빠른 스피드로 경기 주도권을 가져갔고 스틸은 물론 공격 전개도 완벽했다. 그러나 상대 팀도 슛을 쏠 때마다 다 골망을 흔들었다. 4 쿼터가 2분 정도 남았을 때 점수는 81대 76으로 막상막하였다. 그런데 갑자기 상대 팀의 주장이자 슈팅 가드 김민호가 3점 슛을 쐈다. 나는 공을 건드린다는 것이 실수로 김민호의 손을 건드려버렸다. 그 슛은 득점이 됐고 심판은 파울을 선언했다. 그리고 추가 자유투 1개가 선언되었다. 김민호는 그 슛까지 성공시켰다. 81대 80이 되었다. 주장이 공을 몰고 와서 나에게 패스를 주었지만 나는 받지 못했고 상대 팀의 역습이 시작되었다. 그리고 상대 팀 센터 이진근은 덩크를 꽂았다. 경기는 20초가량 남아있었고 점수는 81대 82가 되었다. 주장은 시간을 다 쓰고 골을 넣어서 역전시키려고 했다. 주장은 계속해서 돌파를 시도해 보았지만 상대 팀은 더블 팀을 걸어서 방해했다. 주장은 비어있는 부주장에게 옆으로 패스를 주었다. 그 순간 상대 팀은 어쩔 수 없이 뛰어와서 부주장을 손으로 밀었다. 경기는 3초가 남아있고 양 팀 모두 반칙을 다 사용했다. 나는 공을 받자마자 센터 권현빈에게 패스를 주었고 권현빈은 슛 페이크하고 레이업으로 마무리했다. 경기는 83대 82로 극적으로 우리 팀이 승리했다. 그때 전국 1위 강천중이 조 2위를 했다는 소식이 들려왔다. 우리는 세명중에게 득실차가 밀려 조 2위지만 전국 2위 성산중을 만난다. 성산중도 어려운 상대이긴 하지만 강천중보단 낫다고 생각했다.

7. 준결승전

준결승 당일 날이 되었다. 성산중은 전국 2위이자 이 대회 디펜딩 챔피언이다. 성산중은 재작년까지는 전국 1위였는데 타 대회에서 강천중에게 밀려 현재는 전국 2위가 되었다. 하지만 이 대회에서는 항상 성산중이 더 좋은 성적을 보여주었다. 성산중 농구팀은 강천중보다 더 많은 스타 농구선수를 배출한 유명하고 돈도 더 많은 팀이다. 성산중의 감독은 1988년 서울 올림픽 농구 우승의 주역인 허민재 선수다. 그리고 포인트 가드, 슈팅 가드로 허민재 감독님의 아들 허웅민과 허훈철이 있고, 센터에는 키가 무려 198cm인 현승진이 있고 그 외에 유명한 선수들이 많이 있다. 우리 팀은 파이팅을 외치고 경기에 들어갔다.

성산중과의 준결승 경기가 시작되었다. 상대 팀은 현승진의 큰 키를 필두로 계속 찬스를 만들었다. 현승진은 볼을 잡고 바로 계속 포스트업으로 득점하고 허훈철을 계속 3점 슛으로 득점했다. 우리는 그래도 주장과 용훈이의 돌파로 어느 정도 만회했다. 3 쿼터가 끝났을 때, 점수는 58대 45로 밀리고 있었다. 4 쿼터가 시작되었다.

나의 지친 모습을 보신 감독님은 나를 빼고 종호를 투입하셨다. 오히려 종호가 들어가니 지친 나보다 수비 능력이 좋았고 끝내 62대 57까지 쫓아왔다. 마지막 1분이 남았다. 상대 팀은 이긴 것을 직감했는지 현승진 빼고 주전 선수 4명을 한 번에 교체했다. 주장은 공을 잡자마자 유로 스텝을 치고 더블 클러치로 득점했다. 그걸 본 관중들과 선수들, 코치진들은 당황했다. 그리고 심판은 상대 팀이 밀어서 추가 자유투까지 선언했다. 주장은 그것까지 득점했다. 점수는 62대 60이 되었고 24초가 남았다. 상대 팀은 남은 시간을 다 쓰려고 볼을 돌리고 있었다. 그런데 갑자기 부주장이 공을 스틸하더니 3점 라인에서 슛을 쐈는데 그게 들어갔다. 우리 팀은 접전 끝에 승리했다. 그리고 강천중이 결승행을 확정 지었다는 소식을 듣게 되었다.

8. 결승전에서 생긴 일

대망의 결승전 당일이 되었다. 이 경기는 자신의 농구 커리어에서 매우 중요하다. 이 경기는 큰 경기장에서 진행되고 많은 관중이 참관한다. 그중에서는 선수들을 스카우트하려는 고등학교 농구팀의 감독님들도 있다. 이 대회에서 우승하거나 좋은 성적을 보여주면 명문 고등학교 농구팀으로 갈 수 있다. 이 경기는 윤시원의 복귀전이고 첫 결승전이다. 윤시원은 벤치에서 시작한다. 상대 팀으로는 센터 채민수, 포인트 가드 송대협, 슈팅 가드 정재만, 파워 포워드 강백우, 스몰 포워드 서태진이 있었다. 채민수는 키가 190cm로 매우 크다. 또, 송대협은 포인트 가드로 공 소유 능력이 뛰어나 잘 뺏기지 않는다. 정재만은 쏘면 거의 다 들어가고 강백우는 힘이 좋고 서태진은 기술이 화려하다. 그래도 우리 팀은 자신감을 갖고 파이팅을 외쳤다. 경기장 안으로 들어갔다.

경기가 시작되었다. 경기중 계속 서태진이라는 선수가 내 눈에 들어왔다. 나는 잠깐 서태진 선수에 대해 감독님을 통해 들은 적 있었다. 초등학교 저학년 때 입양된 아이인데, 농구 재능이 뛰어나다고. 나는 초등학교 때 잃어버린 형 생각이 났지만 집중하고 경기에 임했다. 우리 팀은 23대 20으로 밀렸지만, 경기적인 측면에서는 나쁘지 않았다. 2 쿼터가 시작되었다. 우리 팀은 채민수를 적극적으로 마크해서 골 밑은 잘 지켰다. 하지만, 상대 팀의 3점 슛은 어쩔 수 없이 다 내주었고 그 결과 3 쿼터까지 63대 52로 많은 차이가 생겼다. 4 쿼터가 시작되었다. 나는 서태진 선수를 보면서 왠지 우리 형과 닮은 것 같다는 생각했다. 옛날에 형 농구할 때 모습과 비슷해 보여서 그런 것 같다. 경기는 아쉽게 81대 69로 끝났다. 경기가 끝나고 나는 가족들 얼굴을 보러 갔다. 나는 경기에 참여한 선수들 모두에게 인사를 하고 나왔다. 서태진 선수도 보았다. 갑자기 서태진 선수를 보고 엄마가 말했다.

“어? 너, 민수? 민수 아니니?”

서태진은 당황한 기색이었다. 내가 엄마에게 말했다.

“엄마, 뭐 하는 거야? 형이 왜 여기에 있어?”

서태진은 엄마를 껴안았다.

“민수야, 진짜 우리 민수 맞네.”

아빠가 서태진에게 다가와 말했다. 서태진이 형일 것 같다는 내 느낌이 맞았다. 우리 가족은 그렇게 다시 만났다. 잃어버린 형을 농구하면서 다시 찾은 것이다.

도현빈

안녕하세요. 저는 공글 3기 6학년 도현빈입니다. 저는 태강삼육 초등학교에 다니고 있고, 곧 있으면 중학교에 들어갑니다. 저는 방학 특강 때, 책을 읽는 목적으로 처음 공글에 들어왔습니다. 처음에는 글 쓰는 것이 힘들었는데, 계속 쓰다 보니 글쓰기의 즐거움을 알게 되어 더더욱 글을 쓰는 것이 좋아졌습니다.

저는 최근에 기면증에 대한 사람의 다큐멘터리를 본 적이 있습니다. 그것을 보고 기면증이라는 질환을 앓고 계신 분들을 돕고 싶었고, 많은 분에게 기면증을 알리고 싶어서 이 글을 쓰게 되었습니다. 다른 친구들의 글과 비교해서 많이 짧지만, 좋은 메시지를 담고 있습니다. 재미있게 읽어 주세요!!

럭 키 가 이

‘루이스’는 우주 항공사에서 일하던 직원이었으나, 의지와 상관없이 갑작스럽게 잠에 빠져들게 되는 기면증 환자가 되었다. 그는 행복하게 되면 바로 잠에 든다. 이런 상황 때문에 그는 항상 그를 지켜주는 사람이 주변에 필요하며, 우리가 생각하는 일반적인 생활을 하는 것이 거의 불가능했다. 루이스는 한 명의 보호자와 함께 한 마리의 강아지를 키우며 산다. 보호자 ‘아리아’는 매 순간마다 루이스를 돕는다. 그녀는 거의 자신의 삶을 살고 있지 못하지만, 루이스를 도우며 하루하루 살아간다. 루이스가 키우는 강아지 ‘에이스’는 이름처럼 루이스의 생명의 은인과도 같은 존재이다. 어느 날, 루이스는 키 큰 나무들이 많고 사람들이 많지 않은 공원에서 에이스 산책을 시키고 있었다. 루이스는 그때 자신이 기면증 환자인지 전혀 몰랐었다. 루이스는 산책을 하는 중에 갑작스럽게 잠이 들었다. 굉장히 위험한 상황이 될 수 있었지만, 루이스는 에이스의 똑똑한 두뇌 덕분에 살 수 있었다. 에이스는 그가 쓰러진 것을 보고 짖으며 편의점에도 들어가고 주변의 행인들에게도 짖으며 루이스가 잠든 사실을 알렸다. 에이스 덕분에 루이스는 지금까지 살아 있을 수 있었다.

1. 형의 사라짐

루이스는 기면증을 앓고 있는 것을 모르고 의지와 상관없이 몰려오는 잠 때문에 매우 힘든 하루하루를 보내고 있었다. 설거지를 끝내고 에이스가 자신을 향해 뛰어오는 모습을 본 루이스는 행복함을 느꼈는데, 그 즉시 잠이 들어 머리를 부엌 책상 모서리에 부딪쳤다. 그는 머리를 부딪친 채로 쓰러졌다. 집에는 에이스뿐이었다. 에이스는 그가 쓰러진 것을 보고 엄청나게 큰 목소리로 짖었다. 옆집에서 강아지 울음소리에 화가 나 루이스의 집의 문을 두드렸다. 에이스는 집 현관문의 손잡이를 점프해서 내렸다. 다행히도 문이 열렸고, 쓰러진 루이스를 본 이웃 주민은 즉시 911에 신고했다. 루이스는 빠르게 대처한 덕분에 목숨은 구할 수 있었지만, 뇌에 미세한 출혈이 생겼다. 루이스 뇌혈관에 좀 약한 부분이 있었는데, 모서리에 부딪히면서, 그 뇌혈관에 출혈이 생긴 것이다. 그 현장을 목격한 이웃 주민이 끝까지 그를 도우면서 수술도 잘 마무리 되었고, 회복도 잘 되었다. 의사들은 루이스가 왜 쓰러졌는지 추적 관찰을 계속했고 이웃 주민들은 계속해서 루이스를 도왔다. 마침내 이웃 주민과 의사들의 노력으로 루이스가 갑자기 잠이 들어 머리를 부딪친 원인을 밝혀냈다. 루이스는 기면증이었다. 기면증은 감정적으로 흥분을 할 때 힘이 빠지는 증상으로 수면 장애의 한 종류다. 그때 당시 20대였던 루이스는 큰 충격을 받았다. 충격에 빠진 루이스를 계속해서 도와준 이웃 주민, 그녀가 바로 아리아이다. 아리아는 50대가 된 지금까지 30년을 루이스와 함께했다.

2. 루이스의 고통

루이스의 기면증은 갈수록 심각해졌다. 매주 두 번씩 병원에 가서 각성제를 투여하지만, 완치는 힘들다고 한다. 어느 날 의사가 루이스에게 말했다.

"기면증은 지금 현재 의학으로 100퍼센트 완치는 힘듭니다. 그래도 저희 병원 모든 의사는 당신을 위해 많은 연구와 노력을 다해 치료가 잘되도록 노력하겠습니다."

기면증은 뇌 안에 있는 호르몬인 하이포크레틴의 농도가 다른 사람들보다 적어져서 생기는데, 이를 해결할 방법이 없다. 이것 때문에 기면증은 완치를 못 하는 것이다. 뇌 안에 있는 호르몬의 문제라 수술로도 치료가 불가능하다. 루이스는 완치가 힘들다는 사실을 알고는 속상했다. 그래도 인생의 버팀목 아리아라가 있기 때문에 이겨낼 수 있다는 희망을 품었다. 아리아는 그렇게 마음먹은 루이스를 위해 자신이 할 수 있는 선에서의 모든 것을 루이스에게 해주기로 결심한다. 그래서 아리아는 세계 최고 신경과학자, 정신의학자를 찾아가 루이스를 부탁한다.

3. 이겨내기 위한

누구든지 자신이 힘든 상황이 닥치면 그 상황을 해결하고 싶어 한다. 특히 질병에 걸리거나 질환이 생긴 사람들은 그 병을 이겨내기 위해 많은 노력을 한다. 그 노력 중 하나가 좋은 의사 선생님을 찾아 치료받는 것이다. 루이스는 세계 최고의 신경과학자인 메튜스와 정신의학자인 데이비드한테 기면증 치료를 받았다. 매튜스와 데이비드는 루이스에게 큰 효과를 줄 수 있는 각성제를 만들었다. 이 각성제는 잠이 오지 않게 하는 성분인 카페인을 복용시킴과 동시에, 뇌 속의 감정을 조절하는 세로토닌이라는 호르몬과 수면 조절 호르몬인 멜라토닌이라는 두 호르몬을 비롯한 많은 호르몬 사이의 간격이 벌어지게 하는 역할을 한다. 만약 이 각성제가 루이스에게 효과가 있게 되면 완치는 아니지만, 감정적으로 흥분했을 때, 잠이 드는 횟수가 전과 비교할 수 없을 만큼 떨어질 것이다. 하지만 부작용이 생길 수 있는데 뇌 속 호르몬의 간격이 벌어지는 것 때문에 다른 호르몬들이 제 역할을 못 하는 경우가 생길 수도 있다는 것이었다. 매튜스와 데이비드는 각성제를 만들기는 했으나 이 각성제로 인한 부작용으로 루이스가 또 다른 질병이나 장애를 갖게 될까 봐 고민했다. 데이비드는 루이스에게 진지하게 말했다.

"루이스, 최근에 나랑 매튜스가 각성제를 만들었어. 만약 이것이 효과가 있게 되면 잠이 드는 횟수가 확실히 줄 거야. 그런데…?"

루이스는 각성제로 자신이 나아질 수 있을 거라는 말을 듣고 자신의 감정을 주체하지 못하고 그만 잠이 들어버렸다. 다행히도 데이비드가 깨우니 다시 일어났다. 루이스를 깨운 후 데이비드는 말을 이어갔다.

"다시 말할게. 그런데 부작용이 생길 확률이 꽤 있어. 각성제로 인해서 기면증은 나아질 수 있지만, 다른 질병이나 장애가 생길 수 있어. 그러니까 선택은 네가 해야 해. 어떻게 할래?"

루이스는 그사이에 또 잠이 들었다. 아마 자신이 해결될 수 있다는 이야기를 듣고 또 잠이 든 것 같았다. 데이비드는 다시 루이스를 깨워 아까와 같은 질문을 했다. 루이스는 이번엔 잠들지 않고 대답했다.

"기면증보다 더 끔찍한 게 뭐가 있겠어."

그리하여 루이스는 각성제를 투입하게 되었다. 생각보다 처음은 수월하지 않았다. 카페인 때문에 잠들지 않는 것은 효과가 없었기 때문이다. 그래서 장기적인 치료를 목표로 두고 약 5년간 카페인 성분이 없어진 각성제를 투여하기로 했다.

매튜스와 데이비드는 일주일에 두 번씩 루이스를 치료했고 나머지 요일은 하루에 한 번씩 각성제를 복용하며 아리아와 생활했다.

4. 힘듦

장기적인 목표를 설정한 후로부터 약 2년 뒤. 꾸준히 각성제를 복용하던 루이스는 자신에게 효과가 별로라고 생각했는지, 각성제를 투여하는 것에 대해 불만이 생겼다. 또한, 2년 동안 매일 각성제를 투여했기에 자신의 피부도 버티는 것이 힘들었다는 걸 알게 되었다. 그래서 루이스는 매튜스와 데이비드를 찾아가 말했다.

"매튜, 데이비드… 나 솔직하게 이 각성제가 내게 효과가 없는 것 같아. 지금 내 상황이 어떤지는 몰라서 더 필요성을 못 느끼고 있어. 내가 이걸 계속해야 해? 잠이 드는 건 똑같아. 잠이 드는 시간이 더욱 길어져서 현실 세계와 꿈을 분별할 수 없을 때도 있어."

그러자 매튜스가 대답했다.

"각성제 치료는 최소 5년을 목표로 한 장기적인 치료야. 그러니까 2년 동안 네가 잘 버텨온 것처럼 앞으로 3년도 잘 견뎌야 한다는 거지. 만약 네가 원한다면 지금 너의 뇌 상태를 확인해 볼래?"

"그래. 얼마나 좋아졌는지 나도 궁금해."

루이스가 대답했다. 그렇게 해서 루이스는 MRI를 촬영하게 되었다.

데이비드가 검사결과를 알려주었다. 결과는 충격적이었다. 루이스는 지금까지 아무런 부작용을 겪고 있지는 않았지만, 멜라토닌 호르몬과 세로토닌 호르몬 사이의 간격이 계획대로 조금 늘어났다는 사실을 알아냈다. 데이비드는 검사 결과를 알려주었다.

"자. 이 부분이 멜라토닌이고, 여기가 세로토닌이야. 자세히 보면 조금 벌어졌지? 3년 뒤에는 완전히 벌어질 거야." 루이스는 결과를 듣고 주변의 모든 이웃들에게 감사하다는 생각이 들었다. 이 모든 것은 주변의 도움이 없었다면 이루어질 수가 없는 일이었다. 세계 최고급 의사들을 불러와 주고, 매일마다 루이스를 도운 아리아, 그리고 아리아와 루이스를 만나게 해 준 에이스, 루이스를 위해 수많은 연구를 해온 매튜스와 데이비드가 아니었다면, 이렇게 좋은 결과를 얻을 수 없었을 것이다. 잠시 후 루이스는 코를 골며 깊은 잠에 빠졌다. 결과를 듣고 너무 놀라고 행복해서 잠이 든 것이다. 아리아는 루이스를 깨우고 다시 집에 돌아갔다.

루이스는 힘들지만, 각성제를 계속해서 먹으며 치료를 이어갔다.

5. 5년 후

이제 이틀 후면 장기적인 치료가 모두 끝난다. 루이스는 치료가 끝난다는 생각에 계속 잠이 든다. 밥 먹다가도, 치료가 끝난다는 생각을 하면 잠이 들고, 또 누워있다가 혼자 기뻐서 잠들 때도 있었는데 이제는 생각과 감정에 따라 잠드는 일이 거의 없다. 치료가 거의 다 끝나가기 때문이다.

6. 장기 치료 종료

장기 치료 종료데이 D-day다. 드디어 기면증 환자인 루이스의 장기 치료가 종료되었다. 매튜스와 데이비드는 검사를 시작했다. MRI 검사를 마치고 데이비드가 루이스에게 결과를 알려주었다.

"자, 예전이랑 비교해 보자. 엄청나게 좋아졌어. 약 75% 회복했거든. 지금부터 두 달은 각성제를 맞지 않고 생활해 보는 거야. 만약 다시 잠이 오거나 어딘가 안 좋은 증상이 있으면 다시 병원에 와야 해. 하지만 각성제를 맞지 않고도 알상생활에 지장이 없다면 네가 평상시에 하던 항공우주 기술을 연구해 봐. 회사에 지원서를 내도 좋아."

루이스는 데이비드의 말을 듣고도 잠이 오지 않았다. 예전 같으면 너무 행복해서 듣는 순간 잠을 잤을 텐데 말이다.

각종 TV 프로그램에서 세계 최초로 기면증을 75% 회복하여 이겨낸 사람인 루이스와 매튜스, 데이비드를 인터뷰하기 위해 몰려들었다. 루이스와 매튜스, 데이비드 그리고 아리아는 토크쇼에 출연해 지금까지 있었던 모든 일에 대해서 이야기했다. 루이스에 대한 이야기는 많은 사람에게 알려졌고, 루이스의 본업이었던 항공우주 기술사 자격으로 NASA에 들어갈 수 있게 되었다.

7. 루이스의 앞으로의 인생

루이스는 아리아, 매튜스, 데이비드, 에이스 덕분에 자신의 남은 인생을 의미 있게 살 수 있게 되었다. 루이스는 58세 때 기면증 치료를 모두 마쳤다. 사실 58세의 나이로 NASA에서 할 수 있는 일들은 상당히 제한적이었다. 하지만, 루이스의 실력은 나이와 전혀 상관이 없었다. 항공우주 기술에 관심이 많았던 루이스는 어릴 때, 거의 매일을 모토를 사서 비행기, 헬기 등을 만들며 거의 놀았었다. 고등학생, 대학생이 되어서는 자신이 만들며 놀았던 것들을 전문적으로 다루었기 때문에 다른 사람들보다 뛰어난 실력을 갖추게 되었다. 그래서인지 나이가 든 지금도 실력만큼은 20대 젊은이들보다 좋았다.

루이스는 적응하지 못했던 사회에도 점차 적응하기 시작했고, 루이스의 인생에 매달려 있던 아리아도 자신의 인생을 살 수 있게 되었다. 루이스는 계속해서 로켓을 만드는 일에 참여해 자신의 실력을 갈고닦았다. 루이스는 US-110123 로켓을 제작하는 사람 중 한 사람이었다. 이 US-110123은 화성에 도착해서 표면과 환경과 같은 것을 모두 탐지하고 오는 것이 목표였다. 이 로켓 안에는 US-0123 Mini 2개가 들어있다. us-mini는 로켓 안에 들어있는 로봇이다. 미니 로봇이 화성을 탐지하고 지구에 정보를 보낸다. 루이스는 로켓을 만드는 요원이었다. 루이스는 로켓의 완벽한 내부는 물론 지구

대기권의 열을 이겨낼 수 있을 만큼 단단한 로켓을 만들었다. 정부에서 US-110123에 엄청난 돈을 쏟아부었기 때문에 무조건 성공해야 한다. 대장이 말했다.

“우리는 여기에 많은 것을 쏟아부었습니다. 우리의 노력, 돈, 시간을 쏟아부었죠. 그렇기 때문에 이 로켓 발사를 한 번에 성공하면 엄청난 성취감을 맛볼 것입니다. 우리 다 같이 조금만 더 노력해 보죠. 파이팅!”

대장의 말이 끝나고 루이스의 마음에는 잠시 불안감이 스쳤다.

‘혹시, 성공했을 때 감정적으로 흥분을 해서 잠이 들면 어떡하지?’ 루이스는 걱정이 되었다. 루이스의 이런 마음을 대장이 알았는지 루이스를 따로 불러 이야기했다. 대장은 말했다.

“네가 예전에 기면증이라는 심각한 질환을 앓고 있었던 걸 우리는 모두 알아. 그래서 우리는 네가 갑작스럽게 잠이 든다 해도 너를 도울 완벽한 준비를 갖추었어. 그러니까 걱정하지 않아도 돼.”

루이스는 대장에게 감사했다. 루이스는 느꼈다. ‘아리아부터 매튜스, 데이비드, 대장님을 비롯해서 참 많은 사람이 나를 배려해주고 있었구나. 난 참 복 받은 사람이야.’ 루이스는 대장님의 덕분에 많은 크루들과 친해질 수 있었고, 대장의 말처럼 모든 크루가 루이스를 돕고, 배려했다. 덕분에 루이스는 마음 편하게 더 열심히 일을 할 수 있었다.

8. US-110123의 발사

드디어 루이스의 첫 로켓인 US-110123이 발사하는 날이다. 하늘에는 새들이 날아다니고, 바람도 솔솔 부는 화창한 날이었다.

"TEN, NINE, EIGHT, SEVEN, SIX, FIVE, FOUR, THREE, TWO, ONE!!!!!!"

이 소리와 함께 US-110123이 발사되었다. 루이스는 치료 종료 이후, 처음으로 행복감 때문에 잠들었다. 모든 크루는 기쁜 마음으로 루이스를 깨워주었고, 모두가 다 같이 이 멋진 순간을 기념했다. US-MINI 로봇은 화성에 안정 착지하였다. 마치 앞으로 남은 루이스의 행복한 인생을 대신 말해 주고 있는 듯.

권도영

“소설 속에서 등장한 모든 인물, 이름, 집단, 사건은 허구이며 실존하는 것들을 기반으로 하지 않았습니다.”

윤혜준은 46살의 나이로 한국인 최초로 노벨물리학상을 수상했다. 그는 노벨물리학상 수상 연설에서 이렇게 말했다.
"저는 30년 뒤에나 받을 수 있을 줄 알았는데 이렇게나 빨리 받으니, 기분이 좋군요!"

1. 신 입

2043년 3월의 어느 봄 서울대학교(SNU) 물리학과에 훗날 과학계를 뒤흔들 교수가 왔다. 그의 이름은 윤혜준이다. 그의 나이는 고작 37살이다. 그는 초등학교 시절부터 서울대학교 과학영재교육원에 다니며 과학에 대한 지식을 쌓았다. 그는 물리학계에 큰 영향을 끼칠 물리학 교수가 되기로 마음먹고 SNU 정문을 들어갔다. 그가 1주일 동안 학교에 출근하면서 얻은 사실이 있었다.

1. SNU 교수 생활 빡세다.
2. SNU 교수 중 99%는 연봉이 9~10억이다.
3. 교수들은 무조건 P가 아니라 J이다.
4. 대부분의 교수는 MBTI가 ENTJ 또는 INTJ이다.
5. 모든 교수는 연말에 바쁘다.
6. 10년 이상 일한 교수 중 100%는 교수가 아닌 일반인들은 이해할 수 없는 이상한 자아와 논리가 뇌에 자동으로 생긴다,
7. 교수들은 주말이 유일하게 쉴 수 있는 날이다.

그의 연구실에는 책상과 프린트기가 있다. 그의 책상 위에는 컴퓨터 3대, 출입증이 있고 벽에는 대형 칠판과 책장이 놓여있었다. 그는 생각했다.

'교수 생활이 지금보다 힘들지만 않으면 된다.'

2. 재능과노력

1년 후 윤혜준은 SNU에서 그의 뛰어난 실력에 대해 모르는 교수가 없을 정도로 유명해졌다. 그는 정말 물리에 재능이 있었다. 그도 자기 자신이 뛰어나다는 것을 알고 있었다. 그는 어렸을 때부터 남들이 당연하게 여기는 것에 대해 고민하고 생각했다. 그는 물리를 위해 존재한다고 해도 과언이 아닐 정도로 천재였다. 그는 자신의 천재성을 알고, 겸손하게 자랑하지 않고 항상 자기 할 일만 묵묵히 하는 성격으로도 유명했다.

그의 목표는 나중에 양자역학에 대해 논문을 써서 노벨물리학상을 받는 것이었다. 그는 어렸을 때부터 물리에 재능이 있고 계산을 잘해서 물리학자가 되기로 결심했다. 그의 일과는 아침 6시에 일어나서 아침 먹고 8시에 대학교에 출근해서 연구실에서 50분 동안 연구하다가, 9시부터 12시까지 강의하고 1시까지 점심시간에 점심 먹고 다음 강의 준비하고 4시까지 강의하고 그 이후부터 11시까지 연구실에서 연구하고 집에 도착해서 늦은 저녁을 먹고 12시에 잔다. 그는 교수 생활을 1년째 이 생활을 반복하고 있다. 쉽게 표현하면 기상-아침-출근-연구-강의-점심-강의-연구-퇴근-저녁-취침이다.

3. 양자역학

어느 날 그는 에게 3명의 교수와 함께 양자역학에 대해 연구할 기회가 생겼다. 1주일 전 그는 다른 교수와 얘기를 나누다가 같이 양자역학을 연구할 3명의 교수를 만났다. 그와 연구할 교수도 그 못지않게 뛰어난 교수들이었다. 그날 밤 그들은 연구실에 모여서 양자역학에 대해 무엇을 연구할지 논의했다. 우선 양자역학에 대해 새로운 사실을 찾아야 하는데, 물리에 재능이 있는 그도 쉬운 일이 아니었다. 그는 칠판을 양자역학 공식들로 가득 채웠다. 다 쓴 뒤 그는 뚫어져라 칠판만 보았다. 그는 1시간 동안 고도의 집중력으로 공식들을 분석했다. 마침내 아이디어가 떠올랐다. 바로 양자역학에 대해 연구해서 공식을 만드는 것이었다. 그가 뒤를 돌아보았을 때는 이미 연구실에 그 혼자뿐이었다. 그는 책상으로 가서 양자역학에 관한 논문을 계속 보기 시작했다. "이제부터 양자역학 공식 시작."이라고 그가 논문을 보며 말했다.

4. 연구

함께 연구하는 사람들은 하루에 3시간만 자고 강의, 식사 이외에는 연구만 했다. 그들은 양자역학에 대한 새로운 공식을 만들기로 했다. 3명은 그를 도와주기만 하면 됐다. 원래는 연구를 다 같이 하려고 했지만, 그들에게도 그는 차원이 달랐다. 그는 연구의 99.9%를 하고 3명은 0.1%만 한다. 양자역학은 슈뢰딩거의 고양이처럼 고양이가 죽었는지 살아있는지 알 수 없지만 그냥 일반인들은 고양이가 죽거나 살아있거나 둘 중 하나라고 한다.

양자역학에서는 고양이는 죽어있는 상태와 살아있는 상태가 중첩되어 있는 상태라고 여긴다. 슈뢰딩거의 고양이 사고실험은 완전히 밀폐된 불투명한 상자 속에는 고양이와 청산 가스가 담긴 병이 있다. 청산 가스가 담긴 병은 망치와 연결되어 있고, 망치는 가이거 계수기와 연결되어 있다. 계수기에 방사선이 감지되면 망치를 내려치는 장치가 작동해서 병이 깨지고, 고양이는 청산 가스에 중독되어 죽는다. 가이거 계수기 위에는 1시간에 절반의 확률로 핵이 붕괴하여 알파선을 방출하는 입자가 놓여있다. 그는 실제로는 양자역학에 관한 실험할 수 없다는 것을 알기 때문에 더 많이 생각해야 했다.

5. 성공

몇 년 뒤 도와주던 교수들은 서서히 연구에 손을 떼고 그는 결국 혼자 남게 되었다. 그는 성실히 연구해서 결국 성과를 얻었다. 그는 8년을 연구해서 결국 전 세계에서 탐을 내는 과학자가 되었다. 그는 8년을 고생해서 무엇과도 비교할 수 없는 부와 명예를 얻었다. 이제 과학계에서 그를 빼놓고 이야기한다는 것은 있을 수 없는 일이었다. 그는 노벨물리학상을 수상한 뒤로부터 그는 셀 수없이 많은 메일을 받았다. 그는 이제 우리나라뿐만 아니라 세계 과학계에서도 모르는 사람이 없을 정도로 유명해졌다.

6. 다 이 아 몬 드 원 석

그는 노벨상을 받고 나서는 연구를 잠깐 쉬고 강의에 집중했다. 몇 년이 지난 어느 날 그는 학생들의 논문을 보고 있었다. 그때 그를 깜짝 놀라게 만드는 논문이 있었다. 다음날 그는 그 학생을 따로 불렀다. 그 학생은 물리학에 재능이 있었다. 그는 그랑 같이 연구하면 자신도 몰랐던 것을 알게 될 것이라는 느낌이 왔다. 그는 그 학생에게 연구를 같이하자고 했다. 다행히 그 학생도 승낙했다. 그 학생의 이름은 윤이준이다. 윤이준은 한마디로 반 정도는 세공이 된 다이아몬드가 들어있는 돌멩이와 다름없다. 다이아몬드는 남은 50%를 어떻게 세공하냐에 따라 빛의 굴절도가 달라지듯이 윤혜준은 그가 윤이준에게 무엇을 알려주냐에 따라 달라질 것으로 생각했다.

7. 제2의 윤혜준

그는 노벨상 수상자로서 1년에 한 번씩 연구 지원비로 10억을 받게 된 것을 떠올렸다. 그의 통장에는 1,765,000,000원이 들어 있었다. 그는 자신 돈을 확인했다. 그리고 이준을 불러서 그에게 그가 졸업하기 전까지 남은 2년의 시간 중 1년 6개월 동안 자신이 알고 있는 모든 것을 알려주기로 약속했다. 약속한 대로 그는 이준에게 자신이 알고 있는 모든 것을 알려주었다. 6개월 후 이준은 졸업했다. 그는 이준에게 졸업 선물로 그가 졸업하고 나서도 자신이 알려준 내용을 볼 수 있도록 USB에 자료를 담아서 이준에게 주었다. 그는 분명 이준이 나중에 자신이 했던 것처럼 과학계를 뒤집을 것이라고 생각했다. 그는 항상 가능성이 있는 학생들에게 USB를 주었다. 그 결과 그가 USB를 준 학생들은 물리학 교수가 되어서 자신에게 받은 USB를 기지고 왔다. 교수가 되어서 돌아온 학생들이 바로 제2의 윤혜준인 것이다.

8. 과학책

그는 한 번쯤은 과학책을 내고 싶었다. 그는 어린이를 위한 과학책을 만들고 싶었다. 많은 어린이들이 과학을 싫어하기 때문이다.

그는 어린이들에게 과학의 재미를 알려주고 싶었다. 그는 어린이들이 글만 있으면 지루해한다는 것을 파악해서 과학 동화를 만들기로 했다. 그는 어린이들이 어려워하지 않을 만한 개념이 떠오르지 않았다. 그는 가장 친한 동갑의 고 교수에게 물어보았다.

"고 교수, 애들이 어려워하지 않을 만한 과학 개념이 뭐가 있을까?"

"그건 왜?"

"어린이들을 위한 과학책을 만들고 싶어서."

"공짜는 없는 거 알지?"

"당연하지."

"윤 교수가 자신 있는 양자역학 어때?"

"그건 하고 싶어도 아이들이 이해를 못 해서 안 될걸."

"아니 그걸 왜 이해 못 해? 공식만 알면 되는데."

"그러니까. 공식을 알기가 어려운 거지."

"그러면… 꼭 물리여야 된다는 법은 없으니까…."

"그게 무슨 말이야? 그럼 내가 물리학 교수인데 화학, 생명과학, 지구과학을 하란 소리야?"

"아니, 한국말은 끝까지 들어야지. 물리의 기초."

"물리의 기초가 뭔데?!"

"힘 F"

"힘 F도 많잖아. 예를 들어 중력, 부력, 마찰력, 원심력…."

"오. 좋아. 그럼, 중력이 나은 듯."

"맞아! 중력!! 언제나 우리 곁에 있잖아!"

"그러면 약속대로 보상하는 건 안 잊었지?"

"그럼 그럼."

"오, 땡큐"

"넉넉히 넣었다."

"꽤 많은데… 감사."

그는 바로 그의 컴퓨터를 켜고 메모장에 시나리오를 짰다.

9. 성 공

윤혜준은 과학 원고를 쓰고 있었다. 그는 고교수가 알려준 것으로 시작을 했다. 5시간 후 창작의 고통을 느끼기 시작했다. 그는 과학 말고 글쓰기에도 재능이 있었는지 단 이틀 만에 과학책을 만들었다. 그는 자신이 쓴 원고를 제목부터 차례대로 읽어 내려갔다.

제목 '우리가 알지 못했던 물리의 비밀'

20XX 년 어느 날 윤혜준이 타임머신을 타고 100년 뒤의 대한민국에 갔는데 대한민국은 세계에서 과학자가 가장 적은 나라가 되어 있었다. 그는 미래를 보고 충격을 받았다. 그래서 그는 미래를

바꾸기 위해 아이들에게 물리를 알려주기 시작한다!!

목차

작가의 말

3개월 후 세상에 그의 책이 나왔다. 무려 2주 만에 100만 부가 팔렸다. 말 그대로 결과는 엄청난 대성공이었다. 그는 자기 목표에 한 발자국 다가갔다고 생각했다. 1년 후 그의 책은 10권까지 나와 있었다. 그는 다시 한번 미래로 가보았다. 미래는 물리학자가 가장 많고 나머지 과학자들도 세계에서 2,3위가 되어있었다. 그는 매우 만족했다.

10. 기 적

그는 늘 대한민국이 과학자가 가장 많은 나라가 되길 원했다. 5년 전 그는 과학이 무엇이든 해결할 수 있다는 신념으로 미래 대한민국의 과학계를 보기 위해 타임머신을 만들었다. 그는 2년 만에 타임머신을 완성했다. 그는 완성을 하고 나서 세상에 알릴지 말지 고민했다. 결국 그는 철저히 비밀을 지키는 길을 택했다. 어느덧 그는 그가 세운 목표를 모두 이루었다. 그는 이제 살날이 얼마 남지 않았음을 직감했다. 그러고 나서 얼마 후 물리학계에 없어서는 안 될 물리학자 윤혜준이 사망했다. 그는 타임머신의 존재를 알리는 것을 유언으로 남겼다. 그와 친했던 고 교수는 이렇게 말했다.

"윤혜준 교수는 죽었지만 제2의 윤혜준은 계속 태어날 것입니다."

이채은

소설 바꿔쓰기

안녕하세요? 저는 한별초등학교에 다니는 4학년 이채은입니다. 언니가 공글을 다녀서 저도 언니를 따라 다닌 건데, 책까지 출판하게 되었습니다. 이번 이야기 바꿔 쓰기를 할 때 콩쥐팥쥐를 쓰게 되었습니다. 여러분은 한 번쯤 콩쥐팥쥐 이야기를 읽어 보셨을 것입니다. 왜냐하면 콩쥐팥쥐 이야기는 우리나라에서 사랑받고 있는 전래동화 중 하나이기 때문입니다. 저도 어릴 때 좋아했던 전래동화 중 하나입니다. 저는 꿈이 작가라 꼭 한 번 책을 내고 싶었는데, 이렇게 책을 출판하게 되어서 너무 기쁩니다. 저는 공글을 다니면서 경제용어와 미래 용어를 배우게 되었는데 되게 신기한 용어가 많아서 깜짝 놀랐습니다. 짧지만 아직 서투른 저의 이야기를 읽어 주셔서 감사합니다.

모두의 행복

1.

호랑이도 담배를 피웠던 옛날 어느 날에 콩쥐랑 팥쥐, 엄마 이렇게 셋이 살고 있었습니다. 그런데 어느 날부터 하인이 오기 시작했습니다. 하지만 하인은 콩쥐 팥쥐에게 일을 시키고 놀러 갔다가 콩쥐팥쥐 엄마가 들어오기 직전에 돌아왔습니다. 콩쥐팥쥐 엄마는 이 사실을 몰랐습니다. 그렇게 하인은 두 달 동안 계속 콩쥐팥쥐에게 일을 시켰습니다. 그런데 콩쥐팥쥐는 힘들어도 말하지 않았습니다. 그런데 어느 날부터 콩쥐가 아프기 시작했습니다. 그래서 하인이 시키는 일은 팥쥐가 다 했습니다. 팥쥐도 점점 아프기 시작했고 콩쥐는 병이 점점 악화되기 시작했습니다. 하지만 하인은 신경도 쓰지 않고 계속 일을 시켰습니다. 엄마는 왜 콩쥐와 팥쥐가 아픈지 궁금해서 병원에 가 보았습니다. 콩쥐와 팥쥐에게 아플 만한 일을 주지 않았다고 생각한 엄마는 하인에게 콩쥐와 팥쥐가 왜 아픈지 물었습니다. 그런데 그 하인은 마음씨가 아주 고약해서 자기는 모르는 일이라고 했습니다. 엄마는 하인이 수상해서 진짜로 일을 하는지 보려고 나간 척하고 담벼락에서 지켜봤습니다. 엄마의 생각대로 하인은 방에서 뒹굴뒹굴 거리며 일을 하지도 않고 월급을 200원 받은 것입니다. 엄마는 어떻게 계속 깨끗하게 잘 청소가 되었는지 궁금해서 계속 지켜보았습니다. 잠시 후 엄마는 창고 안에서 걸레를 힘겹게 들고 오는 콩쥐와 팥쥐를 발견했습니다. 엄마는 너무 화가 나서 대문을 부술 만큼 '쾅' 소리를 내면서 집 안으로 들어왔습니다. 그러자 그 하인은 당황한 듯 얼음이 돼버렸습니다. 이 일로 엄마는 하인을 내쫓고 콩쥐, 팥쥐와 행복하게 잘 살았습니다. 하지만 그것도 잠시, 며칠 뒤 그 하인이 찾아와 자기는 전에 콩쥐팥쥐에게는 일을 시키지 않았다고 했습니다. 엄마는 하인에게 이렇게 말했습니다.

"그러면 왜 콩쥐팥쥐가 점점 아파지냐고!?"

"그야 그건 나도 모르지!"

하인이 하도 우겨 엄마는 다시 일을 주었습니다. 이제 하인은 콩쥐팥쥐에게 일을 시킬 수 없었습니다. 콩쥐팥쥐에게 일을 시키면 돈도 주지 않겠다고 했기 때문입니다. 그래서 콩쥐팥쥐에게 일을 시키지 못한 하인은 아주 힘들게 일을 했습니다. 왜냐하면 하인은 엄청나게 게으른 아줌마였기 때문입니다. 하루 종일 느릿느릿 일하는 하인을 보고 엄마는 너무 답답해서 다른 하인을 구하기로 마음을 먹었습니다.

2.

엄마는 한 달 동안 부지런한 하인을 찾으러 다녔습니다. 하지만 엄마가 만나는 하인은 모두 게으른 사람이었습니다. 그래서 막 포기하려는 순간 마지막 하인이 달려왔습니다. 그 하인은 마치 우사인 볼트처럼 빠르게 달려왔습니다. 엄마는 그 하인이 마음에 무척 들어서 보자마자 집으로 데리고 갔습니다. 하지만 그것은 잘못된 선택이었습니다. 왜냐하면 하인은 달리기만 빠르고 청소는 할 줄 몰랐기 때문입니다. 그래서 그 하인은 많은 곳에 취직이 되었지만 일을 할 줄 몰라 바로 해고되었던 것입니다. 그런데 콩쥐팥쥐 엄마는 그 하인을 자르지 않고 청소하는 방법을 알려주었습니다. 그 하인은 콩쥐팥쥐 엄마가 너무 감사했습니다. 그래서 하인은 한 달 월급을 받지 않았습니다. 콩쥐팥쥐 엄마는 왜 자르지 않고 그 하인에게 청소하는 법을 알려 준 걸까요? 왜냐하면 그 하인이 콩쥐와 팥쥐에게 잘해주고 예쁘게 대해 주었기 때문입니다. 그래서 엄마는 하인을 내쫓지 않기로 마음먹었던 것입니다. 하지만 엄마가 탈락시킨 하인 중 한 명이 지금 콩쥐팥쥐 집에서 일하고 있는 하인을 내쫓고 콩쥐팥쥐 집에서 일하기로 계획을 세웠습니다. 그 하인은 아주 부자인 척을 하고 자기 집에서 일을 할 생각이 없느냐고 물어본 후 자기 집에서 일하면 200원 말고 400원을 준다고 말해서 일하게 만든 다음 지하감옥에 가두는 계획을 세웠습니다. 작전 개시! 그 하인은 부자인 척을 하고 콩쥐팥쥐 집을 찾아왔습니다.

"어이, 저기 하인. 우리 집에서 일할 생각 없어? 내가 월급 400원 줄게."

하인은 그 말에 넘어가고 그 부자인 척하는 사람을 따라갔습니다. 한 달이 지났습니다. 콩쥐팥쥐 엄마는 하인이 오지 않을까 봐 걱정되었습니다. 왜냐하면 콩쥐팥쥐 엄마에게 그 집에서 한 달 동안 일해 보고 괜찮다면 거기서 일할 것이라고 말했기 때문입니다.

3.

그때 갑자기 다른 하인이 와서 일을 시켜 달라고 했습니다. 당장 하인이 없어서 힘들던 콩쥐팥쥐 엄마는 그 하인에게 일을 시켜주었습니다. 그런데 한 달 전에 왔던 부자랑 비슷하게 생겨서 한 번 물어봤습니다.

"혹시 우리 집에 온 적 없나요?"

"아마 제 형이 다녀갔었나 봅니다. 저는 쌍둥이거든요. 제 이름은 루인입니다." 엄마는 그 그 하인이 수상했습니다. 왜냐하면 이 동네에는 쌍둥이와 부자가 없기 때문입니다. 엄마는 그다음 날에 부자인 척한 하인의 집을 하루 종일 찾아다녔습니다. 드디어 그날 밤 그 집을 찾았습니다. 하지만 아직 작전을 짜지 않아서 다음 날 다시 오기로 했습니다. 그리고 다음 날 작전을 짰습니다. 일단 밤에 부자인 척 한 사람 집에 들어가 하인이 어디 있는지 찾는 것입니다. 콩쥐팥쥐 엄마는 작전을 다 짜서 밤만 되길 기다렸습니다.

드디어 기다리고 기다리던 밤이 되었습니다. 콩쥐팥쥐 엄마는 하인을 찾으러 그 집에 들어갔습니다. 그런데 콩쥐팥쥐 엄마가 하인을 찾다가, 부자인 척 한 사람에게 걸리고 말았습니다. 그래서 부자인 척 한 사람이 화가 나서 이렇게 말했습니다. "으아아아아아아악!!! 너 하인을 찾으러 왔지!! 너도 하인이랑 같이 있어!!!" 그리고 콩쥐팥쥐 엄마는 지하감옥에 갇혔습니다.

4.

한 달 동안 밥을 못 먹었던 하인은 해골이랑 다름없었습니다. 엄마는 챙겨 온 주먹밥을 하인에게 주었습니다. 주먹밥을 다 먹고 그 하인은 지금까지 있었던 일을 다 이야기해 주었습니다. 콩쥐팥쥐 엄마는 너무 화났습니다.

"으아악!! 하인, 너 이름이 뭐니?"

"김하림이에요."

"하림아! 우리 같이 나가자!"

"안 돼요!"

"왜 안 되는데?"

"제도 나가려고 했는데 안 됐어요."

"아… 그래? 그러면 작전을 짜도록 하자!"

"어떤 계획이 있어요?"

"아니 아직은 없는데. 이제 정하면 되겠지??"

"그럼 어떻게 할 것인데요??"

" 아!! 하림아! 우리 철창을 부수자."

"그런데 어떻게 철창을 부술까요?"

"나에게는 돌멩이가 있어. 그 돌멩이로 때리자." 그리고 콩쥐팥쥐 엄마는 아주 조그마한 돌멩이를 꺼냈습니다.

"너무 작아요! 이걸로 어떻게 철창을 부숴요."

"그런가?? 그럼 어떡하지?? 아! 내가 왕년에 싸움 좀 했는데! 일부러 소리쳐서 부르고 때릴까?? 그래서 내 별명도 여자인 척한 남자였어. ㅋㅋ 그런데 이 철창은 조금 약해 보이지 않아??"

"음… 그러네요." 하림이와 콩쥐팥쥐 엄마는 발로 철창을 찼습니다. 그러자 철창이 무너졌습니다. 하지만 부자인 척한 사람은 밖에 있어서 몰랐습니다. 엄마와 하림이는 밖으로 나갔습니다. 콩쥐팥쥐 엄마와 하림이는 배고파서 바로 그 집의 주방으로 달려갔습니다. 하지만 거기에는 썩은 음식밖에 없었습니다. 하림이랑 콩쥐팥쥐 엄마는 너무 배가 고파서 그냥 허겁지겁 먹었습니다. 콩쥐팥쥐 엄마와 하림이는 말했습니다. "으악!! 써 써. 하지만 배고파!! 으아아아" 어쩔 수 없이 그들은 음식을 다 먹었습니다. "하림아 이제 나가자!!"

"네!"

그때 부자인 척한 사람이 들어왔습니다. 왕년에 싸움 좀 했던 콩쥐팥쥐 엄마가 부자인 척한 사람을 때렸습니다. 부자인 척한 사람은 쓰러졌습니다. 엄마와 하림이는 밖으로 나갔습니다. 그런데 갑자기 하림이가 멈췄습니다.

"저 배가 너무 아파요."

"아…. 너무 썩은 음식을 빨리 먹었나 봐. 일단 숨을 곳을 찾아서 조금 쉬다 가자. 그런데 콩쥐와 팥쥐는 괜찮을까?"

5.

그 시각, 콩쥐와 팥쥐는 납치범에게 잡혀있었습니다.

"콩쥐야. 나 더 이상 못 버티겠어. 너무 배고파." 3개월 동안 밥을 먹지 않은 콩쥐와 팥쥐는 해골이랑 다름이 없었습니다.

"팥쥐야! 조금만 버터. 그 나쁜 납치범이 우리에게 밥을 줄 거야. 하지만 2달 후에도 납치범은 밥을 주지 않아서 결국 팥쥐는 죽었습니다. 팥쥐가 마지막으로 한 말은 "엄마가 너무너무 보고 싶어!" 였습니다. 팥쥐는 그 말을 꼭 엄마에게 전해 달라고 했습니다. 그 시각, 하림이와 엄마는 계속 콩쥐와 팥쥐를 찾고 있었습니다. 그리고 3일 뒤에 엄마와 하림이는 콩쥐와 팥쥐가 어디 있는지 알아냈습니다. 그리고 작전을 짜서 가기로 했습니다.

“하림아, 우리 또 작전을 짜야 할 것 같아.”

“어… 잘 모르겠어요.”

“그래? 그러면 음…. 아! 우리 납치범이 나간 틈을 타 콩쥐와 팥쥐를 데리고 오자! 어때?”

“네 좋아요!”

그리고 작전을 시작했습니다. 그리고 엄마와 하림이는 납치범이 나가기만을 기다렸지요. 잠시 후 말 그대로 납치범이 나갔습니다. 그리고 그 틈에 엄마와 하림이는 납치범 집에 들어갔습니다. 그리고 콩쥐와 팥쥐를 찾았습니다. 그런데 빼빼 마른 콩쥐 옆에 쓰러져 있는 팥쥐를 보았습니다. 그리고 엄마는 서럽게 울었습니다.

“팥쥐야~~~ 곱디고운 고운 우리 팥쥐~~~ 왜 엄마는 하림이를 찾으러 간다고 우리 팥쥐를 두고 갔을까? 하느님 왜 우리 팥쥐를 보냈나요.~~~ 이 늙은 엄마를 데려가시지~~~ 아이고~~~ 아이고~~”

“엄마 팥쥐가 이 말을 꼭 엄마에게 전해달래. 엄마가 너무 보고 싶대.”

엄마는 한참 동안 울었습니다. 그리고 납치범이 들어왔습니다.

“아잇! 깜짝 놀랐네!! 그런데 누구임??” 엄마가 급발진을 했다.

“네가 내 아기 죽였지!!!”

“죽인 게 아니라 밥을 안 준 것뿐이에요. 아! 줌! 마!!”

“야! 밥을 안 준 게 죽인 거지!! 너는 밥을 안 먹고 살 수 있냐!!”

"1년에 한 번씩 주려고 했죠. 요즘 밥값이 얼마나 많이 올랐는지 아세요?"

"그게 말이 돼? 너는 살 수 있어도 성장기 아이들은 안 돼! 그리고 밥값이 올라서 안 준 게 말이 돼?! 그러면 처음부터 애들을 납치하면 안 되는 거지" 하림이가 말을 참견했습니다.

"야, 야! 넌 뭔데 말을 끼어들어!!"

"나? 나 하림인데??"

"아니, 네 이름 말고!!"

"네가 나 보고 나 누군지 물어봤잖아?? 그래서 이름을 말해준 건데?"

"아우, 속 터져!! 나가 나가라고!!"

그 틈을 타서 콩쥐도 같이 나갔습니다.

"엄마 너무 속상해하지 마. 팥쥐는 천국 갔을 거야."

"알겠어. 엄마 너무 속상해하지 않을게."

"엄마 나 배고파."

"그래?? 콩쥐야 어떡하지?? 지금 음식이 없는데? 많이 배고파??"

"아니야, 엄마 별로 배 안 고파." 그런데 실제로는 콩쥐는 괜찮지 않았습니다. 너무 배가 고프지만 엄마가 걱정할까 봐 괜찮다고 한 것입니다. 그리고 계속 걸었습니다. 이틀 뒤, 콩쥐와 하림이, 그리고 콩쥐팥쥐 엄마는 드디어 음식을 먹었습니다. 먹은 음식은 콩,

좁쌀, 호박 줄기 등 사람 못 먹는 음식을 먹었습니다. 콩과 좁쌀을 그냥 그대로 먹은 것입니다.

6.

그리고 또 계속 걸었습니다. 왜 계속 걸어가 나고요? 아빠를 보러 가는 것입니다. 아빠는 일 때문에 콩쥐팥쥐가 태어나기 전에 중국으로 이민을 갔습니다. 그런데 콩쥐가 아빠를 보고 싶어 했고, 지금 집에 거의 아무것도 없어서 중국에서 아빠한테 생활용품을 받아 와야 하는 상황이었기 때문에 중국을 가기로 결정했습니다. 그런데 하림이도 같이 가겠다고 했습니다. 하림이는 갈 곳도 없고 힘들 때 도와준 게 고마워서 같이 간 것입니다. 중국으로 가던 중 하림이가 말했습니다.

"저기 저 부모님이 없잖아요. 저도 같이 살면 안 돼요??"

"엄마 나는 너무 좋아!!" 콩쥐가 소리쳤습니다.

"그래?? 엄마도 좋아. 그러면 아빠한테는 엄마가 잘 이야기해 볼게." 그리고 4일 뒤 계속 걸어서 중국에 도착을 했습니다. 엄마는 도착하자마자 아빠에게 하림이도 우리 가족으로 하면 어떠냐고 물어봤습니다. 엄마가 잘 설명해서 아빠도 좋다고 했습니다. 그리고 콩쥐네 가족은 9일 뒤에 돌아가기로 했죠.

"그런데 우리 팥쥐는 어디 있어??"

팥쥐는 죽게 된 이야기를 들은 아빠가 서럽게 울었습니다.

"팥쥐야 우리 팥쥐. 윽윽"

7.

다음 날은 콩쥐네 가족은 밥을 먹으러 나갔습니다. 소고기죽, 옥수수면 국수, 깻잎쌈, 국밥, 떡, 삼계탕 등 많은 음식을 먹었습니다. 그리고 잤습니다. 그리고 그다음 날은 집에 있었습니다. 윷놀이, 숨바꼭질, 강강술래 등을 하며 집에서 놀았습니다. 그다음 날에는 시장에 가서 집에 돌아가 쓸 물건, 음식 등 생활용품을 샀습니다. 그리고 그다음 날 보따리를 챙겼습니다. 다음날, 밥을 먹으러 나갔습니다. 맛있는 음식을 많이 먹고 집에 들어왔습니다. 그런데 갑자기 콩쥐가 배가 너무 아프다고 했습니다. 그래서 병원에 가봤는데 아무 이상 없다고 했습니다. 하지만 콩쥐는 식은땀을 흘리고 있었습니다. 그래서 일단 병원에 누워 있으라고 했습니다. 병원에서 치료받고 괜찮아져서 집으로 돌아갔습니다. 오늘은 중국에서의 마지막 날입니다. 짐을 다 챙기고 밤이 되자 콩쥐 가족은 집을 나섰습니다.

8.

콩쥐 가족은 꼭 도둑처럼 소리가 안 나게 걸었습니다. 그리고 다음 날 아침까지 계속 걸었습니다.

"콩쥐야, 하림아 우리 조금만 쉬었다가 가자."

콩쥐네 가족은 30분을 쉬고 다시 출발했습니다. 그리고 또 그다음 날까지 계속 걸었습니다. 그 날밤에는 너무 배고파서 음식을 조금 먹었습니다. 그리고 또 걸었습니다.

"엄마 너무 졸려요."

"그래?? 하림아 너도 졸리니??"

"음 저는 조금 졸려요."

"그래?? 그럼 우리 조금만 자자." 그리고, 4시간 뒤에 일어났습니다. 그렇게 걷고 또 걷다 보니 어느새 집에 도착했습니다.

"아… 팥쥐 생각난다."

"엄마 우리 빨리 집에 들어가요!"

그런데 집이 너무 더러웠습니다.

"엄마 내가 청소할게."

"고마워." 엄마는 안쪽 방에서 짐을 좀 정리할게."

" 엄마! 내가 짐 정리하는 거 도와줄게."

"콩쥐야 고마워." 20분 정도 짐 정리를 하였고 청소는 다 끝나지 않아서 같이 했습니다. "하! 다했다!!" 모두가 말했습니다. 그 후 한 동안 콩쥐네 가족은 평화롭게 지냈습니다.

그러던 어느 날, 옆집에서 불이 났습니다. 모두 대피했지요.

"안돼, 우리 집!!" 콩쥐가 말했습니다.

"괜찮아! 콩쥐야. 집은 새로 구하면 돼." 엄마가 말했습니다. 엄마는 나흘 동안 집을 찾아다녔습니다. 그런데 집이 없었습니다.

"하… 아직도 집을 못 구했네… 중국으로 가는 게 낫겠다."

"엄마 우리 다시 아빠 보러 가??"

"응. 콩쥐야."

"야호!!"

"콩쥐는 신이 나서 먼저 갔네. 에휴"

"엄마 이제 그냥 아빠 집에서 살 거지?"

"응. 그런데 하림아 그건 왜?? 아빠 집에서 사는 게 불편해??"

"음… 불편한 거는 아니고 조금 쑥스러워요."

"아, 그래? 어떤 점에서?"

"그냥 진짜 아빠가 아니여서요. 왜냐하면 아빠는 3년 전에 돌아가셨고 엄마는 오래전에 돌아가셨거든요."

"아 그렇구나."

"그런데 같이 살아도 돼요."

"아, 그래?? 그래도 괜찮아??"

"네, 괜찮아요. 제가 익숙해져야죠."

"고맙다, 하림아."

9.

중국에 도착했더니 아빠가 쓰러져 있었습니다. 그래서 곧장 병원으로 갔지요. 의사는 상처를 보니 누군가가 칼로 찌른 것 같다고 했습니다. 그래서 누구인지 찾으려고 노력했습니다. 그런데 아빠의 친구의 동생이 그런 것입니다. 콩쥐팥쥐 엄마가 너무 질투가 나서입니다. 원래는 그 동생이랑 결혼을 하는 건데 잠깐 한국으로 친구들과 여행을 가던 중 콩쥐팥쥐 엄마를 보고 아빠가 한눈에 반한 것입니다. 그래서 바로 고백을 했는데 콩쥐팥쥐 엄마도 좋다고 해서 여행이 2년이나 계속됐고 결혼식도 하고 콩쥐와 팥쥐까지 갖게 되었습니다. 아빠를 칼로 찌른 범인이 일부러 콩쥐팥쥐 옆집에 불을 질러서 중국으로 오게 만든 사실도 밝혀졌지요. 범인은 자기도 행복하게 못 살았으니까 너도 같이 콩쥐팥쥐랑 행복하게 살지 말라고 죽인 것이지요. 그래서 우리는 콩쥐팥쥐 아빠를 죽인 그 범인을 법원에서 만나게 되었습니다. 법원으로 가던 중, 범인을 마주쳤는데 그 범인이 하림이를 끌고 가서 이렇게 말했습니다.

"네가 아빠를 죽였다고 말해라. 안 그러면 콩쥐를 죽일 것이다. 알겠어?! 김하림!" 하지만 법원에 도착해서도 하림이는 거짓말로 증언하지 않았습니다. 그러나 중국 법원은 한국인이라는 이유로 콩쥐 가족의 말을 믿지 않았습니다. 그래서 콩쥐 가족을 죽이려고 했지만 그 범인이 이렇게 말했습니다. "죽이지 마요. 우리만 더 곤

란해져요. 한국에서 막 뭐라고 하면 안 되잖아요. 그냥 한 8년 징역으로 끝내요." 그리고 콩쥐네 가족에게 말했습니다.

"야. 너네 운 좋은 줄 알아." 그리고 쌩 가버렸지요. 그래서 콩쥐네 가족은 감옥에 가게 되었어요.

10.

하지만 경찰이 콩쥐는 데리고 가는 것입니다.

"야, 왜 우리 콩쥐를 데리고 가는 거야!"

"이 애는 일본으로 금을 캐러 갈 거야."

"왜??"

"얘는 체형이 작아서 금을 잘 캘 수 있거든. 한 일주일에 2번 정도 밥은 줄 거야."

그리고 바로 콩쥐를 끌고 갔지요.

"엄마!! 살려줘!!!" 그리고 콩쥐는 일본으로 보내졌습니다. 이틀 뒤에 콩쥐는 일본에 도착했습니다. 일본에 도착하자마자 일본 경찰에게 끌려갔습니다. 콩쥐에게 경찰이 말했습니다.

"따라와!" 콩쥐는 그대로 아주 복잡한 곳에 끌려 들어갔습니다. 콩쥐는 콩쥐 또래 아이들 옆에서 금을 캤습니다. 그리고 경찰은 일주일 뒤에도 밥을 주지 않았습니다. 그래서 포동포동했던 콩쥐는 다시 빼빼 마른 콩쥐가 되었습니다. 그 시각 콩쥐팥쥐 엄마와 하림이는 감옥에 있었습니다. 하지만 다행히도 감옥에서는 밥을 주었습니다. 말도 안 되는 음식들이었는데, 바로 콩밥이 아닌 콩만, 시금치가 아닌 썩은 풀, 버섯볶음이 아닌 버섯 꼬다리 볶음 등등 이상한 음식만 주었습니다. 그래도 콩쥐팥쥐 엄마와 하림이는 밥을 먹을 수 있는 걸로 만족했습니다.

"에휴 콩쥐는 괜찮을까 하림아?"

"저는 콩쥐가 괜찮을 거라고 믿어요. 걱정 마요." 하지만 하림이의 생각과 달리 콩쥐는 쓰러지기 일보직전이었지요. 다음날 드디어 콩쥐는 밥을 먹었습니다. 하지만 감옥밥 보다도 더 이상한 음식을 주었습니다. 사람이 먹을 수 없는, 아니 동물도 먹을 수 없는 걸 주었습니다. 쓰레기장에 가면 있는 음식물 쓰레기를 주었습니다. 하지만 콩쥐는 너무 배고픈 탓에 먹어 버렸습니다. 그리고 그날 밤 콩쥐는 음식물 쓰레기를 먹어서 통증에 시달렸지요. 음식물 쓰레기 안에 박테리아가 있어서 콩쥐는 결국 죽고 말았습니다. 콩쥐팥쥐 엄마는 콩쥐가 너무 걱정이 돼서 하림이가 잘 때 탈옥했습니다. 하지만 그 감옥은 방어가 너무 잘 되어있는 교도소이기 때문에 탈옥이 불가능합니다. 그 사실을 알고도 탈옥을 한 콩쥐팥쥐 엄마는 결국 경찰 눈에 보이고 말았고 사형을 당하게 되었습니다. 하림이는 잠을 자다가 소리가 나서 깨었는데 콩쥐팥쥐 엄마가 탈옥하는 장면을 보게 되었습니다. 걱정이 되어서 따라갔던 하림이도 사형을 당하게 되었습니다. 그래서 콩쥐는 일본에서 죽고 콩쥐팥쥐 엄마와 하림이는 사형을 당해서 죽었습니다.

에 필 로 그 1

하림이의 시선(콩쥐팥쥐 엄마가 하림이를 만나기 전, 하림이의 생각과 그전에 있었던 일을 쓴 글입니다.)

옛날 호랑이도 담배를 피우던 어느 날 하림이라는 한 소녀가 태어났습니다. 10살까지는 엄마와 행복하게 지냈습니다. 11살이 되던 해 엄마는 산에서 떨어지고 말았습니다. 그래서 하림이는 엄마가 없다는 이유로 친구들에게 놀림을 받았습니다. 그날 이후부터 하림이는 밖에 나가지 않았습니다. 그리고 16살이 되던 해 아빠는 산으로 산나물을 캐러 가다가 넘어져서 엉덩이에 가시가 박혔는데, 소독을 제대로 하지 못해 엉덩이로 바이러스가 퍼져서 결국 죽고 말았습니다. 이대로는 살아가지 못할 것 같아서 하림이는 하인 일을 시작한 것이지요. 청소하는 법을 몰라 일을 잘하지 못해 힘들어하던 때, 콩쥐팥쥐 엄마를 만난 것이지요. 하림이는 또 해고당할까봐 안절부절못했습니다. 그때 콩쥐팥쥐 엄마는 그 모습을 보고 청소를 어떻게 하는지 알려주었고 그 마음이 감사한 하림이는 한 달 월급을 받지 않았습니다. 일을 잘하던 어느 날 어떤 사람이 왔습니다. 갑자기 일을 하면 400원을 준다는 것입니다. 그런데 하림이는 그때 집이 무너질 것 같아서 집을 새로 사야 해서 돈이 필요했습니다. 그래서 그 사람을 따라갔습니다. 하림이는 완전히 속고 지하감옥에 들어간 것입니다. 밥을 먹지 못해서 하림이는 '이제 나도 엄마와 아빠를 만나야 하는 거구나' 이렇게 생각했습니다. 그때 콩쥐팥쥐 엄마가 온 것이지요.

에 필 로 그 2

모두 하늘에 가게 되었고 콩쥐팥쥐 엄마, 콩쥐팥쥐 아빠, 하림이, 콩쥐, 팥쥐 모두 하늘에서 만나게 되었습니다. 하지만 모두 다 다른 곳으로 가게 되었습니다. 콩쥐팥쥐 엄마는 할머니 할아버지를 못 봐서 할머니 할아버지한테 가고, 콩쥐팥쥐 아빠도 할머니 할아버지를 못 봐서 할머니 할아버지한테 갔습니다. 그리고 하림이는 자기 엄마 아빠한테 갔습니다. 엄마는 8년 만에 아빠는 3년 만에 만났습니다. 콩쥐는 친할머니와 친할아버지를 만나러 가고, 팥쥐는 외할머니와 외할아버지를 만나러 갔습니다. 콩쥐와 팥쥐와 엄마 아빠는 자기 할머니 할아버지를 못 봐서 할머니 할아버지한테 갔습니다. 모두가 다른 곳으로 갔지만 모두가 행복했습니다.

안녕하세요. 저는 태강초 4학년 김동우입니다. 이번에 공글을 다니게 되고, 책을 내려고 합니다. 제가 이번에 쓴 어리석은 상인의 당나귀의 모험, 사악한 악마를 재밌게 읽어 주세요.

어리석은 상인의 당나귀 모험

옛날에 어리석은 상인이 시장으로 당나귀를 팔러 갔습니다. 그런데 갑자기 태풍이 불었습니다. 상인은 당나귀의 다리를 잡았습니다. 그러나 당나귀는 힘이 부쳐 날아갔습니다. 당나귀가 정신이 들어 일어나 보니 어느 숲속이었습니다. 당나귀는 일어나서 걸었습니다. 그리고 야생 당나귀를 만났습니다. 오랜만에 친구를 만난 당나귀는 기분이 좋았습니다. 하지만 기쁨도 잠시, 둘은 저승사자라고 불리는 현상금이 걸려있는 사자를 보았죠. 둘은 정신없이 뛰었습니다. 막다른 길에 도착했고 결국 둘은 힘센 다리로 대적했지만, 저승사자는 강했습니다. 그때 어디선가 늑대가 몰려왔습니다. 그건 바로 며칠 전 저승사자에게 당한 늑대가 친구들을 부른 것이었죠. 모두가 공격하자 저승사자는 귀찮다는 듯이 앞발로 늑대들을 다 쓸어버렸죠. 저승사자는 마지막 늑대를 죽이고 말했죠. “구백구십팔…. 이제 너희가 내 1,000번째 재물이다.” 갑자기 총소리가 들렸습니다. 알고 보니 근처에 사냥꾼이 온 것이었죠. 사냥꾼은 당나귀들을 키워주고 밥을 주었습니다. 그리고 시간이 지나 사냥꾼은 저승사자를 신고하고 현상금을 받아 부자가 되었습니다. 며칠 뒤, 저승사자가 부활하고 사냥꾼을 공격하였는데 당나귀가 니킥 해서 막았습니다. 그 틈에 사냥꾼은 칼을 들었습니다. “그래! 마지막 기회라면 모든 걸 걸겠다! 간다! 으아아아악! 받아라! 으아아아악! 자 가거라! 지옥으로” 사냥꾼이 저승사자를 물리치자, 소문이 퍼졌습니다. 그러자 당나귀의 옛 주인이 당나귀를 데려가고 모두 오래오래 행복하게 살았습니다.

옛날 어떤 나쁜 악마가 할머니인 척하며 살고 있었습니다. 그러자 신은 사람을 보내 악마를 데려왔습니다

– 야, 네가 뭔데 날 불러. 나 복싱 배웠어. 덤벼. 네가 지면 나 환

생시켜.

대충 주먹 휘두르는 중 파워 등짝 치기.

- 으아아아아아악.

- 도대체 너는 신을 뭐로 생각하는 거야. 지옥 장군, 끌고 가.

- 복수할 거야….

1,000년 뒤, 지진이 갑자기 일어나 악마를 봉인하던 수정이 깨져 악마가 부활했습니다.

- 이제 그 1,000년 동안의 복수를 해주지.

- 말로만 하지 말고 행동으로 보여주지 그래?

- 오랜만에 돌아온 나의 분노는 너도 막지 못해, 하지만 힘이 완전히 돌아오지 않았으니 내려가서 다시 모아야겠군. 악마가 내려갔다. 강인 도령, 가서 처리해라. 강인 도령이 악마의 앞을 막았다.

- 네 따위 가 뭘 할 수 있지? 으악!

- 나에게 포기란 없다.

- 포기하게 해 주지. 나와라 파란 불기둥.

도령은 분신술을 부리고 마구마구 구타를 했다

- 으아아아아아악! 신, 너희들만 도령이 있는 게 아니다. 언젠가는 꼭 복수할 거야!

- 신의 땅, 아니 이번엔 다른 악마가? 신, 우리 아버지를 죽인 죄를 받아라. 사라져라! 전쟁은 이제 시작이다.

안녕하세요? 저는 다산한강초 4학년 정수아입니다. 저는 제가 읽고 재미있었던 옛 이야기들을 다시 바꾸어 썼습니다. 재미있게 읽어주세요.

거인할망(설문대 할망)

옛날에 거인처럼 큰 할망이 있었다. 그러던 어느 날 심심했던 할망이 바다를 걷다가 문득 생각이 났다.

"'섬'을 하나 만들어 봐야겠다."

그러고 할망은 앙증맞은 섬 하나를 만들고 "할망섬"라는 이름을 붙였다. 그리고 위에 올라가 뭉툭하게 꾹꾹 눌렀다. 그리고 사람들을 마을에서 몰래 데려왔다. 처음엔 사람들과 별로 친하진 않았지만 할망이 잘 보살펴주어 오순도순 지내던 어느 날 할망이 빨래를 하다가 옷에 구멍이 났다. 그 틈을 타 돌아가고 싶은 사람들이 말했다.

"실을 줄 테니 돌다리를 만들어 줘!"

할망은 그 제안을 받아들였다. 할망은 돌다리를, 사람들은 실을 열심히 만들었다. 다 만들고 보니 할망에겐 양말 한 짝도 못 지을 만큼 실이 많이 모자랐다. 그래도 다행히 할망은 싫은 내색 없이 구멍을 실로 꿰맸다. 그 뒤 사람들은 돌다리를 건너 마을로 돌아갔다. 할망은 다시 외로웠지만 사람들에게 도움을 줘서 기분이 좋았다. 할망은 지금쯤 또 다른 섬을 만들고 있을지도 모른다.

곰과주스(호랑이와곶감)

어느 마을에 사람들이 모두 잠든 밤에 곰이 나타났다. 곰은 아이가 우는 집을 발견하고 가까이 갔다. 엄마가 아이를 달래려고 곰과 호랑이가 왔다는 말을 해도 아이는 계속 울었다. 그러자 아이 엄마가 "주스 줄게." 하니 아이가 울음을 멈췄다.

곰은 생각했다. '나랑 호랑이는 안 무서워하는데…. 주스라니…. 그건 뭐지? 나보다 훨씬 무서운 녀석인가? 주스에 주가 주류 같으니 축축하고 차갑겠네.'라고 생각했다. 그때 곰 위로 축축한 것이 툭 떨어졌다.

곰은 폴짝폴짝 뛰며 소리를 질렀다. 하지만 그것은 땀범벅이 된 나그네였다. 곰은 떼어 내려고 빠르게 산 위로 뛰어올라갔다. 얼마나 뛰었을까? 벌써 해가 고개를 반쯤 올리고 있었다. 나그네는 곰이란 걸 알아채고 얼굴이 파래졌다. 나그네가 덜덜 떨고 있을 때 곰이 뒤돌아 나그네와 눈이 마주쳤다.

나그네와 곰은 거의 동시에 엎드려 절을 했다. 나그네가 말했다. "곰님, 제발 살려주세요! 살려만 주신다면 가진 걸 다 드리겠습니다." 곰도 말했습니다. "주스님 목숨만 건져 주세요! 그럼, 신하가 되겠습니다." 그리고 나그네와 곰은 어리둥절하더니 나그네가 곰에게 주스라며 입에 부어주었다. 그리고 곰은 안심이 되었는지 나그네와 친한 친구가 되었고 같이 동굴에서 행복하게 지냈다. 주스 맛에 빠진 곰은 그 후로 주스만 먹고 지냈다.

마법사 꾀꼬리와 살인 소나무

옛날에 삼 남매가 살았는데 아빠는 새엄마를 맞이했다. 새엄마는 마음씨가 아주 고약했다. 어느 날 새엄마는 아빠에게 거짓말을 하여 첫째와 둘째를 쫓아냈다. 일주일이 지나도 돌아오지 않자 막내가 오빠들을 구하러 뒷산으로 갔다. 뒷산으로 가니 흙에 사람이 들어 있었다. 막내는 냅다 뛰어 소나무 앞에 다다랐다. 소나무는 칼을 들었고 그 옆에 꾀꼬리는 짜증을 내고 있었다. 막내가 꾀꼬리에게 물었더니 3가지 가루를 주었다. 그 가루를 뿌리니 사람들이 원래대로 돌아왔다. 물론 오빠들도 있었다. 막내는 꾀꼬리에게 도움을 청해 소나무, 꾀꼬리, 오빠들과 집으로 돌아갔다. 삼 남매는 소나무에게 이름을 붙여 주었다. '삼 남매 소나무' 그리고 삼 남매는 새엄마를 혼쭐 내서 멀리멀리 쫓아냈다. 새엄마는 너무 화가 나서 모두 잠든 밤, 소나무 가지를 5개를 꺾어 자기 집에 심었다. 다음날 소나무들이 멋지고 크게 자라 있었다. 새엄마는 소나무들을 단련시켜 소나무들은 마을 최강이 되고 누구도 이길 수 없었다. 이름은 "시크릿 5 소나무"였다. 새엄마가 말했다. "이제 삼 남매 복수를 하러 가자. 오늘 밤 12시에!" 그리고 밤이 되어 집에 들어가 부수기 시작했다.

우당탕탕 우르르 빠직! 집이 무너지고 있었다. 시크릿 소나무들이 삼 남매 소나무에게 싸움을 걸었다. 삼 남매 소나무는 머뭇거리더니 뿌리를 땅 위로 올려서 있는 힘껏 싸웠다. 하지만 5대 1은 상대가 안 됐다. 역시나 시크릿 5들이 이기고 있었고 삼 남매와 삼 남매 소나무는 힘들어지고 있었다. "하아. 힘들어 ㅠㅠ. 언제까지 싸워야 돼. 아빠 언제 와아아!" 막내가 말했다. 이미 수를 늘리기엔 너무 늦었다. 위기에 처해있을 때 꾀꼬리가 다른 가루를 주었다. 민트향이 나는 민트색 가루였다. "꾀꼬리야 이건 또 모야?" 꾀꼬리가 말했다. "나무한테 뿌려봐. 빨리!" 뿌렸더니 펑 하고 연기가 났다. 그랬더니 나무가 여럿이 되었다. 꾀꼬리가 말했다. "상황이 급해서 분신술 가루를 줬어." 분신술을 하자 시크릿 소나무들은 당황하기 시작했고 삼 남매 소나무는 그 틈을 타서 공격했다. 승자는 삼 남매 소나무가 되었고 새엄마는 마침 사냥에서 돌아오는 원님과 마주쳐 큰 벌을 받았다. 그 후로 삼 남매와 아빠는 오순도순 잘 지냈다.

손 톱 없 앤 쥐 (손 톱 먹 는 쥐)

옛날 옛적에 한 선비가 살았다. 어느 날 손톱을 깎고 있는 선비의 방에 쥐 한 마리가 들어왔다. 선비가 음식을 주자 쥐는 거들떠보지도 않고선 방구석에 선비가 버린 손톱을 먹었다. 그날 밤 손톱이 더 먹고 싶던 쥐가 선비의 손톱을 갉아 없앴다. 그리고 선비로 변신했다. 다음날 진짜 선비는 피가 손에서 흐르고 자기와 똑같이 생긴 선비가 우두커니 서 있어서 깜짝 놀랐다. 가족에게 이 사실을 말했지만 가족들은 모두 선비로 분장한 쥐를 믿었다. 선비는 집에서 쫓겨나고 우울했던 선비는 아버지 무덤에 가다가 산속에서 신령을 만났다. 선비가 절을 하면서 어떻게 가짜를 쫓아내냐고 물었다. 신령은 이렇게 말했다. "손톱으로 쥐를 할퀴면 된다." 선비는 그 말에 신령과 같이 지내면서 손톱을 길러 서둘러 집으로 갔다. 집으로 가서 자고 있는 쥐를 아주 세게 할퀴니 "꾸에에" 비명소리와 함께 쥐가 죽었다. 그 모습을 본 선비 가족은 울면서 사과했고 모두 행복하게 살았답니다.

안녕하세요! 저는 상명초 4학년 한수민입니다. 저는 2023년도부터 공글을 다니게 되었는데, 벌써 책을 쓴다는 것이 너무 떨려요. 제 이야기는 [사탕 할머니], [부자 서울쥐와 가난한 시골쥐], [다이아몬드 도끼, 금도끼, 은도끼], [무식한 놀부, 지혜로운 흥부]입니다. 재미있게 읽어주세요! 감사합니다!

다이아몬드 도끼 금도끼 은도끼(금도끼 은도끼

옛날에 한 나무꾼이 살았습니다. 그 나무꾼은 성실하기로 유명했지만 집은 매우 가난했습니다. 나무꾼은 나무를 베는 일에는 성실했지만, 속으로는 아주 고약한 욕심쟁이였습니다. 그러던 어느 날 나무를 베고 있을 때 실수로 도끼가 근처 연못에 빠져 버리고 말았습니다. 나무꾼이 아깝다며 짜증을 내고 있을 때였습니다. 키가 크고 머리부터 발끝까지 하얀 옷을 입은 한 신령님이 나타났습니다. 신령님은 나무꾼에게 이렇게 말하였습니다.

“나무꾼아, 이 금도끼, 은도끼 중에 어느 것이 너의 것이냐?”

그러자 욕심 많은 나무꾼이 대답했습니다.

“당연히 둘 다 제 것입니다.” 둘은 잠시 생각에 빠졌습니다. 신령님은 ‘어떤 벌을 주어야 저 나무꾼의 마음을 고칠 수 있을까?’라는 생각을 했고, 욕심 많은 나무꾼은 ‘금도끼와 은도끼로는 부족해! 이렇게 멋진 나에게는 다이아몬드 도끼가 딱인 걸?’이라는 생각을 했습니다. 나무꾼은 생각이 끝나기가 무섭게 신령님이 나왔던 연못 속으로 들어가 다이아몬드 도끼를 찾아 헤맸습니다. 신기하게도 그 연못에서는 숨을 쉴 수 있었고 눈도 뜰 수 있었습니다. 그러다 멋진 집을 발견해 그곳으로 들어갔습니다. 그 집은 신령님의 집이었습니다! 그 사실을 몰랐던 욕심 많은 나무꾼은 다이아몬드 도끼, 은도끼, 금도끼를 모두 다 훔쳐 집으로 가져왔습니다. 나무꾼은 은도끼와 금도끼를 팔아 부자가 되었고 하인도 생겼습니다. 부자가 된 나무꾼이 집에서 쉬고 있을 무렵 하인이 다이아몬드 도끼로 나무를 베고 있었습니다. 옛날에 나무꾼이 한 실수처럼 하인도 그만 다이아몬드 도끼를 연못에 빠뜨리고 말았습니다.

잠시 뒤 하인이 놀라 걱정하고 있을 때 신령님이 나와 이 “다이아몬드 도끼가 네 것이냐?”하고 물었습니다.

그러자 하인이 “아니요, 그 도끼는 결코 제 것이 아닙니다.”라고 하자, 신령님이 “그러면 누구 것이라는 말이냐?”하고 또다시 물었습니다.

하인이 "이 도끼는 제 주인님의 도끼입니다. 저는 그냥 이 도끼를 빌린 것뿐입니다."라고 하자, 신령님이 화가 난 말투로 "그렇구나! 지금 당장 가서 너의 주인을 데리고 와라!" 하고 소리쳤습니다. 하인은 빛의 속도로 나무꾼을 신령님 앞에 데리고 왔습니다. 신령님이 나무꾼에게 물었습니다.

"너는 나를 기억하느냐?"

"예. 다… 당연하… 지요………!"

나무꾼이 당황하며 대답했습니다.

"나는 사실 네가 은도끼, 금도끼, 다이아몬드 도끼를 다 가져간 것을 알고 있었다. 물론 우리 집에는 은도끼, 금도끼, 다이아몬드 도끼가 넘쳐 나. 그래서 나는 네가 100개씩 가져가도 상관은 없어. 하지만 너는 도둑질, 거짓말을 했기 때문에 마땅한 벌을 받아야 한다. 알겠느냐?" 신령님이 말했습니다.

"아니요! 제가 그러지 않았습니다!"

나무꾼은 끝까지 우겼습니다.

"나는 네가 너의 죄를 인정하면 용서해 줄 수도 있었다! 하지만 너는 끝까지 거짓말을 했기 때문에 벌을 더 많이 받아야 한다. 하지만 너의 하인은 다이아몬드 도끼를 탐내지 않고 정직했으므로 하인에게는 다이아몬드 100개를 주겠다!" 신령님이 말했습니다.

그 뒤로 하인은 엄청난 부자가 되어 행복하게 잘 살았고, 욕심 많은 나무꾼은 지금까지도 심한 벌을 받고 있다고 합니다.

사탕할머니(팥죽 할머니)

옛날 옛적 어느 산골짜기에서 혼자 사탕을 만드는 할머니가 계셨습니다. 가끔은 동물들이 할머니께 사탕을 받아 맛있게 먹곤 했지요. 그러던 어느 날, 동물들이 한동안 나오지 않고 사탕도 받지 않았습니다! 할머니는 걱정하며 항상 만들던 사탕을 만들었습니다. 그러곤 동물들을 위해서 몇 개는 동물들의 집에 가져다주었습니다. 그러다 산에서 호랑이를 마주치게 되고, 하필 또 그 호랑이는 사탕을 매우 좋아했죠.

어느 날 할머니는 호랑이를 만났습니다. 호랑이는 내일 당장 사탕을 배가 찰 정도로 많이 주면, 할머니를 잡아먹지 않겠다고 했어요. 할머니는 집에 돌아와 매우 슬퍼했지요. 그러던 중 동물들이 갑자기 숲속에서 나와 할머니를 위해 만들었다고 하면서 할머니께서 만드신 사탕을 녹여 붙여 정성스럽게 만든 사탕 집을 주었습니다. 할머니는 좋은 아이디어가 떠올랐습니다. 그래서 동물들과 모여서 계획을 짰습니다. 마침 딱 그때 호랑이가 나왔습니다. 할머니는 호랑이에게 사탕 집을 주면서, 이렇게 말했습니다.

"호랑아, 호랑아~ 이 사탕 집에 들어가면 내가 이 사탕들을 모두 다 줄게!"라고 하자 호랑이는 살짝 머뭇거렸지만, 끝내 자기 몸을 구겨 넣으며 사탕 집에 들어갔습니다. 할머니와 동물들은 그 틈을 타

사탕집에 들어가 있는 호랑이를 바다로 던져 버렸습니다! 그리고 할머니와 동물들은 사탕을 만들며 평생 행복하게 잘 살았답니다.

헨	젤	과		그	레	텔	과		착	한	마	녀
(헨	젤	과	그	레	텔)							

옛날 어느 마을에 헨젤과 그레텔이 살았습니다. 헨젤과 그레텔의 엄마 아빠는 지독하게 나쁜 사람이었습니다. 어느 날 엄마 아빠는 헨젤과 그레텔을 데리고 놀이동산에 가자고 했습니다. 하지만 이상한 낌새를 느낀 헨젤은 산속 깊이 헨젤과 그레텔만 아는 길에 100원짜리 동전들을 뿌려 놓았습니다. 그리고 그다음 날, 그레텔은 자신의 동전으로 놀이공원으로 가는 길에 동전들을 뿌려놓았습니다. 그러곤 예상대로 엄마 아빠는 놀이기구에 아무 데나 앉혀놓고 도망갔죠. 다행히 헨젤과 그레텔은 재빨리 내려서 엄마 아빠의 뒤를 쫓았습니다. 엄마 아빠는 100원짜리 동전을 줍느라 정신이 팔려 뒤에 누가 있는지도 몰랐습니다. 헨젤과 그레텔은 한참 동안 따라가다 집이 나와서 집에 들어가 숨죽여 엄마 아빠를 지켜보았습니다. 계획대로 엄마 아빠는 동전을 주우러 산골 깊이 들어가서 영원히 나오지 못했고 헨젤과 그레텔은 행복하고 건강하게 살았답니다.

아	기		돼	지		삼		형	제				
(무	서	운		아	기		늑	대		삼		형	제)

옛날에 아주 귀여운 아기 늑대 삼 형제가 살고 있었어요. 어느 날 엄마 늑대가 시장에 다녀올 테니 집을 잘 지키고 있으라고 했어요. 엄마가 나간 후 시간이 지났는데 엄마 늑대가 돌아오지 않자, 걱정되는 마음에 옆집 비버 아저씨한테 "아저씨 혹시 우리 엄마 못 봤어요?"라고 여쭤보았어요. 그러자 비버는 깜짝 놀라며 " 내가 방금 산책을 했는데 글쎄 어떤 늑대가 쓰러져 있는 거야! 그런데 늑대가 낮잠을 자고 있었을 수 있어서 그냥 왔는데 혹시 모르니 확인하고 오렴!" 하고 걱정되는 목소리로 말씀하셨어요. 아기 늑대 삼 형제는 놀라서 엄마 늑대를 찾으러 갔어요. 길을 가다 보니 엄마 늑대와 똑같이 생긴 늑대가 쓰러져 있는 것을 보았어요. 하지만 이미 너무 늦어 버렸죠. 엄마 늑대의 몸은 마치 눈덩이처럼 차가웠어요. 늑대는 옆집 비버 아저씨의 도움을 받아 엄마 늑대의 장례를 치르고 독립하기로 각자 마음먹었지요. 첫째 늑대는 지푸라기 집, 둘째 늑대는 나무집, 그리고 셋째 늑대는 벽돌집을 쌓았어요. 셋이 모두 평화롭게 지내던 어느 날 갑자기 사람들이 늑대들의 집을 찾아내서(여기부터 소름 주의. 무서워짐.) 늑대 사냥을 하자고 했어요. 첫째의 집은 가위로, 둘째의 집은 톱으로, 마지막으로 셋째의 집은 망치로 부숴 세 마리 모두 갑작스러운 죽음을 맞이해 버렸어

요. 한순간에 늑대의 친구, 아빠, 할머니, 할아버지까지 모두 슬프게 만들어 버렸어요.

무식한 놀부, 지혜로운 흥부 (흥부와 놀부)

옛날에 한 가난한 집안에서 두 아들이 태어났어요. 첫째는 놀부, 둘째는 흥부였지요. 아들이 태어났다는 기쁨도 잠시 어머니가 돌아가셨어요. 그래서 두 형제는 아버지와 살았어요. 집안이 너무 가난해서 놀부와 흥부는 항상 놀림을 받고 자랐어요. 그리고 놀부는 8살, 흥부는 6살이 되던 해에 그만 아버지도 돌아가셨어요. 그렇게 놀부와 흥부는 서로를 지키며 어느새 어른이 되었어요. 어른이 되었을 때 놀부는 항상 툴툴거리고 욕심이 많으며 무식했어요. 하지만 흥부는 착하고 지혜로웠어요. 그러던 어느 날 여느 때처럼 흥부가 잡초를 뽑고 있을 때였어요. 글쎄 지나가던 사람들이 "이번에 갑자기 부자가 된 부잣집 있지? 내가 찾아가서 어떻게 부자가 되었느냐고 물으니까, 금 사막을 다녀왔다지 뭐야? 어휴~ 부럽다 부러워."라고 하자 흥부는 깜짝 놀라서 곧바로 놀부에게 달려가 소식을 전했습니다. 흥부와 놀부는 1년간 사람들을 통해서 금사막으로 가는 길을 알게 되었어요. 금사막으로 가 려면 천리를 더 걸어야 해야 했지요. 놀부는 그 사실을 알게 되자 기분이 너무 나빠져서 툴툴거렸어요. 반면 흥부는 놀부 대신 금사막을 가는 길을 알아보았지요. 흥부와 놀부는 식량을 챙기기 위해 먹을 것을 구하려 했어요. 하지만 가난한 흥부와 놀부의 집에는 먹을 식량이 전혀 없었죠. 그때 놀부의 눈에 다 큰 제비 둥지가 눈에 띄었어요. 그것도 두 개나 말이에요! 놀부는 바로 제비를 죽이고 먹으려고 했지만 착한 흥부는 제비를 살려주고 싶었어요. 그때 구렁이가 제비들을 공격하려고 했어요! 흥부는 잡아먹기는커녕 제비들을 구렁이에게서 구해주었지요.

그날 밤 꿈에 제비가 나타나 이렇게 말했어요.

"안녕하세요! 아까 흥부 님께서 구해주신 제비예요. 저희에게 도움을 주신 덕분에 살 수 있었어요. 그래서 저희가 선물을 하나 드릴게요! 제가 지붕 위에 행운의 호롱 박씨를 심어둘게요. 내일 아침이면 자라 있을 거예요. 꼭 안을 열어 보세요."

그리고 놀부의 꿈에도 제비가 나왔어요. 그러고는 이렇게 말했지요. "안녕하세요. 아까 우리를 해친 것에 대한 결과는 내일 지붕 위에 있을 거예요."라고 말하고 사라져 버렸어요.

다음 날 아침, 흥부가 박을 열어보자 물건을 무한대로 담을 수 있는 주머니가 있었고, 반면 놀부의 박 안에는 끈끈이가 있었어요. 그렇게 바로 그날 흥부와 놀부는 그 사막으로 향하게 됩니다. 놀부는 끈끈이를, 흥부는 주머니를 챙겼어요. 놀랍게도 금 사막은 모든 것이 모래가 아닌 금이었지요. 놀부는 손에 끈끈이를 발라 금을 모았고 흥부는 주머니에 금을 모두 담았어요. 집으로 향하는 길에 놀부는 금이 너무 무거워서 쓰러지고 말았지만, 흥부는 그 사실을 모르고 집으로 계속 향했답니다. 덕분에 흥부는 부자가 되고 흥부를 힘들게 한 놀부는 더 이상 볼 수 없게 되었답니다!

유지민

안녕하세요, 여러분. 저는 별내초등학교에 다니는 4학년 유지민입니다. 이 이야기는 해리포터를 재창조해서 제 아이디어를 조금씩 섞은 이야기입니다. 저의 꿈은 작가이고 취미는 글쓰기입니다. 제가 공글을 다니게 된 이유는 어릴 때부터 공글을 다니고 싶어 했기 때문입니다. 저희 언니도 공글을 다녔고 실제로 언니와 다른 사람들이 『후엠아이』라는 책을 출판한 적이 있습니다. 올해도 출판할 수 있다면 제 이름도 포함되어 있기를 생일에 소원으로 빌기도 했습니다. 저는 지금 『쉿, 꿈꾸는 중입니다』 외에 따로 쓰고 있는 글이 두 개 더 있습니다. 하지만 그건 제가 취미 생활 쓰는 글입니다. 제가 커서 진짜로 작가가 된다면 저에게 맞춤법과 글쓰기를 도와주신 선생님께 감사의 말을 전하고 싶습니다. 그럼 지금부터 제 이야기를 시작할 테니 재밌게 읽어 주세요!

로라와 마법 세계

1. 평범한 월요일

“오늘 학교에 가면 이상한 일이 생길 거야, 로라.” 평범한 월요일 아침에 이모가 하는 말을 난 이해할 수가 없었다. 이모는 파란 접시 위에 노른자가 터진 계란을 올려놓았다. 딱 봐도 맛없게 생겼다. 노른자가 터져서 그런지 이 계란을 먹어야 하는 나도 속이 터지는 것 같았다. 나는 “배 안 고파요.”라고 핑계를 대고 방으로 들어갔다. 이대로 학교에 가면 배가 고플 것 같았다. 책상 밑에 있는 간식 박스에서 포테이토 칩을 꺼내 반쯤 먹었다. 박스를 덮고 다시 책상 밑으로 넣어놨다. 핸드폰으로 시계를 봤다. 나는 기절했다. 아니, 거의 기절할 뻔했다. 시계에 쓰여있는 숫자… 8.4.6. 8시 46분. 지각이다! 급하게 준비했다. 너무 급해서 후드 티는 언니걸 입고, 양말은 짝짝이로 신고, 우리 강아지 바둑이한테 밥 주는 것도 깜빡했다. 헐! 신기록!! 2분 만에 준비한 건 처음이다. 아차차차차! 지금 그게 중요한 게 아니지! 아무튼 양치도 제대로 못 하고 심지어 로션을 짐가방에 넣은 채 나왔다. 초스피드로 3분 12초 만에 학교에 도착했다.

종이 쳤다. 이번 국어는 발표하기다. 1번인 내가 먼저다. 주제는 백년 전을 상상하기다. 앞에 나가 첫 번째 문장을 말하려는데 갑자기 몸이 뜨더니 3미터 정도 위로 올라갔다. “우와~!” “헐!” “대단

해!" 아이들이 내 밑으로 와서 소리쳤다. 난 어안이 벙벙했다.

조금 후 나는 다시 아래로 살포시 내려왔다. 아이들이 모두 나한테 와서 어떻게 했냐고 막 이것저것 물어봤다. 마치 인기 스타가 된 것 같았다. 어떻게 했는지 곰곰이 생각해 보았다. 그런데 갑자기 오늘 아침 이모가 나에게 한 말이 생각났다. '오늘 학교에 가면 이상한 일이 생길 거야, 로라 로라 로라.' 마치 이모의 목소리가 내 귀에 울려 퍼지는 것만 같았다.

4교시가 되었다. 4교시는 500미터 달리기 시합에서 1등 뽑기라고 주간 학습 안내에 쓰여 있었다. 우리 5학년에게 500미터 달리기는 너무 힘들었다. 하지만 체육 선생님께서 벌써 보기만 해도 힘들고 지치는 노란 티를 나눠 주시고 계셨다. 시작도 안 했는데 벌써 힘들다. 난 속으로 '이번에도 이상한 일이 생길까?' 생각하고 있었다. 운동장 스탠드에 여자아이들이 앉아 있었다. 아무래도 체격이 좋은 남자아이들이 먼저였다. 난 나의 단짝 친구인 미주 옆에 앉았다. 선생님께서 빨간 깃발을 올리시자 시합이 시작되었다. 300미터까진 아이들이 쌩쌩히 달리고 있었다. 그런데 몇몇 아이들은 400미터부턴 조금씩 지치는 것 같더니 10명쯤 기권했다. 그렇게 하여 1등은 끝까지 달린 서후였다. 이어서 여자아이들과 내가 시작 점 앞에 섰다. 선생님께서 빨간 깃발을 다시 한번 올리셨다. 달리기를 시작하는데 갑자기 내 발이 엄청나게 빨리 움직였다. 놀란 나는 "으악~!" 하고 소리 질렀다. 그리고는 몇 초 뒤에 멈추었다. 선생님께서 달려오시더니 내가 3.2초 만에 500미터를 뛰었다고 하셨다. 난 수업이 끝나지도 않았는데 집으로 뛰어갔다.

집에 도착하자마자 문을 열고 이모에게 달려가서 소리쳤다.

“이, 이모! 도대체… 무슨 일이 일어난 거예요?! 오늘 아침에 이모가 한 말은 무슨 뜻이고, 그리고 오늘 제게 학교에서 일어난 일은 도대체 어떻게…! 이모는 무슨 일이 일어난 건지 다 알고 있죠?!”(내가 좀 심했나?)

“로라, 난 이제 내가 너에게 지금까지 털어놓지 않았던 비밀을 말할 수 있다고 생각해.” 이모가 말했다. 난 이모의 말이 무슨 뜻인지 전혀 알아듣지 못했다. 이모가 말을 다시 이어 가셨다. “로라, 이모는… 마법사야. 그리고 너 또한 마법사이기도 하지.” 난 그 그 말을 듣고 기절할 뻔했다. 내가 마법사라니, 처음에는 이모가 장난을 치는 줄 알았다. 그렇지만 오늘 학교에서 일어나는 일을 보면 이모의 말이 사실이란 보장이 80%는 됐다. 이모와 나는 그저 서로를 빤히 쳐다볼 뿐이었다. 마지못해 이모가 갑자기 내 방에서 낡고 오래된 빗자루 한 개를 가지고 왔다. 그리고 뭔지 모를 이상한 주문을 외우셨다. “@?#%*_☆♧♤&<¤£■◇¿□●■!” 그러곤 나에

게 빗자루 위에 올라타라고 하셨다. 나같이 우아하고 예쁜 (?) 아이에게 저런 낡고 더러운 빗자루에 타라고?! 하지만 나는 나의 호기심 때문에 빗자루 위에 올라탔다. 몇 초 뒤 그 빗자루가 떠올랐다! 그 빗자루는 열려 있는 창문 쪽으로 가더니 밖으로 나갔다. 처음에는 너무 무서웠다. 하지만 점점 재밌어지더니 나도 모르게 팔을 양옆으로 펼쳤다. "우와~!!" 내가 집에 다시 도착하자 이모가 설명하기 시작하셨다. 이모는 마법 세계에서 교장이고 나는 마법사라고. 난 우리 집에 있는 파란 접시만큼 입을 크게 벌렸다.

다음 날 마법 학교에 입학했다. 그리고 '리아'와 '미아'라는 친구를 만들었다. 리아와 미아는 쌍둥이다. 리아는 엉뚱하고 만화책 읽기를 좋아하며 공부에는 관심이 없다. 밥 먹을 때 공부에 '공'자만 꺼내도 더 이상 밥을 먹지 않는다. 리아는 만들기를 좋아한다. 학교 반찬은 혼자 반쯤 먹는다. 0.0001초로 언니가 된 미아는 똑똑하지만 조금 까칠하고 화나면 정말 무섭다. 마음이 빙상장처럼 차가울 때도 있지만 따뜻한 성격과 재밌는 농담, 사과의 말로 마음을 녹여 주면 다시 영원한 베프가 되는 그런 아이였다. 둘 다 좋은 친구들이다.

3. 마법학교, 그리고 트롤

다음 날 니스 선생님과 물약 수업을 받고 있을 때였다. 우리 이모가 300km를 뛴 치타 같은 얼굴로 뛰어오셨다. “큰일났어요!” 나는 실수로 작은 유리 바이엘을 떨어뜨릴 뻔했다. 이모는 되게 빨리 달렸었던 것 같다. 숨을 쉬느라 말도 제대로 못 했으니까. 이모가 조금 뒤에 말을 이어 가셨다. “지하 감옥에 있던 트롤이 탈출했어요!” “트롤?” 나는 지하 감옥에 트롤이 있는지 몰랐다. 아니, 애초에 지하 감옥이란 곳이 있는지도 몰랐다. 학교에 웬 지하 감옥? 학교에서 말 안 듣는 학생들도 지하감옥에 가진 않길 바란다. 만약 그렇다면 리아도 지하감옥에 갈 수 있으니까. 어쨌든, 트롤이 꽤 무서운 존재였나 보다. 아이들은 우리 이모가 한 말을 듣고 2초 뒤에 미쳐 날뛰기 시작했으니까. “으아아악!” 마치 입에 불난 원숭이 25마리 같았다. 아이들은 소리를 지르며 난리도 아니었다. 그때 우리 이모가 “모두 조용!!”이라고 아주 크게 말하셨다. 그 목소리는 프랑스를 넘어 아프리카까지 갈 정도로 큰 목소리였다. 입에 불난 원숭이 25마리는 우리 이모의 목소리에 깜짝 놀라 모두 멈췄다. 우리 이모는 반장에게 우리 모두를 기숙사로 대피시키고 문을 잠가서 아무도 못 들어오게 하라고 하셨다. 뒤이어 우리 이모는 표범처럼 뛰어 나가셨다. 아마도 다른 학년이나 다른 반에게도 트롤이 지하 감옥에서 탈출했다는 걸 알려 주려고 가신 것 같다. 하지만 3초 정도 뒤에 다시 돌아오셔서 우리 물약 선생님, 리스 선생님에게 따라오라고 하셨다. 그리고 다시 나가셨다. 다른 학년이나 반에게 트롤이 탈출했다는 걸 알려 주는 게 아니라면, 선생님들끼리 긴급회의가 있는 게 아닐까? 하지만 지금은 회의를 할 시간도 없을 것 같다. 나는 미아 옆에 딱 붙어서 반장을 따라갔다. 물약 교실을 나올 때쯤 나는 문득 리아가 없다는 사실을 알아챘다. 리아는 현재 화장실에 간 상태였다. 내가 미아에게 리아가 화장실에 갔다고 말하자 미아는 그제야 생각난 듯했다. 미아와 나는 리아에게 트롤이 탈출했다는 사실을 알리기 위해 반장 몰래 화장실이 있는 쪽으로 따라갔다. 그때였다. 커다란 그림자가 우리 앞을 지나가려고 했다. 트롤 그림자였다. 우리는 기둥 옆에서 숨어 있다가 트롤이 지나가길 기다렸다. 미아는 트롤이 어떤지 알려 주었다. 트롤은 커다란 방망이를 갖고 있는데 생각보다 멍청하다고 했다. 나는 트롤이 어떻게 생겼는지 궁금해서 살짝 얼굴을 내밀었다. 나는 그때 봤던 모습을 절대 잊을 수 없을 것 같았다. 트롤은 방망이를 들고 있었는데 방망이에는 뾰족뾰족한 못들이 박혀 있고 덩치는 코끼리처럼 아주 컸다. 몸은 내가 제일 싫어하는 초록색이었다! 게다가 머리에 칼들이 아주 아주 많이 박혀 있었다. 아마 트롤을 잡으려고 했던 마법사들이 꽂은 게 분명했다. 누가 봐도 트롤이었다. 나는 트롤에게 들킬까 봐 0.6초 뒤에 바로 몸을 숨겼다. 숨소리도 내지 않았다. 다행히 트롤은 그냥 지나갔지만 화장실 쪽으로 가고 있었다. 그것도 리아가 간 화장실! 우린 트롤이 간 쪽으로 가기엔 너무 무서워서 다른 방향으로 갔다. 그곳은 트롤이 간 쪽보다 2분 정도 더 돌아야 했다. 우리는 전속력으로 뛰어갔다. 조금이라도 늦었다간 리아는 트롤의 점심 식사가 될 지도 모른다. 그것도 아주 못생긴 점심 식사!!(이 말은 리아한테 비밀이다!)

뛰어서 그런지 화장실에 도착했는데도 트롤은 아직 도착하지 않았었다. 우린 리아에게 트롤이 지하 감옥에서 탈출했다는 것을 말해 주었다. 리아는 그때 제정신이 아니었다. 화장실을 날뛰며 소리를 질렀다. 그때였다. 트롤의 재채기 소리가 들린 것 같았다. 우리 세 명은 한꺼번에 화장실 한 칸에 들어갔다. 그리고 숨을 죽여 아무 소리도 내지 않았다. 그렇게 좁은 곳에 세 명이 들어가 있으니 마치 만원 버스에 탄 것 같았다. 곧이어 "우워워!" 하는 소리가 들렸다. 분명히 트롤이었다. 트롤이 화장실에 들어왔다. 하지만 엉뚱한 리아는 화장실 밖으로 나가 트롤에게 소리쳤다. "야! 여기는 여자 화장실이야! 남자 화장실로 가!" 이럴 때 보면 리아는 세계 눈치 제로 대회에 나가서 1등 하고 남을 아이인 것 같다.(게다가 그 트롤은 여자… 아니, 암컷이다!) 이젠 어쩔 수 없다는 생각이 들었다. 미아와 나는 트롤 앞에 서서 당당하게 우리의 마법 지팡이를 꺼냈다. 그리고 트롤을 향해 지팡이를 겨누었다. 미아는 기절시키는 마법을, 난 파괴 시키는 마법을 썼다. 하지만 트롤은 이렇게 말했다. "간지럽잖아!" 우리 셋이 트롤을 이길 방법은 없었다. 그때, 우와! 하늘이 우리를 도왔나 보다. 우리 이모와 마법 학교 선생님이 모두 와서 한꺼번에 주문을 쏘았다. 어떤 선생님은 기절 마법을, 어떤 선생님은 죽게 하는 마법을, 어떤 선생님은 멀리 튕겨 나가게 하는 마법 등 한꺼번에 마법을 썼다. 트롤이 기절할 것 같았다. 그리고 내 예상은 빗나가지 않았다. 트롤은 기절해 버렸다. 선생님들이 곧바로 트롤에게 수갑을 채우셨다. 기절한 상태로 끌고 가기엔 너무 무거울 것 같았다. 그래서 우리 이모가 공중으로 띄우는 마법을 사용해 트롤을 다시 지하 감옥으로 데려가셨다. 선생님들은 다 나가고 우리 이모와 리아, 미아, 그리고 나만 남았다. 우리 이모에게 혼날 준비는 단단히 되어있었다.

"너희가 가는 곳은 왠지 전부 사고만 일어나는 것 같구나. 게다가 교장의 말을 어겨? 아무튼! 벌로 시험 점수에서 각각 10점씩 빼겠다!" 이모가 화난 표정과 목소리로 소리치셨다. 하지만 우린 지금까지 학교에서 벌인 사고가 이것뿐인데 우리가 가는 곳이 다 사고가 일어난다니! 게다가 눈치 제로 리아는…. "저는 이미 성적이 F 마이너스인데 어떻게 10점을 더 빼나요?" 이모는 훨씬 더 화난 표정으로 아무 말 없이 화장실을 떠나셨다. 하지만 지금은 그게 중요한 게 아니다. 학교에 입학한 지 일주일도 안 돼서 이런 징계를 받다니…. 앞으로 마법 학교에서 1년 동안 어떻게 버틸지 걱정이 된다. 남은 셋은 서로를 빤히 쳐다보기만 했다. 1분이 마치 긴 1시간 같았다.

다음 날, 리아와 미아 그리고 내가 트롤 사건을 벌였던 건 학교에 소문이 쫙 퍼져 있었다. 지나갈 때마다 아이들이 우리에게 "우우~" 하고 소리쳤다. 하긴, 우리가 선생님 아니 그것도 교장 선생님인 우리 이모의 말을 어겼으니 그럴 만도 하다. 하지만 미아는 아이들이 그럴 때마다 한 대씩 때려 주곤 말했다. "조용히 해!" 나는 리스 선생님 반에서 수업을 들을 때도 선생님의 새파란 눈을 똑바로 마주치지 못했다. 우연히 선생님과 내가 눈이 한번 마주쳤었는데 왠지 선생님께서 나를 쏘아보시는 느낌이 들었다. 나는 이번 물약 시험에서 90점을 받았지만 우리 이모의 말대로 10점을 빼서 80점으로 바뀌었다. 미아는 70점을, 리아는 20점을 받았다. 하지만 그 두 명도 10점을 빼서 미아는 60점, 리아는 10점을 받았다. 나는 그나마 시험이라도 통과했지만 그 둘은 통과하지도 못했으니, 방과 후에 남는 벌을 받을 거다.(시험 통과 점수는 70점 이상이다.) 둘은 똥 씹은 표정이었다. 아, 정말 최악의 하루인 것 같다. 하지만 미아가 말하길, 작년에는 미아의 오빠(래리)가 학교에 있는 화장실을 전부다(즉, 30개를) 청소하는 벌을 받았다고 한다. 나는 화장실 30개를 청소하는 벌을 받지 않아서 정말 다행이라고 생각한다. '차라리 시험 점수에서 10점 빼는 벌이 훨씬 더 낫지…' 리스 선생님을 물약 수업이 끝나고, 우리 반은 방어 마법 연습 교실로 갔다. 한 5교시까지 한 거 같지만 아직 3교시였다. 3교시 방어술 연습 수업에 선생님 이름은 그레이트였다. 그레이트 세베루스. 선생님은 우리 보고 방어술 연습을 하라고 하시고 선생님 자리에 앉았다. 그리고 한 잡지를 펴시더니 몇 분 동안 말을 하지 않았다. 우리도 몇 분 동안은 말을 하지 않았다. 그때 린지라는 아이가 그레이트 선생님께 질문을 했다. 하지만 선생님은 아무 말씀도 하지 않으셨다. 그제야 우리는 눈치챘다. 선생님은 우리가 뭘 하든 잡지에 빠져서 신경 쓰시지 않는다는 것을. 그때부터 우리 교실은 난리 법석이었다. 여자아이들은 에어팟을 귀에 끼고 춤을 췄다. 남자애들은 책가방에서 축구공과 농구공을 꺼내 스포츠를 즐기고 있었다. 하지만 미아와 리아, 그리고 나는 가만히 앉아 있었다. 그리고 잠시 후, 미아가 갑자기 의자를 앞으로 당겨서 리아와 내 옆에 앉았다. 그리곤 말했다. "그게… 움직이지 않는 게 나을 것 같지?" 우리는 말없이 고개만 끄덕였다. 미아는 원래 자리로 돌아가서 앉았다. 4교시에 공격 마법과 5교시 독서 시간이 끝나고 6교시가 됐다. 6교시도 시간이 달팽이 같이 느리게 갔다.(30분은 지난 것 같았는데 손목시계를 보니 5분밖에 안 돼서 손목시계가 고장 난 줄 알았는데 미아의 시계도 5분이었다.) 오늘의 일과가 완전히 끝나자 우린 그제야 쉴 수 있었다.

4. 다 시 한 번

1달 뒤, 어둠의 방어 마법 수업 때 갑자기 스피커에서 안내 방송이 나왔다. 우리 이모의 목소리였다. 이모가 말한 내용은 바로 탈출했던 트롤이 또다시 재탈출 했다는 것이었다. 큰 소동이 일어난 이후로 두 달도 되지 않아 바로 다음 날에 또 트롤이 다시 탈출했다고?! 역시나 우리 반 아이들은 입에 불난 원숭이 25마리처럼 뛰어다녔다. 그때 이모가 소리쳤다. "5학년 5반 아이들 모두 자리에 앉으세요!" 우리 이모가 우리 반만 부르시는 걸 보니 입에 불난 원숭이 25마리는 우리 반밖에 없었던 것 같았다. 그리고 이모가 다시 단체 문자를 보내셨다.

"각 반의 반장들은 비상 대비 기숙사로 학생을 안내하세요."

모리는 우리 반 반장이므로 지하 1층에 있는 기숙사로 반 아이들을 대피시켰다. 그날 밤 나는 잠이 오지 않았지만 반장에게 들킬까 봐 자는 척을 했다.

잠시 뒤, 모두 잠이 들어 조용해졌다. 그런데 그때! 교감 선생님, 우리 이모, 그리고 리스 선생님과 그레이트 선생님이 비상 기숙사에 오셨다. 물론 선생님들은 전학생들이 모두 자는 줄 아셨다. 그리고 이야기를 나누셨다.

"… 그 셋을 어떡하면 좋을까요?"

"그러게요. 그 셋은 베프예요. 셋이 쌍둥이라고 해도 믿을 거예요! 사고만 치니…"

"하지만 선생님도 충격받을 거 아시잖아요. 로라에게 사실을 말하면 로라가 엄청 놀랄 거예요. 바로 로라의 수호천사가 ○○라는 것을!" 이야기는 항상 중요한 파트에서 끝난다. "압니다, 리스 선생. 우리 목소리 좀 낮춥니다. 학생들이 깰 수 있으니까요. 이제 저희도 이만 잠자리에 들어가야 될 것 같습니다. 그럼 내일 뵙죠." 이모의 마지막 한마디로 선생님들은 각자의 방으로 들어가셨다. 나는 ○○가 누구인지 궁금했다. 그 일 때문에 15분밖에 못 잤다. 하지만 그래도 그 빈칸에 들어갈 말이 무엇일지가 너무 궁금했다.

5. 수호천사

다음 날, 난 학교 도서관에 가서 빈칸에 들어갈 말을 알아내려고 모든 책을 찾아봤다. 그중에서 《당신의 수호천사를 찾아보세요》라는 책을 찾았다…. 왠지 그 책에 답이 나와 있을 것 같았다. 그곳엔 이렇게 적혀있었다.

'세상에는 많은 마법사가 있다. 하지만 그중 특별한 마법사들은 어둠의 사악한 대마녀가 그들에 수호천사이다. 그들은 보통 마법사들보다 더 센 마법 실력을 가지고 있으며…'

그게 무슨 뜻이지? 정말 대마녀가 나의 수호천사인 걸까? 대마녀가 누구지? 머릿속이 복잡해졌다.

6. 리아에 '중대한 발표'

그날 밤, 리아와 나, 그리고 미아는 밤늦게 기숙사 가운데 앉아 장미처럼 새빨간 모닥불 피우고 있었다. 그 이유는 리아가 우리에게 할 얘기가 있다고 했기 때문이다. 할 얘기가 다 준비됐을 때, 리아가 첫 번째로 꺼낸 말은 리아가 오늘 우리 셋을 불러낸 이유였다. 그 이유는 리아가 중대한 발표를 할 거라고 했기 때문이다. 난 리아가 말하는 '중대한 발표'가 뭔지 크게 기대하지 않았다. 왜냐하면 리아는 정말로 엉뚱한 아이이기 때문이다. 저번에도 이렇게 같은 이유로 우리를 불렀다가 리아가 앞으로 짜장면을 좋아할지, 아니면 짬뽕을 더 좋아할지 물었다. 미아도 나처럼 생각하는 것 같았다. 하품을 하며 지루한 표정으로 리아를 쳐다보고 있었으니까. 어쩌면 하품을 한 이유는 지금이 새벽 3시 40분이었기 때문일 것 같기도 했다. 리아는 숨을 깊게 들이쉬고 두 번째 이야기를 꺼냈다. "내가 말하는 이 중대한 발표는… 그레이트 선생님 너무 못생겼어!" 그때 미아와 내가 리아에게 드롭킥을 날렸다. 그리고 리아가 "으악!" 노, 농담이야! 내 말은 이제 한 학기가 끝나니까 대모험을 해보자는 거지!"라고 했다. 그러자 미아와 나는 "그게 무슨 헛소리야!!"라고 동시에 말했다. 리아는 겁을 먹었는지 우리에게 '대모험'이 무엇인지 자세히 설명해 주었다. 리아가 말하는 대모험은 짧게 요약하면 대충 이랬다.

1. 다음 주, 밤 12시 정각에 램프를 들고, 기숙사를 나간다.

2. 금지된 숲을 지나 어둠의 숲에 살고 있는 대마녀를 마법으로 물리쳐서 그 상으로 선생님들에게 칭찬을 받고 큰 학교 노벨상을 받는다. 그리고 학교에서 유명 인사가 된다.

하지만 똑똑한 미아가 리아에게 이렇게 소리쳤다 "멍*아! 생각 좀 해! 대마녀는 금지된 숲에 살고 있어. 그러니 선생님들이 우리가 금지된 숲에 갔다는 걸 알면 즉시 퇴학 당할 거야!! 그러니까 절대로 그 이상한 대모험을 하면 안 돼! 절대!!" 그래서 리아가 작전을 좀 바꿔서 말했다. 먼저, 다음 주, 밤 12시 정각에 램프를 들고 기숙사를 나가는 건 똑같았다. 하지만 그 뒤로 무언가가 달라졌다. 미아와 내가 함께 기억을 지우는 마법을 죽어라 연습한다. 그다음엔 금지된 숲을 지나, 어둠의 숲에 살고 있는 대마녀를 물리친다. 그리고 선생님들이 잠들었을 때 우리가 아니, 리아를 제외한 나와 미아가 선생님들이 살고 있는 기숙사로 들어가서 선생님들을 기억을 지운다. 하지만 우리가 대마녀를 물리친 것을 빼고. 우리가 금지된 숲에 들어간 기억은 싹 지워야 했다. 그리고 나서 노벨상을 받는다. 나는 그 이야기에 귀가 솔깃했다. 지금은 어른이 되었으니 그따위 '대모험' 이야기에는 눈 하나 깜짝 안 하고 하기 싫다고 할 것이다. 그렇지만 그땐 어렸고 철이 없었다. 대마녀가 누구인지는 잘 몰랐지만 리아에게 그 대모험을 같이 하는 것을 찬성한다고 했다. 하지만 미아는 싫다고 했다. 그래서 리아가 징징대기 시작했다. 학생들이 깰까 봐 걱정됐던 미아는 결국 찬성했다.(취침은 11시다. 안 그러면 퇴학!)

7. 대 마 녀

리아가 말을 끝내자 나는 '수호천사' 이야기를 꺼낼까 고민했다.

미아와 리아가 일어났다. 아이들이 자리를 뜨기 전에 내가 말했다.

"잠깐만! 나 말해줄 게 있어." 둘은 걸음을 멈추고 뒤를 돌아 나를 바라보았다. 둘의 시선이 나에게 향했다. 순간 나는 나의 동공이 흔들리는 것을 느낄 수 있었다.

"사실 어젯밤에 선생님들이 우리가 모두 자는 줄 알고 들어오셨는데 그때 선생님들이 나에 대한 이야기를 하셨어. 그 선생님들 중 우리 이모도 포함되어 있었지. 제대로는 못 들었는데 나의 수호천사인지 뭔지에 대해 이야기하고 계셨어. 그런데 그 수호천사가 누군지 몰라도 정말 심각한 인물이었나 봐. 다들 그 수호천사에 대해 얘기하는 동안 정말 심각한 표정을 짓고 계셨거든. 그래서 오늘 도서관에 가서 그 빈칸에 들어갈 인물이 누군지 찾아보려고 했어. 그런데 책 중에서 《당신의 수호천사를 찾아보세요》라는 책을 봤어. 그래서 읽어 봤더니 대마녀에 관한 이야기가 나와 있었어. 대마녀가 수호천사인 사람들은 특별한 능력을 가지고 있대. 그런데 대마녀가 누구지…"

그러자 미아가 말했다.

"야! 너 지금 장난해? 방금 대…그 사람이라고 한 거야? 정말로? 그 이름을 말하면 안 돼! 그녀는 정말로 위험한 마녀여서 그 이름을 부르는 건 불법이야! 그런데 그럼 너 몬스터 텔레파시로 소통할 수 있겠다."

난 어리둥절했다. 왜냐하면 나는 몬스터 텔레파시가 무엇인지 몰랐기 때문이다.

"몬스터 텔레파시가 뭐야?" 내가 물었다.

"뭐? 몬스터 텔레파시가 뭔지 몰라?! 그냥 차근차근 설명할게. 대마녀는 전설의 마법사야. 옛날에 미레스트에 다니다가 퇴학당했어. 그 이유는 아무도 몰라. 그 이후로 그녀는 가면 안 되는 금지된 숲에서 오두막에 혼자 살고 있어. 아직도… 아무도 그곳에 가지 않아. 아무도… 그녀의 원래 이름은 마거릿이었어. 하지만 이름을 바꿨어 대마녀로… 그땐 마거릿도 몰랐어. 대마녀가 전설적이고 유명한 이름이 될 지… 그녀는 정말 강해. 하지만 그녀에 유일한 라이벌이 한 명 있어. 바로 너의 이모야. 로라. 교장 선생님! 너희 이모는 믿을 수 없을 만큼 강해. 거의 대마녀 수준과 비슷하지."

다 말하자, 미아는 몬스터 텔레파시가 무엇인지 모르는 나에게 몬스터 텔레파시가 무엇인지 차근차근 설명했다.

"말 그대로 텔레파시야. 하지만 말을 전하는 텔레파시가 아닌, 느낌을 전할 수 있는 텔레파시지. 대마녀가 다치면 그 느낌을 그녀에 수호천사들이 약간 느낄 수 있어. 대마녀가 슬플 때는 자기도 모르게 갑자기 슬퍼질 수 있지."

미아의 말이 끝나자 우리는 각자의 침대로 돌아갔다. 나는 별 대수롭지 않다는 표정으로 이불을 덮었지만 속으로는 긴장감이 돌고 있었다.

8. 이 모 vs 나

그렇게 이틀은 그냥 평범히 흘러갔다. 하지만 3일째 되는 날 우리 이모가 교장실로 나를 부르셨다. 교장실에 가는 방법은 쉽지 않았다. 일단 첫 번째로, 교장실에 가려면 우리 이모에게 허락받았다는 것을 교감 선생님께 증명해 드려야 한다. 그래서 난 3층 교감실로 가서 교감 선생님이 앉아 계시는 쪽에 교장실을 다녀오겠다고 말했다. 그리고 선생님이 물으셨다.

"갈 수 있다고 교장 선생님께 허락받은 증거물은?"

나는 교감 선생님께 우리 이모가 핸드폰으로 보낸 메시지를 보여 드렸다. 선생님은 잠깐 보시더니 마법 지팡이를 꺼내 주문을 외우시기도 하셨다. 하지만 아무 일도 일어나지 않았다. 선생님은 의자에서 일어나서 따라오라고 하셨다. 나는 교감 선생님을 따라갔다. 선생님께서 마법 지팡이를 꺼내 벽에다 어떤 알지 못할 주문을 외우셨다. 하지만 그 주문이 왠지 익숙했다. 선생님이 말씀하신 것은 셔벗 레몬이었다. 고민 끝에 나는 그게 무엇인지 알 수 있었다. 그건 우리 이모가 옛날에 좋아하시던 레몬 맛 사탕이었다. 내가 그 레몬맛 사탕을 도대체 왜 좋아하는지 고민하고 있었을 때쯤 그 벽이 열리더니 갑자기 교장실이라고 쓰여 있는 갈색 문이 나왔다.

나는 천천히 안으로 들어갔다. 교감 선생님께서 이번엔 몹이 초콜릿이라고 외치셨다. 이모가 정말 좋아하는 디저트 중 하나였다.

나는 이모가 기다렸다는 듯 내 앞으로 걸어올 때 긴장감이 돌았다. 이모의 표정은 꽤나 진지해 보였다.

이모는 옆에 도착하자 인사도 없이 말을 하셨다.

"로라, 너와 한 방을 쓰는 너희 기숙사 친구 스트링어 말이다. 그 아이가 어제 나에게 찾아와서 이상한 말을 했어. 자정 뒤, 리아와 미아, 그리고 로라 네가 벽난로 앞에 앉아서 모닥불을 피우고 있었다더구나. 스트링어는 자다 잠깐 깼지. 물론 너희는 그 애가 있었다는 사실도 몰랐을 테고… 걔는 나에게 너희들이 대마녀를 물리칠 거라는 대모험 이야기를 하고 있었다고 했어. 하지만 대마녀는 우리 학교에 있는 모든 선생님들이 힘을 합쳐도 절대 물리치지 못할 거야. 그것도 그냥 마녀가 아니라 대마녀를? 그건 불가능해. 그리고 금지된 숲은 아주 위험한 곳이야. 그리고 가면 안 되는 곳이기도 하지."

나는 말을 하려고 입을 열었지만 이모는 "로라 네가 안 할 거라고 믿는다." 하며 교장실 문을 열었다. 나는 아까보다 더 천천히 걸어 나갔다.

9. 대 모 험

그리고 4일 뒤 밤 12시, 우린 램프를 들고 기숙사를 나갔다. 그냥 잠깐 나가는 거지만 리아는 마치 평생 떠나는 것 같이 굴었다.

혼자 큰소리로 "잘 있어, 기숙사야! 만나서 반가웠어!"라고 했다. 그리고 미아가 리아에게 2차 드롭킥을 날렸다. 그리고 작게 소리쳤다. "야! 전교 학생 깨게 하려고 작정했어?! 정신 차려! 지금 12시 4분이야!" 그리고 왼쪽 손목을 가리켰다. 하지만 시계를 찬 손목은 오른쪽이었다. 리아는 내 뒤로 숨었다. 아마도 미아에게 또 드롭킥을 맞을까 봐 무서워서 그랬었던 것 같다. 그리고 그 자리에서 미아와 내가 기억 삭제 마법을 2시간 30분 동안 연습했다. 충분히 연습이 되었을 때쯤, 길을 나섰다.

10. 서프라이즈 포유

몇 분 뒤, 우린 대마녀가 살고 있는 성에 도착했다. 그리고 문을 두드렸다. "대마녀! 빨리나 와!" 리아가 소리쳤다. 싸움이 시작되고 몇 시간 뒤, 대마녀가 갑자기 리아와 미아에게 말했다. "그만하자." 그러자 리아와 미아가 "좋아요! 재밌었어요!"라고 소리쳤다. 나는 무슨 뜻인지 알아들을 수가 없었다. 대마녀가 "로라! 속여서 미안해. 사실 이건 너를 위한 서프라이즈 파티였어! 우리 학교는 원래 평범한 학생이 들어왔을 때 서프라이즈 파티를 하지 않지만 특별한 학생이 전학을 왔을 때는 하지. 교장의 딸인 너처럼! 우리들의 계획은 완벽하게 성공했어! 리아와 미아가 대마녀라는 사람을 지어내고 너에게 그 사람을 다 같이 가짜로 소개해. 그리고 리아가 그 사람을 다 같이 물리치자는 가짜 계획을 발표하지."라고 했다. 그녀의 얼굴은 이모의 얼굴로 바뀌었다.

난 너무 고마워서 이렇게 말했다. "고마워요! 셋이서 이런 계획을 짜다니." 하지만 이모가 "아닌데?"라고 했다. 그러자 미아가 박수를 한번 짝 쳤다. 그러자 갑자기 전교 학생과 선생님들이 나타났다. "서프라이즈!!" 모두 외쳤다. 난 그날 밤 최고의 파티를 맞은 듯했다.

11. 마지막 기억

이제 한 학기가 끝났지만, 지금까지 가진 모든 것들이 정말 소중했다. 다음은 무슨 대모험일지 궁금하다.

(그 후 이야기) 나는 이모의 자리를 물려받아 미레스트 학교에 교장이 되었다. 리아는 지금 쉬는 시간마다 아이들의 놀아 주는 역할을 하고 있다. 그건 마법의 최고 엉뚱이 대회에서 1등 한 덕분이다. 미아는 교감이 되었는데 마법의 최고 똑똑이 대회에 나가 1등을 해서일 거다. 가끔은 그냥 평범한 사람으로 살고 싶기도 하다. 하지만 지금은 진짜 만족한다. 더 이상 내 이야기를 쓰지 않을 거다. 교장으로서 이제 바빠질 테니까.

쉿, 꿈꾸는 중입니다

1판 1쇄 발행 2024. 04. 08

지 은 이 이하민, 정하윤, 김민준, 이우찬, 신유진, 윤재웅, 유우민, 김단우, 도현빈, 권도영, 이채은, 김동우, 정수아, 한수민, 유지민
발 행 인 박윤희
기 획 CA 공글
책임편집 성승제
편 집 전원선, Albert Chang
발 행 처 방과후이곳
디 자 인 디자인스튜디오 이곳
일러스트 팀.분주혜 (인스타그램 @boonzoohye)
등 록 2018. 10. 8 신고번호 제 2018-000118호
주 소 서울 송파구 송파대로44길 9(송파동)
팩 스 0504.062.2548

잘못 만들어진 책은 구입하신 곳에서 교환해드립니다.
값은 뒤표지에 있습니다.
ISBN 979-11-979492-1-0(03800)

홈페이지 https://bookndesign.com
이 메 일 bookndesign@daum.net
블 로 그 blog.naver.com/designit
유 튜 브 **도서출판이곳**
인스타그램 @book_n_design

방과후이곳 방과후이곳은 아이들을 위한 "도서출판이곳"의 임프린트 브랜드입니다.

이 도서의 국립중앙도서관 출판예정도서목록은 서지정보유통지원시스템 홈페이지(http://seoji.nl.go.kr)와 국가자료종합목록시스템(http://www.nl.go.kr/kolisnet)에서 이용하실 수 있습니다.